流《る》　警《けい》

傘見警部交番事件ファイル

松嶋智左

集英社文庫

流《る》警《けい》

傘見警部交番事件ファイル

1

真っ黒な眼《め》がこちらを睨《にら》みつけていた。

相対してからもう三十秒は経過しただろうか。目を逸《そ》らせた途端に攻撃してくる恐れから、前屈《まえかが》みという不自由な姿勢のまま、南優月《みなみゆづき》は動けないでいた。息を止め、瞬《まばた》きもせず敵の動きに集中する。やがて、敵は歯を剝《む》いたままゆっくりと前肢を浮かし、後肢を伸び上がらせて二本足で立ち上がった。

そのとき、離れたところから声がした。

「優月ぃーーっ」

その瞬間、アライグマは威嚇の声を上げ、ゴミの山から飛び出して優月のすぐ脇を走り抜けた。黒い弾丸となった体を躱《かわ》そうと仰《の》け反《ぞ》ったせいで、その場に尻もちをつく。

上野朱音《うえのあかね》巡査長が慌てて走り寄り、「大丈夫？」と声をかけてきた。朱音はショートカットの髪に日焼けした肌、太い眉に垂れた目をしていて、それが今いっそう垂れている。言葉とは裏腹に笑いを堪《こら》えているのは仕方ないとしても、「初めて見たけど、案外可愛《かわい》いわね」とアライグマの肩を持つのは納得いかない。

「冗談じゃないわよ。敷地内に入り込まれたのよ。付近に出没するという話を聞いていたから嫌な予感はしていたけど、とうとうここに餌があるとあいつに知られたわ」

「元々は誰かのペットだったんでしょうけど、野生化してごく普通に生息しているわよね」

「とにかくゴミ集積場を見つけた以上、頻繁に荒らしにやってくる」

「でしょうね。こんなフェンス囲い程度じゃ防ぎようがない。いっそ駆除する？」

優月は箒《ほうき》を手に、破られた半透明の袋から出たゴミを見下ろした。「うーん、殺処分とかはね。さすがに寝覚めが悪いし」と呟《つぶや》いた。

「そういうと思った。あ、それより用事があってきたんだ」

「わたしに？」

「そう。交番長が呼んでる」

「朱音ったら、それ先にいってよ。じゃ、あとお願い」

反射的に箒を受け取った朱音はすぐ、「いやいや、わたしはこれから駐禁の苦情処理に行くんだって。ちょっとぉー」というが、優月はもうとっくに裏口に足をかけていた。

そこから庁舎内へと入ると、すぐ右手に食堂と奥には調理場がある。朝だからか、人の気配はしない。食堂の隣には以前、会計係の部屋があったが、今は生安《せいあん》係と刑事係が合同で使っている。廊下の左側はパトカー乗務員待機室と交通事故捜査係だった。あいだの壁を取り払ってひとつの部屋にして、交通係として使用している。更に短い廊下を行くと正面玄関に出る。広々とした受付ロビーだが、カウンターで半分に仕切り、奥側を執務エリアとしている。以前は、ここに警務課や交通課、相談係や車庫証明係などがところ狭しと机を並べていたが、現在、使われている机は九個のみ。そのうちの六個は地域係のもので、二つが警務係、残るひとつはこの傘見《かさみ》警部交番の責任者である交番長の席だ。一階フロア最奥の真ん中にある。その後ろは署長室だったが、現在は倉庫になっていた。

「お呼びですか、交番長」

優月は制服の埃《ほこり》を払い、肩まであるくせ毛の髪を手で撫《な》でつけ、きつく見えるといわれてちょっと気にしている吊《つ》り上がり気味の目を瞬《しばたた》かせた。

忠津裕《ただつひろし》交番長が椅子を回して優月を見上げる。まだ新しい回転椅子だったが、忠津の重さに息も絶え絶えの音を鳴らせた。

「ああ、悪いな。ちょっと予定が早まって、今、到着されたんだ」

「はい？」

優月は、自己申告体重九八キロ、推定一二〇キロの茫洋《ぼうよう》とした姿を見下ろした。交番長の忠津は現在、四十七歳で警部。一昨年までは傘見警察署の警備課長だった。警備に長く携わっていたせいか、笑顔でいても実際はなにを考えているのかわからないところがある。観察眼に優れ、誰よりも早く物事を把握し、処断できる人だということが、一年ほど彼の下で働いてわかった。アライグマのような小さな目は、ときに人を見透かすかのように黒々と光る。さすがに最近はそんな目つきをすることは少なくなったが、それでも警備係の迫田《さこた》係長などは年長であるにも拘《かか》わらず、忠津の前ではまるで子どものように目を伏せ、頷《うなず》くことしかしない。

その忠津が珍しく眉根を寄せて、困ったという顔をする。優月は、忠津の後ろの壁に掛けてあるカレンダーに視線を走らせ、あっ、と声を上げた。

六月二十六日月曜日。余白に『警視正着任』とあった。すぐに上半身を屈ませ、忠津に耳打ちするように声を潜めた。忠津は二階級上だが、偉ぶることはなく、下の者とも親しく口を利くし、女性警官に対しては常に温和な態度で接して声を荒らげることがない。そんなだから、つい優月も馴《な》れ馴《な》れしい口調になりがちだ。

「例のキャリアですか？　もうこられたんですか。でも、駐車場に迎えの車は見えませんでしたけど。ああ、玄関から入られたんですね。それで今はどこに？　上ですか？」

ちらりと視線を天井へと向け、すぐに顔を戻すと、忠津は薄笑いしながらだぶついた顎を振る。示された斜め後ろの警務係の島《シマ》を見やると、事務椅子のひとつに細身の男が腰かけてこちらを見ていた。

「えっ」

振り返った優月は思わず目を開いた。いつからいたの。全然気づかなかった。そんな言葉を呑《の》み込むとすぐに姿勢を正し、気をつけの形で正対した。半身を折り、室内の敬礼をする。

「お疲れさまです。警務係の南優月巡査部長です」

男は椅子から立ち上がると丁寧に挨拶を返してきた。

「ご苦労さま。警視正の榎木孔泉《えのきこうせん》です。よろしく、南主任」

夏制服の青いシャツが少しだぶついている。痩せたからなのか、元からサイズが合っていないのかわからないが、本人は気にしていないようだ。胸の階級章は間違いなく警視正のもので、事前に知らされていた職員データの写真とも一致する。

忠津から知らされていた情報によれば年齢三十六歳、独身。身長一七八センチ、体重五三キロ。東大出身のキャリアで、去年、県警本部に地域部長として着任したが、なぜか一年経《た》たないうちに、この傘見へくることが決まった。

一昨年の春まで、ここは傘見警察署と呼ばれていた。

人口が減少し、産業が衰退すると地域の発展も停滞して若者は流出する。若者がいなくなると労働力が減り、経済が下降し、という悪循環だ。犯罪が減るという利点はあるが、それは逆にいえば警察官を削減する必要もあるということだ。ただ、この傘見地区では単に人員を減らすという程度で終わらなかった。警察署自体、撤廃しようということになったのだ。

傘見署の管轄だった地域は隣町の甲池《こういけ》警察署が受け持つことになる。とはいえ、いきなりなくすというわけにもいかない。地域住民への配慮や要望を聞き、段階を踏んでの縮小という形にする。そして傘見警察署は、その庁舎のまま警部交番へ格下げとなり、人数が大幅に減らされた。

本来、交番に管理部門はないのだが、この傘見警部交番に限っては署員や庁舎に関する雑用を担うという名目で警務係が配された。従って、交番長の下、刑事係と生安係が各二名、警備係一名、交通係三名、地域係六名に警務係の二名が加わって、総勢十七名の署員がここに勤める。

普通の所轄なら、これに会計課や直轄警察隊、刑事鑑識、留置場係などが存在するが、それらはここにはない。会計関係はもちろん署員の備品、福利厚生等に関することは全て甲池警察署が行うため、それに付随する事務作業や人員が省かれ、大いに節約になる。

ここはいうなれば警察署の出先機関で、住民のための相談窓口という体裁だ。そして榎木孔泉警視正はそんな傘見警部交番に配属となった。青白く染みひとつない滑らかな肌に、細い眉、細い目、鼻筋が通って顎も細く尖《とが》っている。どこもかしこも細く、なんとなく歌舞伎役者を思わせる。いかにも東大理数系という感じだが、国家公務員のなかからなぜ警察を選んだのか。運動や術科が達者という話は聞いていないし、ひょっとしてなにか隠れた才能があるのか。今も忠津の近くにいたのに気づかなかったくらいだから、武術における呼吸法のようなものを会得しているのかもしれない。そうでなければ単に存在感が薄い人物ということになるが。

「庁舎は三階建てのようだが、職員寮は最上階？」

孔泉が優月を見て尋ねる。

「は？　はい、そうですが」と答えて、優月は忠津を見つめる。ちゃんと説明して欲しいという気持ちを目いっぱい込めた。忠津は、ごほんとわざとらしく咳《せき》をし、年取った狸《たぬき》のように顎肉を揺らせると、「今後は榎木警視正も職員寮で寝泊まりされる。あとで他の寮生らにも伝えておいて」という。

「どういうことですか。警視正が寮って」

「うん、三〇五室」

「そういうことではなく、警視正でしたら専用住宅が用意されていると思いますが」

孔泉が割って入る。「それは断った。甲池警察署の近くのマンションを使用するよういわれたが、僕は直接こちらに出勤して構わないそうなので、それなら甲池署の近くよりもこの寮にいる方が理にかなっている」

「まあ、それはそうですが」といって目が吊り上がらないよう気をつけながら、顔を忠津へと向けた。「ですが交番長、それでは」

「いいから。もう決まったことだから」と忠津は有無をいわせない。最高責任者である忠津の命令なら従うしかない。優月は小さく息を吐くと、「わかりました」と書類を繰り始めた忠津に室内の敬礼をする。

傘見は、元は警察署とはいえ今はただの交番に過ぎない。他の交番と違って刑事や生安の係員が一応、配されているが、勤務に就く前には全員一旦、甲池警察署に出勤することが義務付けられていた。身分は甲池署の署員だから当然で、甲池の職員と一緒に朝礼を受け、地域係は拳銃の携行をしてから傘見交番の配置に就く。地域の警官は各自、移動用バイクを持っているからそれで往復するし、他の私服組はそれぞれ自家用車を使っていいことになっている。自宅からの通勤組は甲池署にロッカーを持つが、職員寮で暮らす優月らは制服に着替えたのち、パトカーで甲池警察署に行き、朝礼後、通勤組らを乗せて傘見に戻る。傘見警部交番用にパトカーが一台と捜査車両が一台配されていた。

ちなみに、職員寮に暮らすのは優月と、同期の朱音、地域係の男女各一名にあとは刑事係の甘利《あまり》主任だ。甘利は来年定年で、奥さんを亡くして以来一人暮らしだった。警部交番に居残りが決まると、自宅を息子夫婦に譲って職員寮に入りたいと申し出たのだ。基本、寮生は全員、独り者だ。

孔泉に向き直って、気になっていたことを尋ねてみた。

「ところで警視正はどうやってこちらにこられたのですか。迎えの車が甲池まで出向いた筈《はず》ですが」

「ああ。そう聞いていたけど、朝早くに目が覚めたんで。なんとなく一人でバスできてしまった」

「えっ。制服でバスに乗られたんですか」

「そう。ちゃんとICカードで支払ったが」

なにも問題ないだろう、という顔つきだ。仕方なく頷く。

「戻ってきたな」ふいに忠津が呟いたので、振り返って視線の先の窓を見た。そこから署の駐車場が見える。門扉《もんぴ》を開けてグレーの捜査車両が入ってくるところだった。甲池署に迎えに行っていた車だ。忠津にいわれてわざわざ出向いたのに、孔泉はとっくに出たといわれ、子どもの使いのように手ぶらで戻ってきた。案の定、運転席から降りてきた、優月と同期の遠藤《えんどう》巡査長は、不貞腐《ふてくさ》れた顔をしている。同乗していたのは、久慈清美《くじきよみ》巡査部長で、普段は私服だが警視正のお迎えだからとわざわざ制服に着替えていた。こちらはやれやれという表情だ。帰り道、遠藤の愚痴を散々聞かされたのだろう、窓越しに優月らの姿を捉えると軽く肩をすくめて見せた。

「さあさあ、南主任、とにかく荷物を置きがてら寮まで行って。各部署のご案内も忘れずにな」

迎えの車を見て、忠津は慌てて追い払うようにいった。遠藤の様子から、今関わると碌《ろく》なことにはならない気がした優月も黙って従う。

遠藤は、この警部交番に配されたことにずっと不満を抱いている。始末の悪いことに、その気持ちを隠そうともしない。他の刑事らはみな他署へ異動したり、甲池署の刑事課に入ったりしたのに、自分だけここに残ったことで落伍者《らくごしゃ》のレッテルを貼られたと思っているのだ。刑事としての意欲はあるだけにもったいないと思うが、そんな優月に対して誰よりも敵愾心《てきがいしん》を抱いているのもこの遠藤だった。優月の方が階級が上であること、以前、捜査一課にいたことなどがその主な理由だろう。今回、警務係の優月ではなく、自分が使いに行かされたことに嫌みのひとつも吐くかもしれない。忠津もそうと察して、優月を促したのだ。

受付のカウンターを回って奥にある階段を目指しながら、荷物を持ちます、と声をかける。孔泉はルイ・ヴィトンのボストンバッグと紙袋をひとつだけ提げていた。素直に紙袋の方だけ差し出したので、優月は手に持った。

「他のお荷物はいつ届くのですか」

迎えに行った車から、遠藤や清美が荷物を下ろしている様子はなかった。あとから届けられるなら、ちゃんと部屋まで運ばなくてはならないし、それは優月の仕事だと忠津も思っているだろう。

「いや、荷物はこれだけだ」

「でも、職員寮で生活されるのですよね」

「そう。持参したのは着替えと洗面道具。制服があるから、執務時間外はジャージで十分でしょう。布団はあると聞いたし」

「それはそうかもしれませんが」

「仕事に関することはパソコンがあればだいたい足りる。甲池や傘見の資料、記録のたぐいはここの倉庫に保管されていると聞いているし、部屋数は余っているから、勉強でも調べものでも好きなだけ使えるだろう」

「はい」事前にチェックはしているようだ。

「ところで調理場があるんだよね」と僅かに目を見開いていう。「食事はそこで寮生が各自作っていいと聞いた」

孔泉は自分で料理をするといい、そんな態度からはこの傘見に配属されたことに不満を抱いている様子も鬱屈した感情も見えない。それとも、忠津同様、感情を隠したり、誤魔化したりすることが上手なのか。

踊り場を回って二階に行く。

「廊下の奥に警備係の部屋がありますが、他にこの階には執務室はありません。当直休憩室、シャワールーム、大小会議室で、残っている部屋はほとんど倉庫として利用しています」

「会議室か。というと、地域住民との懇談などもここでするのかな」

「はい、そうです。この傘見地区は、昔から暮らしている住民がほとんどで、警察との連携も強く、なにかあるたび警察関係者を交えて会議を行っていましたが、ここが警部交番になってからは更に訪ねやすくなったせいか、頻繁に利用されるようになりました。傘見が受け持つ交番は桑《くわ》ノ尾《お》交番ひとつだけで、駐在所は六か所あります。日常の些細《ささい》な問題は駐在員が処理しますが、それ以外はなんでも、警察が介入しないような事案でもここで集まって相談されます。いうなれば自治会館みたいなものですね」

警部交番となってから地域住民との関係性が濃くなっている状況を淡々と告げる。

「それは鬱陶しい」

は、なんて？　といいかけて、すぐに口を閉じる。いくらキャリアとはいえ、そんなあからさまな物言いはどうかと思うが、警視正なので黙っておく。

「どこかできちんと線引きをするべきでしょう。親しくなるのと信頼関係を得るのとは別個のものだ。警察に関係ないことで不必要に警察署、いや警部交番に立ち入らせるのは控えた方がいい」

優月は返事もできず、ただ目を瞬かせる。そんな優月を孔泉が、細い目で見つめ返した。

「失礼。巡査部長のあなたにいうことではなかった。忠津さんと一度相談して、対策を練ることにしましょう」

「恐れ入ります」

「あとで地域の代表格である人の名簿を見せてください」

「名簿ですか。はい、承知しました」と返事し、僅かの間、思案して口を開いた。

「あの、警視正。口はばったいことを申し上げるようですが、地域の方々との関係性を強めることは、現在、警察にとって重要な事柄だと考えます。特に、警部交番となって大幅に人員が減らされたことでなおさら、その必要性は高まったでしょう。防犯活動において、住民の協力は不可欠ですから」

優月自身も当初は、警察と住民の馴れあい的な現状に呆《あき》れ、疎ましい思いすら抱いたが、一年務めてみて、これはこれでありかなとも思った。警部交番という形をとったからこその、ひとつの地域警察の有りようではないだろうか。

孔泉は立ち止まり、白目がちの目をまともにぶつけてくる。優月は身長が一六九センチあるので、孔泉と目線の高さにそれほど差はない。

「それはそうでしょう。ですが、僕は不必要な、といった。必要なことはどんどんすべきだ。ただ、警察の介入が必要とされないことにまで顔を出し、口を出すのは単なる噂《うわさ》好きのオバサンで、失礼、今はそういった物言いは慎むべきでした。ともかく一般人と同じ体《てい》で参加するのは問題だといっている。警察はあくまでも警察という立場を堅持しなくてはならない」

「堅持ですか？　それは」

「偉そうにしろ、というのではない。住民が本当に助けを求めているときに現れる存在であるべきだといっている。なんでもかんでも呼べば出てくるような自販機みたいでは合理性に欠けるし、いざというとき誰も警察の指示に従わない可能性も出てくる。僕は、警察官は住民に恐れられている部分があるべきと考える。決してゆるキャラになるべきではない」

優月は目を合わせたまま、頷く。警察官をゆるキャラにたとえるのはどうかと思うが、「わかりました。失礼しました」と軽く頭を下げた。相手は警視正だ。これ以上の口答えは巡査部長の自分には許されない。

孔泉は会議室をざっと見渡したあとドアを閉じた。問題なかったようでホッとする。警視正がくるというので、優月は早朝から署のあちこちを片付けていたのだ。

「人口は一万人弱――か」と孔泉は呟き出した。優月は後ろに立って、今度はなんだという気持ちを呑み込んだまま、耳を傾ける。

「第一次産業従事者が概《おおむ》ねその六〇パーセント、工業分野では『アイラ自動車部品工場』があるだけで、その従業員のほとんどが地元民と外国人労働者。他にあるのは自営業とサービス業くらいで、若い世代は県の中心に働きに出ている。住宅地は警部交番付近に集中していて住民の四〇パーセントが暮らし、商業通りも交番の前の『かさみ商店街』のみ。交通インフラのメインはバスで、電車は甲池署管内にある駅から乗車。管内に学校などの教育機関はなく、幼稚園、保育所のみ。学生はバスで近隣か更に電車に乗って他市の学校に通う。昨年の犯罪認知件数は七件、検挙件数は十一件。置き引き、空き巣、自転車盗などの窃盗がほとんどで、あとは喧嘩《けんか》などの暴行傷害、ストーカー防止法違反、めいわく防止条例法違反など。確かに、警察署を置くほどの規模ではないな」

優月は黙ったまま三階へといざなう。内心、首を傾《かし》げ続けていた。

傘見が田舎であることは十分承知しているらしい。そのことを笑うでもなく、疎む様子もない。まさか希望してここにきたわけではないだろうが、どこか納得したような恬《てん》淡《たん》とした態度があるのが解せなかった。榎木孔泉がここにきた理由を、優月は忠津からも誰からも聞かされていない。

「警視正はこちらの部屋をお使いください」

三階の一番奥は、以前、講堂だった場所の一部を改修したフローリングの部屋だ。豪《ごう》奢《しゃ》なワンルームマンションくらいはあった。

だが、孔泉はバッグを片手に戸口で立ち尽くしたまま、「こんなに広いところは困る」という。

「ですが、こちらを使っていただくようにと交番長からもいわれておりますので」

「他の空いている部屋を見せて」

そういって勝手に廊下を歩き出す。優月は慌てて追いかけ、仕方なくもうひとつの空き部屋を見せる。優月の隣の部屋で、四畳くらいしかない。そのうち倉庫にでもしようと考えていた場所だが、孔泉はここがいいと決めて、いそいそとなかに入って行った。


午後五時四十五分、終業となる。

刑事や生安は事件が起きれば昼夜関係なく働くこともあるが、傘見に限ってはそういうことはまずない。少なくとも優月が赴任してからは一度もない。

「お疲れさまです」

優月ら寮生は特段の事案がなければそのまま三階の寮に戻っていいことになっているが、忠津や一部の職員は再び、甲池警察署に出向き、報告連絡などしてから帰ることになる。孔泉も寮生とはいえ幹部なので、てっきり甲池署に行くかと思ったのに、忠津は席を立ってくるりと体を返すと、孔泉に向かって退庁の挨拶をした。

孔泉の席は一階受付の忠津の斜め後ろにある。優月と直属の上司である小日向《こひなた》係長とで一番マシなスティール机と回転椅子を倉庫から選び出し、忠津と相談してそこと決めて置いたのだ。

忠津に促された孔泉は時間を確認すると、小さく頭を下げて一同に挨拶した。その場にいる者は挨拶を返して、孔泉が階段を上るのを見送る。

姿が見えなくなって五分待ってから、忠津が残っている面々に向かって口を開いた。

「正式な紹介は明日になるが、榎木孔泉警視正は一応、甲池警察署長補佐という役職で着任となる。とはいえ、ここは警部交番だから、警視正といっても署長のように気を張ることもなく普通に接してもらえればいい、とそうご本人からもいわれている」

それだけいって帰り支度を始めた。優月は慌てて立ち上がる。隣には小日向がいるが、優月をちらりと見上げただけでなにもいわなかった。

「交番長、これからあの方をどのように扱えばよろしいのでしょう。その辺をきちんと教えていただかないと、他の署員も困惑するかと思います」

「え。扱い？　だから今いったように警視正という階級に拘《こだわ》らず、普通に接してもらえれば」

「いえ、そういうことではなく、榎木警視正はここでなにをされるのでしょう。だいたい署長補佐という役職は初めて聞くのですが」

優月はちらりと小日向を見る。仕事中に尋ねてみたのだが、詳しいことはなにも知らされていないと答えた。それならわたしが直接訊《き》いてみますといったのだ。

忠津は、携帯電話や手帳を黒い鞄《かばん》に詰め込む手を止め、うーん、と軽く天井を睨んだ。

受付にいる他の者達もみな釣られるように天井を見上げる。

「警視正が警部交番に赴任したからといって交番長にするというわけにもいかない。だから、まあ、取りあえず作った役職名だということだろうが、それ以外については実はよく知らない」

「はい？」

「県警本部の首席監察官から直で連絡をもらってな。しばらく頼むとしかいわれなかった」

「首席監察官……」

小日向が小さく繰り返し、そのまま口を閉じた。

監察は警察官に関することを調べる部署だ。褒賞であれ懲罰であれ、公的な部分はもとより私的なことも含め警察官に関することを扱う。一番に思いつくのは、榎木孔泉がなにかとんでもないしくじりをしたということだ。

当直員の迫田係長と若い男性巡査が、さっきからカウンターの側で電話番の仕事を放《ほ》ったらかしにしてじっとこちらを窺《うかが》っていた。巡査の方はともかく、迫田は五十代のベテランで、警察の裏事情にも詳しそうだが、表情が乏しく、口数も少ないので普段から親しく接することがない。そんな迫田が思いがけず口を開いた。

「キャリア警視正がしくじって飛ばされるにしたって、県警本部から出ることはない。

よほどの上と揉《も》めたか」

忠津がジロリと睨んだ。迫田はバツの悪い表情を浮かべ、くるりと椅子を回してカウンターに向き合うと、意味もなくマウスをいじり出した。

忠津はすぐに優月や他の職員らに向けて苦笑いを見せる。

「まあ、いいじゃないか。赴任されたといってもそう長くはないだろう。キャリアだからいずれ他の県警へ動く。それまでのことだ。仕事は、そうだなぁ」といって周囲を見渡す。その場にいる者は、優月以外みな落穂拾いでもするかのように頭を下に向けた。

忠津が優月にいう。

「明日からでもなにかお手伝いをしてもらえ」

「お手伝い？」余りに適当ないい方に思わず肩を怒らせ、一歩踏み出しかけたところで小日向から呼ばれた。

「明日、通所介護施設で防犯教室を行うんだったよね」といって手招かれる。優月は仕方なく、忠津に室内の敬礼をして側を離れた。

小日向が片手で拝むようにしながら、書類を差し出してきた。明日の予定表だ。小日向係長は温厚で気さくな人だが面倒ごとは避けたがる質《たち》で、上司に意見するくらいなら取りあえずなんでも従おうというタイプだ。ただ、部下になった優月に対し、捜査一課から異動してきた理由を詮索することもなく、仕事さえしてくれればいいという態度は有難かった。

ふと目を上げると、カウンター近くには他の部署の係員が人待ち顔で集まっている。甲池署へ退庁報告をしに行くメンバーで、忠津が慌てて駆け寄り、揃《そろ》って駐車場へ向かった。優月は後ろ姿に挨拶を投げかけ、また自分の席に戻って書類を捲《めく》る。

明日の予定を確認し終えると机の上を片付け、席を立った。当直の二人に挨拶をして階段を上る。途中、朱音に、着替えが終わったら食堂で合流しようとLINEした。優月は料理が苦手でもっぱらコンビニか外食、せいぜい冷凍食品のチンだ。朱音はもう少しマシで、野菜炒《いた》めなどの簡単なものならできる。今夜はチャーハンを作ってくれるというのでご相伴に預かる。生安係の清美は、そんな二人を見て、二十七歳にもなって、そんなんでどうするのと呆れるが、バツイチだからか強くはいわない。清美が離婚したのは夫婦共に忙しく、すれ違い生活だったからで、料理上手も役には立たなかったらしい。子どもはいない。それなのに男性は胃袋を摑《つか》まれたら弱いと、まだ四十一歳なのに前時代的なことをいう。確かに、清美の料理はおいしいが。

食堂からいい匂いがした。

「ビールでいい?」と前屈みになって差出口から奥の調理場を覗《のぞ》く。すぐに驚いて上体を起こしたものだから、頭をしたたか打ちつけた。痛っ、と声を上げてその場で頭を抱える。

「大丈夫？」と調理場にいた朱音が近づいてくるが、声の調子が微妙だ。

調理場のコンロの前で北京《ペキン》鍋を振っているのは、榎木孔泉だった。着古した上下のジャージ姿で、手ぬぐいを首にかけ、時折、額や首筋を拭う。やがて香ばしい匂いが満ちて、調理台の上に並べられた皿においしそうなチャーハンが盛られた。

「どうぞ」と孔泉がいうのに、朱音はおずおず頭を下げ、皿を手にした。差出口から優月へ手渡したあと、冷蔵庫から缶ビールを取り出し、グラスと共に食堂の方へ出てきた。

孔泉はまたなにか作り始めたらしく、カチャカチャとお玉の音を鳴らしている。

四人掛けのテーブルに着いて、皿を前にして向き合い、優月は朱音の方へ顔を近づける。

「どういうこと？」

「それが、料理をし始めたら、榎木警視正がこられて。いきなりそれでは駄目だというのよ」

「なにが」

「チャーハンの作り方。聞いてもうまくできないわたしに業を煮やしたらしく、自分がするといい出して」

「それで作ってもらったっていうの？」

「うん。料理は好きだからっていわれたし」

「そういう問題じゃないでしょ」

「でも、もう作ってもらったし」

朱音は警察学校時代から細かなことに拘らず、その癖、思い立ったら即行動という猪《ちょ》突猛進《とつもうしん》なところがある。上下関係に厳しい警察組織で、よくやっているなと感心する一方で、そういう気負わないところが羨ましくもあった。

呆れ顔を浮かべた優月の鼻孔においしそうな匂いが攻め入る。二人は顔を見合わせ、一緒に声を出す。

「警視正、いただきます」

ひと口目をよく味わったあとは、手を止めることなく黙々とスプーンを動かし続けた。そんな二人のテーブルに器が置かれた。目を上げると孔泉が、「根野菜のスープ」といった。朱音は口いっぱいにほおばったまま、まさかの追加料理にむせそうになったのを必死で堪えている。優月はなんとか口を開いて声にした。

「警視正、ありがとうございます。異様においしいです」

孔泉が細い目を瞬かせて、「異様っていうのは、褒め言葉になるのか」と首を傾げて隣のテーブルに着いた。自分用には野菜スープをアレンジしてチャンポン麺を作っている。

朱音が挽回《ばんかい》とばかりに立ち上がってグラスを差し出しながら、反対の手にある缶ビールを掲げた。

「いや、僕はアルコールは飲まない。食事どきは大概、これ」

優月と朱音はテーブルを見る。緑色の液体の入ったペットボトルがあって、孔泉は蓋を取りながら、「明日葉《あしたば》とケールだ」といった。

聞いたことはあるがイメージが湧かない。こっそり朱音にどんな野菜かと訊いたら、確かキャベツの祖先のようなヤツだと教えてくれた。

2

傘見地区に学校はないが、介護施設は多い。訪問介護ステーションに、通所だけでなく宿泊できる施設もある。そのうちのひとつである通所介護施設『フランチェスカ』で、利用者を対象にした防犯教室を行うことになっていた。ひと昔前までは、二世代三世代同居の家庭が少なくなかったが、最近では高齢者の一人暮らしが目立つ。若い世代が、職や快適な生活環境を求めて家を出るのは仕方がないが、ここで人生の大半を過ごした人たちの多くは心細さや不自由さを感じてもとどまることを選ぶ。そういう人々にとって介護サービスはなくてはならないものになっている。

警察にとっては、そういう場所があると高齢者相手の様々な啓蒙《けいもう》活動をいっせいに行えるので重宝する。介護施設と連携して、定期的に防犯や交通安全教室などを行っていた。

「ということなので、清美さん、よろしくです」

そういって優月は晴天の朝、強い陽射《ひざ》しに目を瞬かせながら挨拶する。応える清美は既に汗染みができているのではないかと気にしている。梅雨明けにはまだ遠いが、陽射しはいきなり夏めく。

清美は、優月と同じ階級だが大先輩だ。後ろで髪をひとつにまとめているせいではっきり出る顔のライン。その丸くぽっちゃりした容姿や柔らかな声音のお陰か少年らに親しまれやすく、長く生安で少年係を担当していた。ただ、ここでは上司の生安係長と二人だけのため、少年だとか防犯だとか細かく担当を分けてはいられない。オールラウンドに仕事をするのが警部交番でもある。だから、今日は清美も制服制帽姿だ。

「甲池署での朝礼のとき、係長から今日のことをいわれたわよ。びっくりね。キャリア警視正が高齢者相手の防犯教室を手伝うって？　まあ、キャリアはなんでも経験しておくべきなのかもしれないけど。それにしたってね」

「ですよね。どういうことなんだろうって、わたしも朱音と昨日さんざん話をしたんですけど。清美さん、なにか聞いていません？」

「なにかって？」

「どうしてキャリアが傘見にきたのか」

「うーん。警察庁から県警本部に話は通っているんだろうけど、いち巡査部長の耳にはさすがに入ってこないわ」

「やっぱり。いつまでおられるのか知りませんけど、いなくなるまで噂になり続けますね」

「本人は気にしてる？」

「いやあ、それがそうでもないみたいで」

「そうなんだ。じゃあ、なにか問題を起こして、ここでほとぼりを冷まそうとしている、という噂はガセかも」

「どうでしょう。さすがキャリアだけあって頭脳明晰《めいせき》って感じですが、だからといってミスしないともいえないですし。ただ、傘見のことは事前に相当調べておられたようですね。観察力も半端ない感じで、おっしゃることも簡潔明瞭、いちいちごもっとも」といいかけたときに制帽を取りに行っていた孔泉が戻り、優月と清美はなにげないふうにパトカーへと歩き出す。

後部座席に孔泉を乗せ、清美が運転する。優月は助手席に座る。緊急車両運転資格は持っているが、パトカーはもとより自転車以外の運転ができなくなっていた。

一昨年の秋、優月は県警本部捜査一課へと異動した。そして去年の五月に、捜査車両を運転していて事故を起こしたのだ。赴任してまだ八か月ほどの慣れない時期のことで、犯人確保に直接関わったのはその事件が初めてだった。

助手席には三橋《みつはし》という年配の所轄刑事がいて、後部座席には被疑者と一課の先輩刑事である隅《すみ》を乗せていた。強盗傷害の被疑者ではあったが、すっかり観念した様子だったことから、三人に多少の気の弛《ゆる》みはあったかもしれない。捜査本部のある署に向かっていた途中、突然、被疑者が暴れ出した。隅と三橋が制圧しようとしたところ、運転していた優月は動揺してハンドル操作を誤った。緊急走行中のことでスピードも出ていて、相当な事故となった。幸い死亡者こそ出なかったが、三橋は大怪我《おおけが》を負い、治療に専念するため早期退職を余儀なくされた。隅と優月は短い入院ののち復帰したが、強盗傷害の被疑者は逃走したまま、今も捕縛できていない。

優月はその年の七月、捜査一課を一年も経験しないで出され、この傘見警部交番へと異動した。辞職するといったのを慰留され、ここはどうだと勧められたのだ。当然、忠津も他の係員もおよそのことは知っている。交番の掲示板や駐在所の前には、そのとき逃亡した犯人の指名手配書がずっと掲示されたままだ。

優月はちらりとルームミラーを見た。

キャリア警視正で本部からきたのだから、当然、優月のことも聞いているだろう。知っているからといってどうということもないのだが、と再び、フロントガラスの向こうへと視線を戻す。清美が軽く振り返って、口を開いた。

「榎木警視正は、料理がお上手だそうですね。南主任と上野巡査長から聞きました。チャーハンって簡単そうで案外深いですよね。なにか秘訣《ひけつ》とかおありですか」

後部座席で身じろぐ気配がして、孔泉がすっと息を吸い込んだ気がした。優月は振り返りたい気持ちを懸命に堪える。

「昨夕の今朝で、情報共有の迅速さはさすがですね。今はＬＩＮＥなどがあるから当然ですが、職員寮を併設するというこの傘見警部交番の特殊性もあるのでしょう」

階級は下でも、清美の方が年上なので言葉遣いは丁寧だ。だが、それがかえって冷ややかに聞こえ、清美はマズいことをいってしまったと思ったのか、ハンドルを握りながら体を硬くした。

優月はその様子に鼓動を跳ねさせる。車に乗っていることはできるようになったが、いまだに運転には激しい拒否反応が起きるし、ドライバーの些細な行動も鋭敏に感じ取ってしまう。動悸《どうき》を抑えるため、小さく深呼吸を繰り返す。

「職員同士が仲良くなるというのは良い一面もあるでしょうが、デメリットも常に意識しておくべきでしょうね」と孔泉が言葉を続けた。

清美は仕方なく応える。「デメリットとはどういうことでしょう」

「見えるべきものが見えなくなる」

「はい？」優月と清美の声が重なった。

ハンドルを切って、左折するとすぐに通所介護施設『フランチェスカ』の表門が見えた。大きく開いているのでそのまま進入する。玄関の車回しに、一台のワンボックスカーが停《と》まっていた。車体の横に『たまおクリーニング』とあるから、洗濯物を配達しにきたのだろう。その後ろにつけて少し待つ。

優月はシートベルトを外すと後部座席を見返り、「あの、警視正、今、おっしゃったことはどういう意味でしょうか」と訊いた。

孔泉がドアに手をかけたまま優月を見、運転席の方にも視線を流しながら、「気にしないでもらいたい。わたしは監察するためにきたわけでも、この警部交番の査定にきたわけでもない。僕のいうことは私見です」といった。

施設のガラス戸越しに職員がこちらを窺っているのが見えた。先に優月と孔泉が下車し、クリーニング店の車が移動するのを側で見ている。代わって玄関口に清美が車をつけると職員らに挨拶をして、必要な機材を下ろしてなかに運び入れた。孔泉も、犯人役、警官役という首から下げる札を熱心に見つめながら両手に持った。


防犯教室を終えて片付けを始めた。

会場となっていた食堂を元の姿に戻すと、施設の事務局長と介護主任の二人が、事務室でお茶をどうぞ、と声をかけてくれた。優月もこういったイベントの手伝いを何度かこなしている。ただのお喋《しゃべ》りでも、なにかしらの地域の情報を得られる機会でもあるから、遠慮なく参加する。

「警視正、こちらです」

　優月が呼んだ。孔泉は広い食堂で、テーブルの拭き掃除をしている職員らの様子を眺めている。車椅子に座る老女が話しかけたらしく、孔泉が後ろに組んでいた手をほどいて応対し始めた。仕方なく、優月は先に事務室に入る。

　事務机が並ぶ奥にある小さなソファセットに清美と並んで座った。煎茶を飲みながら、部屋の様子を眺める。この『フランチェスカ』にくるのは初めてだった。

　他の施設とそう変わらず、色々なものがごた混ぜになって置かれている。書類やパソコン、資料や本、雑誌、ファイル類。隅にコピー機やファックスがあり、給湯用のポットや湯呑《ゆのみ》。丸い大きな時計が掛かる壁から順に視線をひと巡りさせる。清美は隣で、職員を相手に最近の詐欺情報や手口などについて事例を上げて説明を始めた。

　薄汚れた壁のあちこちには染みが広がり、壁紙の剥がれがある。確か、この施設ももうできて三十年近い筈だ。そんな劣化を隠すかのようにイベントのポスターや関係所管の電話番号を書いたメモ、ポットのお湯がなくなったら足すこと、と書かれた紙などがやたらと貼られている。余白の大きなカレンダーもあり、そこには『六月二十七日午前九時傘見警察防犯教室』とあった。いまだに警部交番を警察署と呼ぶ人は多い。まだ二年にもならないから仕方がないかもしれないが、今まで傘見署でできた手続きを甲池署でしてくれというと文句をいわれる。

他の余白には、ケアマネ来所予定や介護計画会議、医師の診察日なども書き込まれている。通所なので昼寝はできても宿泊するだけの設備はなく、一方、昼食やおやつは出すらしく調理施設があった。材料などの購入日や予定メニュー、他に清掃計画、ゴミ出し日などもあって、クリーニングも今日に記載がある。昼寝用の布団類があるだろうし、タオルなどは相当多いだろう。クリーニングは週に二日、火曜日が収集で金曜日が洗濯物の配達となっている。

ドアが開き、孔泉が入ってきた。清美が声をかけ、優月は席を立って場所を譲る。小さなソファセットなので四人しか座れない。

「わたしも施設内を拝見してきます。こちらは初めてですから」

そう会釈して孔泉とすれ違う。廊下を歩いて、落ち着きを取り戻した食堂へ入ってみた。職員の人が愛想よく会釈し、笑いかける。利用者らが椅子に座ってテーブルでなにか作業を始めていた。見るともなしに見て歩いていると、なかには制服姿の優月に興味津々のふうで声をかけてくる人もいた。

「女の人でも偉くなれるのか」「ピストル持って怖くないのか」「結婚しないのか」「お

やつはプリンだけどおいしくない」などなど。なかには「ずっと立っていたら足が太くなるだろう」と気の毒がってくれる人もいる。普段、街の中で見かけるのは立哨《りっしょう》する交通課員が多いからだろう。太くないですよという言葉を呑み込み、笑顔でひとつひとつ丁寧に答える。こういうところでハラスメントや差別などと騒いでも仕方がない。職員の人が、申し訳なさそうに頭を下げるのに、手を振って笑う。なかには握手しようといってくる高齢者もいて、手を差し出す。これも仕方がないのだろうが、口の周りや作業用のエプロンが汚れているのも笑って見て見ぬふりをする。食堂のガラス戸から庭を眺めてみた。大きな樹木はないが、クチナシやムクゲなどが青々とした葉を光らせている。小さなベンチもあり、花壇には色とりどりの花が広がっていた。樹々の奥では、緑の葉群れのあいだから白いシーツやタオルがはためいていて陽を照り返している。

いつの間にか介護主任の女性が食堂にきていて、利用者さんが眩《まぶ》しいからブラインドを下ろすよう職員に指示をした。廊下の先では清美と孔泉が立っている。優月は慌てて挨拶をして駆け戻った。

「お疲れさまでした」

優月は車が走り出すと、すぐに後部座席を向いて礼をいった。清美も、「お手伝いしていただけて助かりました」とルームミラー越しに笑みを送る。

「警視正、こういうイベントは初めてですよね。いかがでしたか」

すぐに返事がなく、優月と清美は視線を交わす。やがて後ろから声がかかる。

「では、今から情報を集めに行きましょうか」

それを聞いて優月と清美はまた顔を見合わせた。運転に集中すべき清美に代わって優月が尋ねる。

「情報を集める、というのはえっと、聞き込みのようなことをおっしゃっているのでしょうか？」

孔泉は答えの代わりに、運転席のヘッドレストに手をかけ、体を寄せるといった。

「久慈主任、車を停めてください。パトカーは目立ちますから置いて行く方がいいでしょう」

そういって孔泉は自分のスマホの画面を拡大して、傘見の地図を出すと白い指で示した。

「商店街近くにコインパーキングがあります。そこに」

「いえ、榎木警視正、パトカーをパーキングに停めて離れるわけにはいきません。誰かが残らないと」

清美がすかさず訂正する。孔泉は、そうですか、と後部シートの背にもたれると、

「じゃあ、僕が残ります」といった。

商店街の手前でパトカーを停めると、優月と清美は手分けしてクリーニング店についての聞き込みを始めた。

警部交番に戻ったのは、午後三時を大きく回っていた。

昼食はコンビニのパンをパトカーのなかで隠れるように食べただけだったから、ずっとお腹《なか》が鳴り続けている。寮にインスタント食品があっただろうかと考えながらパトカーを降りると、庁舎一階の窓を開けて忠津と小日向が、早くこいと手招きしていた。清美と共に駆け出し、忠津の席へと向かう。周囲には、小日向を始め、刑事係の甘利と遠藤、生安の係長まで集まっている。

「いったい、なんですか」と清美。

「警視正は？」と忠津が尋ねるのに、慌てて後ろを振り返るが姿がない。まあ、いい、と忠津はいって、「今から二階の会議室で捜査会議をする」と告げる。

きょとんとするのは清美と優月だけで、他の面々は重々しく頷き、ぞろぞろ歩き出した。ぼうっと眺めていると、小日向から、とにかく一緒に行け、といわれる。小日向は居残って、一階受付の番をするようだ。

二階には大小の会議室が備えられている。元は署だっただけに、部屋もスペースもある。孔泉は余分にあるからといって住民に開放するのは問題だと指摘するが、優月は無駄に放置しておくよりは良いのではと思っている。

小さい方の会議室に入る。遠藤が正面にホワイトボードを引き出し、甘利と共になにやら書き込んでゆく。長テーブルとパイプ椅子がロの字型に並べられる、その正面真ん中に忠津が腰を下ろした。左右に分かれて刑事と生安の係長が座る。優月は仕方なく、奥側の一辺の端の席に着いた。

生安の係長が清美に、聞き込んだ内容を報告しろと告げる。清美は鼻を膨らませて立ち上がると、テーブルに両手を突いて周囲を見渡した。

「その前に、申し訳ありませんが、話が見えないので、どなたか説明していただけませんか」

忠津が、「警視正から聞いていないのか」と不思議そうに見やる。

「なんのことでしょう。わたしと南主任は、ただ情報を集めて欲しいといわれただけで」

忠津に向き合う席で、優月も何度か頷いて見せる。

「だから、『たまおクリーニング』を調べたのだろう?」と今度は清美にいう。

「え。ええ、そうです。わたし達は商店街近辺で、クリーニング店について、主に経済状況や以前と比べて変わったことなどないか、そういったことを訊いて回るよう警視正にいわれました」

「うむ。こちらでも、警視正から電話で連絡を受けて、『フランチェスカ』の利用者宅に出向いて施設からの請求書の内訳を確認するようにいわれ、刑事と生安に走ってもらった」

「それに加えて、『フランチェスカ』の介護職員で、今日出勤していない者や以前勤めていた者を見つけ、密《ひそ》かに遠藤と聞き込みをかけました」

甘利が、「時間がなかったので十分とはいい難いですが」といい、続けて遠藤が、「その内容をたった今まとめたものがこれです」と書類を配る。優月も目を通す。いつの間にそんなことをしたのだろう。確かに、制服姿の優月らが施設関係者に聞き込みをかけるのは具合が悪いだろうが、それならそれで教えてくれてもよさそうなものだ。目を向けると、清美も同じように眉間に皺《しわ》を寄せて書類を睨んでいる。

資料を読んだ限りでは、『フランチェスカ』で働く職員の数人に聞き込みをかけ、一週間に出す洗濯物の量を尋ねている。だが、実際は職員がほとんどの洗濯物を洗濯機で洗っているということ、そのことで文句をいうと事務局長に暗に辞めるようにいわれるので誰も口にしないということ、また、『たまおクリーニング』の主人と事務局長は親しい間柄らしいということが判明したとある。

再び発言を促された清美が小さな息を吐いたあと、クリーニング店について聞き込んだ内容を述べた。『たまおクリーニング』と『フランチェスカ』の事務局長が親しいという内容は同じだが、介護主任の女性がたまおの遠縁に当たることを聞き及んでいた。

他に、数年前まで『たまおクリーニング』は経済的に苦しいようだったが、徐々に回復し、今では主人夫婦が定期的に旅行に行くほど余裕があること、クリーニング代が値上がりし、その理由として大型の機械を入れたためと説明していたこと、その割には仕上がりが大して綺麗《きれい》になっていないという噂があることなども述べる。

聞き終わると忠津は、大きく頷いて立ち上がった。そしてホワイトボードに書き出された相関図と関係者氏名、聴き取り内容などを示しながら、話をまとめる。

「つまりは、『フランチェスカ』では、利用者の私物洗濯物をクリーニング店に出したように装い、一方の『たまおクリーニング』は作業してもいない洗濯代を請求していたと思われる。おそらく、『フランチェスカ』ではそれらを本来のサービス提供とは別に個人の希望ということで利用者から直接徴収する形で請求している。やってもいないクリーニング代を支払わせるのだから、詐取といえる。そうして集めた金をたまおと分配しているということだろう」

「介護主任も加担している可能性がありますね」と小日向がいう。

甘利が手を挙げる。

「一件一件を見れば大した額ではないでしょうな。ですが、それが毎月、利用者の人数分、何年も続いていたとなれば、それなりの額になる」

優月は正面のホワイトボードを見て、小さく呻《うめ》く。確かに、大した額ではないだろう。介護保険で施設利用料のほとんどが賄える。それ以外に保険適用外の費用を利用者が負担するのだが、月にしても四、五千円くらいではないか。そこにクリーニング代、せいぜい千円前後だろうが、上乗せしたところでさほど目立つ額にはならないだろう。利用者もその家族も大して気にしていなかったのではないか。クリーニングは必要ないといわれた利用者には請求せず、一人暮らしの利用者をターゲットにしていることも考えられる。施設で世話になっているから、妙だと思っても文句をいう人は少ないだろう。そこに付け込んだとすれば、振り込め詐欺の上手をゆく悪質さではないか。優月は、介護職員らが笑顔で利用者を相手にしている姿を思い浮かべ、唇を嚙《か》んだ。

うむ、と忠津が席に着いて、腕を組んだ。

「甲池署と連携して正式に『フランチェスカ』に捜索に入ることになる。甘利主任と誰か、これから甲池署に向かってくれ。久慈主任と遠藤、それと交通係から二人ほど応援を出してもらい、更に聞き込みをかけろ。できれば過去の請求書類やたまおの店主の生活状況などがわかるものが欲しい」

「はい」

「了解です」

ガタガタとパイプ椅子が引かれ、全員が立ち上がる。優月も慌てて書類を集め、ホワイトボードの内容をスマホで写し取る。それを見つけた遠藤がいう。

「さすが元一課だな。防犯教室に出かけて犯罪の端緒を見つけてくるとは」と薄笑いを浮かべた。自分ではなく、見つけたのは榎木警視正だといいたいのを我慢する。そんなことはわかっていて、わざと嫌みっぽくいっているのだ。赴任したばかりの警視正に見つけられて、元捜査一課の優月には見つけられなかった。

「遠藤くん、行くわよ」

清美がドア横から声を飛ばした。

会議室を片付けて階段を下りる。途中からいい匂いがしているのに気づいた。一階受付に行くと誰もいない。あれっ、と思っていると、留守番のようにつくねんと小日向だけがいて、「食堂に行け」と短くいった。そのまま裏口に向かって歩き、食堂を覗く。

テーブルの周りで会議に出ていた面々が立ったまま、なにかを頬張っている。

「南主任、早く。お昼、食べていないも同然なんだから、いただきなさいよ」

清美が奥からいうのに合わせ、甘利や忠津らが場所を空けてくれる。テーブルにはカツサンドがひと口サイズに切られて並べられていた。

「これは？」

「警視正のお手製よ」

「え」

身を屈ませて差出口から調理場を覗くと、孔泉が洗った調理器具を布巾で拭っているのが見えた。忠津が、「早く食え。なくなるぞ」というので慌てて戻って、ひと口に放り込む。おいしい。隣では遠藤が頬を膨らませ、なおも両手に握っている。甘利が、いい加減にしろ、早く行け、と小突いた。

ひと心地ついた署員から順に、裏口から出て行く。それらを見送ったあと、忠津がテーブルの皿を片付けようとするのを優月は、「わたしがやっておきますので」と止めた。忠津が、悪いなといって食堂を出て行く。

調理場の流しで皿を洗いながら、孔泉に礼をいう。そして尋ねた。

「どうして気づかれたのですか」

孔泉は、冷蔵庫から緑のペットボトルを取り出し、蓋を開けながら優月をちらりと見ると小首を傾げた。

「防犯教室が終わったあと、白のウェスタンシャツを着た利用者の男性が、僕に話しかけてこられた」

見かけない顔だったからか、防犯のことだけでなく、警部交番や署員のことなど孔泉に色々尋ねてきたらしい。八十代後半くらいで、お洒落《しやれ》な人なのかセンス良く小綺麗に着こなしていた。話のなかで、シャツの染みがうまく取れないと愚痴をいった。

「クリーニングに出したらどうかと勧めた。だが、彼はここでちゃんと出してもらっているという」

いわれて注意を向けると、利用者の服だけでなく、職員の作業着、エプロン、タオルに至るまでなんとなく薄汚れている気がした。それで到着時に見た、『たまおクリーニング』の車を思い出した。先に降りて、車を動かすのを待っているあいだ、荷台を覗いたらしい。クリーニングの終わった服は多く見えたが、洗濯物はなかった。

だが、そのあと事務室に入って壁のカレンダーを見たとき、クリーニング店の配達、収集の日が書き込まれていて、火曜日は収集の日だと知った。妙だと思った。そして優月が食堂のガラス戸越しに庭を見ているとき、介護主任の女性が慌ててブラインドを下ろすよう指示したのを見た。施設を出る前、ちょっと手洗いを借りるといって洗濯場に向かい、そこに古びた二層式の洗濯機が複数あるのを見つけた。更にそこから勝手口を開け、裏庭を窺うと物干し竿《ざお》いっぱいの洗濯物がはためいていたのだという。

「ほとんど自分のところで洗濯をしているようなのに、どうして毎週、クリーニング店がくるのかおかしいと思った」

優月が窓から庭を見ていたときの介護主任の態度が妙だとは感じたが、そこまでは気づけなかった。所詮、一課にいたといっても自分はこの程度なのだと気持ちが沈みかける。

優月はなにかいわれた気がして、慌てて意識を戻す。

「すみません、なんでしょうか」

「うまかったか」

カツサンドのことだと気づき、「はい、とても」と答える。

「あれ？　今度は異様なほどではなかったか」というのに、思わず苦笑いする。昼食をまともに摂《と》れなかった優月らのために作ってくれたのだろう。会議が終わればあちこち走り回ることになる警部交番の人々のためにもと余分に作った。事件として動き出せば終業時間も関係なくなるからだ。手軽で、熱くなく、素早く口に入れられ、なおかつ腹持ちがするもの。優月は、かなわないな、と胸の内で呟き、片付けを終わらせた。

3

覚悟はしていたが、やはり榎木孔泉の担当になった。

優月の仕事を手伝わせる形で、暇を持て余すことのないように計らう、そんな妙な任務を与えられて、日々、思案する羽目となる。そのくせ忠津も直属の上司の小日向も、なにを任せるといったきり知らん顔だ。忠津はひと言、どんなふうなことをいわれたか、なにを感じておられるのか、気づけた限りでいいから報告するよう指示してきた。よくわからない命令であったが、従うしかない。

今日、七月六日木曜日は、午後から二階の会議室で地域の防犯部会議が行われる。この傘見地区の防犯部会長は作倉春義《さくらはるよし》で、会員は全員で八名。余談だが、優月がここに異動して今日で丸一年になる。事故のあと入院し、自宅療養を終えて普通の異動時期より少し遅れて赴任した。

「この作倉というのは何者？」孔泉が尋ねる。手には、優月が渡した会員の名簿があって、丁寧に目を通していた。

「作倉会長は、そうですね、地元の名士であり、不動産会社を経営しつつ、防犯部会長以外にも色んな役職を担っておられる、住民の信頼篤《あつ》い方、というところでしょうか」

「なるほど。人手の足りていない警察にしてみれば、そういう人間とは常に密な関係を維持していたい、ということか」

「はい、実際、署にこられたときなど交番長や小日向係長とよくお話をされていますね。いざというときに地域住民をまとめる人間は必要ですし」

「ふむ。だが」

「わかっています。官民の境界は弁《わきま》えているつもりです」

「で、どういう人物なんだ」

「そうですね」と優月は、会議室のテーブルに雑巾がけしていた手を止める。

「知識も行動力もあって、会長の任に相応《ふさわ》しい方かと思います。確か、五十代半ばだったかと」

「名簿では今年五十四だな」

「そうですか。そんな年齢には見えない闊達《かったつ》で精悍《せいかん》なところがあります。東京の出身で、早稲田《わせだ》を出ておられると聞いています。優秀な方だそうで、会議でもなんでも地域の問題についてはだいたい作倉さんに頼めばいいという風潮があるみたいですね」

「ちょっと待って、東京出身？　地元の人じゃない？」

「ああ、はい。作倉春義氏は、作倉家の婿養子です。奥様は実阿子《みあこ》さんで、この傘見地区だけでなく甲池署管内にも地所を持つ旧家、作倉家の一人娘。お父さまは既に亡くなられ、お母さまの作倉阿《あ》きをさんが現当主で、現在は傘見で一番といわれる私設老人ホームに入所されています。実阿子さんは春義氏とは再婚で、前のご主人とのあいだに娘さんがおられます。確か、那穂《なほ》さん、だったかな、今は他市に住まわれているようです」

「春義氏にお子さんはいない？」

「いません。そのせいもあって、那穂さんとは打ち解けたいと思っておられるようですが」

これ以上のことになると、ただの噂レベルの話になるので口を噤《つぐ》んだ。孔泉が名簿から目を上げる。

「追い追い、おわかりいただけるかと思います」

そういって雑巾を持って会議室を出た。

三時ちょうどに始まった会議では、生安係の二名と作倉春義が向かい合うように座る。優月と孔泉は進行係の形で正面のホワイトボード近くの席に着いた。

今日の議題は、夜間における防犯問題だ。

春義は最初から不機嫌そうだった。なにを話題にされるのか事前に聞いているのだろう。会員の一人である中年女性が問題を提起する。

「外国人の方が夜など商店街のシャッターの前で飲酒して寝転んでいる姿をしばしば見かけます。うちの娘は、通りがかったときしつこく声をかけられて怖い思いをしたといっていました」

他にもコンビニの前で屯《たむろ》したり、夜道をふらふら歩いているのを見かけたり、不安に感じている住民も少なくないと何人かが発言した。春義は目を瞑《つぶ》り、思案にふけっているかのように見せている。どう反論するか考えているのだろう。

というのも、この会議で問題になっているのは地元の若者のことではなく、技能実習生のことだった。赴任してきた日、孔泉がいったように傘見で働ける職場は、大手自動車会社の『アイラ自動車部品工場』くらいだ。地元住民も多く働くが、ベトナム、インドネシアなどからの技能実習生も抱えている。そしてこの傘見に部品工場を誘致したのは、春義の力によるところが大きい。

地域の活性のためにと思って尽力したのが、少し問題が出たからと一方的に責められる形になっては、春義も面白くないだろう。ただ、問題を訴えるのは、だいたいが工場に勤めていない、関わりのない人だから、微妙なところでもある。

「そのことについては」と春義が目を開け、口を開いた。会員らがさっと顔を向けて見つめる。

「わたしからもアイラさんにお話しして、対策を講じていただくようお願いしている。ただ、なんというか、彼らも遠く故郷を離れて見知らぬ国の田舎町で、言葉も満足に通じないなか、懸命に働いているんだ。そういうところをもう少し汲《く》み取ってあげて、大きな気持ちで見守ってやれないかなと思うのですがね」

「そうはいわれても、なにかあってからでは遅いですし」

「なにかって？」と春義がジロリと女性を睨む。

すぐに生安の係長が手を挙げて起立すると、「夜間の治安維持については我々も注意し、警戒を怠りません。商店街付近は桑ノ尾交番の管轄ですから、深夜帯の巡回を増やすつもりですし、それ以外に駐在からも定期的に見回りをさせようかと考えています」と述べた。

女性がなおも口を開こうとするのを塞ぐように春義が、「それで十分じゃないですか。お巡りさんが見回れば問題ない。技能実習生だって警察沙汰を起こせば仕事がふいになって国に帰る羽目になる。それくらいのことはちゃんと弁えていますよ」とにっこりする。

女性が、むうという顔をするのを見て、春義が更に付け足した。

「お嬢さんも終バスまでには帰るようおっしゃったらどうでしょうかね。甲池の駅前のカラオケやホテルで遊ぶよりも家に戻ってゆっくりした方がいいって」

「なっ」女性の顔が真っ赤に染まる。すぐに、「や、失礼。駅前で見かけたと、あちこちから耳にするものですから、てっきりご存じかと」と春義がしれっという。女性はいきり立ち、「娘はホテルなんかに行っていません」と叫ぶ。

「ああ、そうでしたか、ホテル街を歩いておられただけかもしれませんね。男性とご一緒だったとか聞いたが」というのに、さすがに隣に座る別の会員が袖を引いて諫《いさ》める。

春義は肩をすくめると、また目を瞑って腕を組んだ。

作倉春義は傘見の防犯部会の長だからといって、一方的に話を進めたり意見を押しつけたりすることはない。多少、物言いは乱暴でも、常に中立でいようとし、誰彼区別することなく耳を貸す。だからこそ、他所《よそ》からの移住者であっても会長に推されたのだし、それだけ地域住民に信頼されているということだ。だが、さすがに今回の件はよほど気に障ったのだろう、らしくない嫌みを口にした。

女性が足早に出て行くのを係長と清美は、やれやれという顔で見送る。

会議が終わって優月はそのまま議事録をまとめる。孔泉がホワイトボードを見ながら腕を組んでいる。

三日前、『たまおクリーニング』の店主と通所介護施設『フランチェスカ』の事業主ほか関係者が、甲池警察署に任意同行されて取り調べが行われた。店舗や施設にも強制捜査が入り、クリーニングの架空請求について詐欺容疑で送検されることになる。ただ、行われていたのが相当前かららしく、被害総額などを洗い出すのに手間取っていると聞く。

優月はパソコンを打つ手を止め、大きなため息を吐《つ》いた。

甲池署にいる知り合いから聞いた話だが、利用者や介護職員のなかにはなんとなく気づいていた者もいたようだ。いけないことだろうが、大した金額でもないし、日ごろ世話になっている施設のことだからと目を瞑っていたという。雇われている介護職員も自分たちの仕事を失うような真似《まね》はできなかったのだろう。今回のことは送致されたのち検察によって起訴するかどうかが決められる。どちらにしても弁済が無事すめば『たまおクリーニング』も介護施設も大きな罪に問われることはないのではないか。だが、以前のように営業できるかといえば難しい。元々、経営がひっ迫していたクリーニング店だったから今回のことが影響してますます苦しくなるのは目に見えている。また、介護施設については刑事罰がすんでも行政の調べが入る。監査があるからか、介護報酬を不正に受給する行為は避けたようだが、利用者を直接騙《だま》した形になったのだからかえって質《タチ》が悪いと行政は判断するかもしれない。指定の取り消しなどの重大な処分もあり得る。

クリーニング店にしても介護施設にしても、この傘見では必要な存在だった。そう思うと僅かだが心のどこかが曇る。犯罪を摘発することを職務とする警察官には不必要な感情だと思いながらも、加害者も人間だと思う気持ちがしつこく残る。それが自身の性質によるものなのか、捜査一課にいるとき事故を起こしたせいなのかはわからない。ただ、自分は職務を全《まっと》うすることに強い意志が持てていない気がして、それがまた優月を憂鬱にさせた。

「具合でも悪いのか」

いきなりいわれて、はっと意識を戻す。

「さっきから何度もため息を吐いている」と孔泉が不思議そうに見る。

「いえ、なんでもありません」

優月は画面を閉じて立ち上がったが、なおも視線を向けられているのを感じ、仕方なく目を合わせて尋ねる。

「まだ、なにかありますでしょうか？」

「ああ、うん。このあと予定がないなら、ちょっと外に出てみたいと思うんだが」

「構いませんが、どちらへ？」

「アイラ自動車部品工場へ」

「了解です」

たぶんそうなるだろうと考えていたから戸惑いはなかった。警視正が赴任して十日余り。徐々にだが、孔泉の思考、行動形態が理解できてきている気がする。

「なんでドヤ顔をしている？」

「していません」

パトカーが巡回に出ているので、捜査車両を借りることになる。優月は孔泉を振り返り、「警視正、申し訳ありませんが、わたしは運転ができかねますので、小日向係長に替わってもらいます」と目を伏せかける。

すぐに孔泉が淡々とした口調で、「もちろん自転車で行きますよ。事件でもないのに警察車両を使うわけにはいかない」という。

ホッとして口元が弛みかけると孔泉の細い目が鋭く刺してきた。

「こんなことくらいでイチイチ車を出すのか、傘見では。少ない車両を効率良く回すのが警務係の役目だろう。だいたい最近の警察官がみっともなく太っていたり、健康管理が杜撰《ずさん》になっていたり、そういう実態が警察庁でも問題になっている。ちょっとしたところに行くのにも車やバイクを使うから、運動能力が落ちてしまうんだ。だいたい警察官にメタボがいるなんて論外じゃないか。時間のあるときは訓練をするとか、署員の健康について把握し、そういった指導をするのも警務係の仕事と思っていたが、違うのか？」

「申し訳ありません」

優月は一応、殊勝な顔をして頭を下げるが、わざわざ一階受付でそんな発言をするなんて悪意以外のなにものでもないなと苦笑を堪える。奥の席でみじろぐ忠津の気配は十分感じられたし、その場の全員が息を吸って背筋を伸ばしていた。

駐車場から自転車を二台出し、交番を出る。道案内でもあるから、優月が前を走る。

七月ともなれば、陽射しは真夏と変わらないときもある。今日はまさにその日らしく、暑さに加えて梅雨真っ只中《ま　ただなか》だといわんばかりの湿気が纏《まと》いつく。ヘルメットでは陽射しは防げないし、熱もこもる。せめて風を浴びて和らげようと全力で漕《こ》いだ。

アイラ自動車部品工場は、傘見管内で一番高い山、標高六六〇メートルの笠高山《かさたかやま》の麓にある。ここまでくると緑が生い茂り、山からの風も相まって走っていても涼やかだ。幅二〇メートルもある玄関ゲートが見える場所まできて、自転車を停めた。ゲートの向こうには広大な敷地が広がり、鉄筋コンクリート造りの倉庫状の建物がいくつも並ぶ。幅広の通路が縦横に走り、そこを運搬車などの作業車が頻繁に行き交う。大きな機械音が気にならないのは防音設備が整っていることはもちろんだが、近辺に住宅がないのも幸いしている。

アイラ自動車は国内大手の車メーカーで、部品工場とはいえよくこんなところに誘致できたと思う。噂では、作倉家の土地の一部をほとんどタダ同然で貸与し、加えて近々インフラが整備され、都心との利便が改善されることを売りにして相当強くプッシュしたらしい。だが、当てにしていた有料道路の計画は頓挫し、再開の目途は立っていない。

「アイラにしてみれば、こんな田舎に工場を置いておくメリットがない」

大きな楠《くすのき》の木陰から周囲を見渡し、孔泉がぽつりという。門柱にカメラがあり、周囲を囲むフェンスのあちこちにもカメラが見えた。

「警視正はなにか聞いておられますか」

「なにかとは？」

「アイラが撤退するのではという噂があるようです」

「ふーん。あって当然だろうな」

「ですがそうなれば、傘見の人たちは困ります。誘致の際の条件が、地元民を多く雇うということでしたから、もし閉鎖や移転ということになれば、失業者が数多く出ます」

「ここに限ったことではないだろう。アイラだけでなく、現在はどこでも機械化、ＩＴ化が進んで、労働力の削減が可能となっている。アイラのような会社なら、こういった部品工場こそ真っ先にその対象となるものだ」

自転車に跨《また》がったまま腕を組んでとうとうと語る。

玄関ゲートの向こうに、外国人と思われる数人のグループが喋りながら歩いているのが見えた。

「取り巻く環境を勘案したところ、アイラが撤退すると決めたら、止める手立てはないだろう」

「そんな」

東南アジア系の男性の一人がこちらを見、優月らに気づくと視線を逸らした。それに気づいた同僚らが顔を向ける。青い制服を見て、笑っていた顔が強張《こわば》ったような気がした。そそくさと工場の方へと歩いて行く。

ゲート越しにそんな様子を眺めながら、孔泉がいった。

「防犯部会の女性の話も、まんざら大袈裟《おおげさ》ではない気がしてきた」

「はあ」

「ただ、作倉氏の意見も理にかなっている。妙な真似をして警察沙汰になれば困るのも彼らだ。日本に働きにこよう、働いて金を貯《た》めようという実習生は、意志も固く一生懸命だ。ここにくるのに借金している人も多いだろう。金を稼がないで母国に帰るわけにはいかないから、仕事を続けるためには日本のルールをちゃんと守る。とはいえ、彼らも人間」

「羽目を外しますか」

「人である限り、プライドはあるし、妬みや恨みも抱く。怒りや失意を感じたり、我を忘れるようなショックな出来事が起きたりすれば、誰だってなにをするかわからない」

「こんな傘見のような長閑《のどか》で閉鎖的な地域で、我を忘れるような出来事が起きますでしょうか」

孔泉が細い目を更に細くした。しまった、と優月は内心、軽率なことを口にしたと悔やむが、もう遅い。

「環境がいいとか人が少ないとかが事件の起きない理由にはならない。捜査一課にいたと聞いたが、そういう考え方でよく務まったな」

「な」思わず反発の口が開きかけたが、金色の階級章を見て踏みとどまる。

「能力不足で出されたわけではなかったようだが、案外、本当の理由はあなた自身の根底にあるべき刑事としての資質の問題だったのかもしれないな」

優月はぐっと腹に力を入れる。目が赤くならないよう何度も唾を飲み込み、瞬きを繰り返した。悔し過ぎて、怒りよりも情けなさが全身を覆う。頬を張られたような痛みで涙が湧いてきそうだ。こんなことで泣くくらいなら舌を嚙んで死んでやると息を止めた。

孔泉がなんとも思わないふうに自転車のペダルに足をかけると、勢いよく踏み込んだ。遠ざかる背中を睨み、優月もゆっくりペダルを踏む。

刑事としての資質。それがなんなのか気づかないまま刑事となった。

警察官を目指したのは刑事になりたかったからだが、特別な才能など必要ない、ただ意志の力と努力があればなれると信じていた。だが、実際に警察官になってみると、女性警官は一人で行動させられない、夜の警戒には使いにくいなど、陰では面倒だと思われている節があった。捜査畑ではいっそう厳しい向かい風に晒《さら》されると予感したから、足手まといになるまいと頑張った。人一倍勉強し、教えを乞い、自分の時間など関係なく仕事に没頭した。所轄で刑事推薦を受け、晴れて刑事課に配属されたときはいいようのない高揚感に包まれ、強い使命感と覚悟に燃えた。そこでも一生懸命になり、やがて本部捜査一課へと異動した。

一課は半端なく過酷な職場だった。僅か八か月ほどのあいだで、殺人未遂、強姦《ごうかん》致傷、強盗傷害と立て続けに関わった。被害者に同情し、加害者を憎んだ。二度とこんな事件を起こさせないためにも、罪の全てを白日の下に晒し、収監して罪を償わせる。それが刑事の役目だと信じた。

だが、優月は刑事の仕事を心から理解していただろうか。刑事になることよりも、女は使えないといわれまいとする、その思いだけで務めていたのではないか。孔泉から投げられた遠慮のない言葉は、優月の本質を見ぬいている気がした。

最後の事件が強盗傷害だった。被疑者は三十一歳の男性で、高校時代に苛《いじ》めに遭って以来、部屋に閉じ籠っていた。母親は既に亡くなっており、勇退した父親が面倒をみていた。聞き込みによると、引き籠る以前の彼は、いつも俯いているような大人しい男の子だったそうだ。そんな人物がどうして突然、部屋を出て、コンビニを襲ったのかは、犯人を取り逃がしたため、いまだにはっきりとは解明されていない。ただ、捜査の途次で父親が癌《がん》で余命が短かったこと、そして襲撃されたコンビニの店長が昔、その被疑者男性を苛めたグループの一人だったこと、被疑者が長く心療内科に通っていたことだけが判明していた。

店長を傷つけて逃亡したため、所轄署に捜査本部が置かれた。優月は、所轄の刑事と組んで捜索に出た。やがて被疑者を発見、追い詰め、同僚と共に確保することに成功した。そして捜査車両で本部に連行中、被疑者は後部座席で突然興奮し、暴れ出したのだ。後部座席の隅が一人で制圧できそうにないとわかって、助手席にいた所轄刑事の三橋がすぐにシートベルトを外した。後ろへと身を乗り出しながら、絶対、停めるなっ、と優月に怒鳴ったのだ。停めたら、万が一にでも逃げられる恐れがあるからだ。それはわかっていたが、想像以上の抵抗に優月も手を貸すべきではないかとの迷いが走った。ふと目を上げると、ルームミラーに被疑者男性の顔が見えた。真っ赤に血走った目は涙に溢《あふ》れていた。

優月はハンドル操作を誤り、道路沿いの工場の壁に激突した。凄《すさ》まじい衝撃と苦しさに息が止まりそうだった。ドアの開く音がして、男性の呻く声がした。

不可抗力、という言い訳をもらって優月は処分を免れた。だが、処分してもらった方がマシだったと思うほど、その後が辛《つら》かった。先輩の隅は一人で後部座席にいたことを責められ、退院後、県警本部を出されることになり、所轄の地域課への異動を自ら希望した。助手席にいた三橋は、足を引きずる後遺症が出て早期退職を余儀なくされた。

優月はどの面下げてという自責の念を抱きながら、三橋を自宅に見舞った。

老いというにはほど遠く、若々しい顔をした三橋は、優月を労《いたわ》ってくれた。再就職を世話してもらえそうだと笑い、そして優月が退職を慰留されたものの、本部を出ることになったと知って気の毒がってくれた。

『刑事をしていたらこういうこともある。なにが起きても動じるなといっても、こっちも人間だからな』

そういって優月が生きてきたよりも長い年月を刑事として勤めた男が、苦笑いしたあと告げた。

『ただ、刑事にはなくてはならんものがひとつあるな』

口のなかが乾き切っていたが尋ねた。『それはなんですか』

『――だな』

優月は言葉を失い、そして歪《いびつ》なしこりを抱えることになった。

4

七月七日の金曜日、朝。優月はアライグマに荒らされたゴミ集積場の片付けから始める。さすがに警視正に箒を持たせるわけにはいかないから、そのあいだ、署内でアライグマ対策を考えてもらう。そのあと、各駐在所を見て回りたいというので自転車で同行した。

行く先々で大変な歓待を受けた。駐在所まで巡回にくるキャリアは少ないからだ。奥の戸の陰から珍しそうに覗き見する駐在員の子どもを見つけたときは微笑《ほほえ》ましく思ったが、奥さんや近所の人までが、これが東大出か、警察庁か、警視正かと舐《な》めるようにして見るのにはさすがに困惑した。孔泉は気にならないのか、駐在員相手に近況や取り扱った事件などを訊く。

六か所全部を自転車で回っていては真夜中になるので、途中で戻る。帰るだけなので、ゆっくり、道すがら景色などを眺めながら走った。顔を合わせることがないから幾分、気楽だ。なので、どうして事件のことなど訊いたのか尋ねてみた。それらは全て傘見に報告が上がっていて、既に整理され、データ化もされている。

「直接、対応した方の口から訊いてみたかった。エクセルの数字だけを見てもなにも想像できない」

「想像ですか?」

「ああ。さっきの駐在員が、喧嘩の果てに器物損壊を犯した被疑者のことを話しただろう」

優月は雑木林を抜けてくる青臭い匂いのする風になぶられながら、「はい」と返事した。

「対応に間違いはないし、迅速な処理だったと思う。ただ気になったのは、被害者に対してもどこか冷めた口調だったことだ。被疑者の人となりや住民同士の感情的な行き違いから起きたことは理解しているようだった。事案の処理簿には、腹が立ったから、酒を飲んでいたから、というような理由はあったが、駐在員が被害者に同情しない理由まででは記載されていなかった。動機になるといえるほどのものではないからだろう」

「そうですね。ですが警視正、そのことが必要でしょうか。動機ともいえない、しかも本人自身も語っていないことを警察官が汲み取ることに意味があるとは思えません」

孔泉が走りながら首ごとこちらを向いて、目を細める。

「そういうことをきちんと把握しておくこともまた、犯罪の予防に繋《つな》がるのではないかと僕は考える。罪を罪として毅然《きぜん》と対応しながらも、住民感情にも心を砕く。今日のことで、駐在の役目は想像以上に大変だということがわかった気がする」

「犯罪の予防ですか。確かにそうかもしれません。ただ説教すればいい、捕まえて送致すればいいという話ではないでしょう。犯罪を未然に防ぐことは重要です、ですが」

「もちろん、警察と住民との一線はきちんと引かれていなくてはならない。住民の気持ちに心を寄せるということと、警察官として治安を維持することは同根であってもときに相反するものだ。刑事課などは犯罪が起きてから動く部署だから、そこまで考える必要はないだろう。だが、駐在員や交番員の務めは捜査以前の仕事を果たすことだ。それは広く深く、しかも目に見えず、答えもない仕事だと僕は思う」

そうだった。榎木警視正は地域部長だったのだ。交番員や駐在員に対して、他のキャリア部長よりは思い入れがあるのだろう。

ちりんちりんとベルの音がした。道の少し先をバス停から歩いてきたらしい小学生のグループが見え、孔泉が鳴らしたのだ。子どもらは道路の脇に寄って、優月らの自転車を見送った。

「お巡りさんだ」「かっけー」「見回りだ」

背に柔らかな声を浴びながら、傾きかけた陽射しの下を走り抜ける。

警部交番に戻ったが、一階に小日向の姿が見えない。優月はヘルメットを脱いで汗を拭ったあと、忠津の席へと近づいた。先にため息を吐かれる。

「なにかありましたか」

尋ねると忠津は肩をすくめ、弛《たる》んだ顎を揺らした。「わからん。今さっき、小日向係長が呼ばれて二階に上がった。今、小会議室で傘見地区の自治会議が開かれている」

優月は頷いた。午後に会議をするので部屋を使うことは承知していた。自治会の会議なので、特に警察は参加しない。孔泉はこういった不必要に住民が出入りすることに否定的であるようなので、外回りをしているあいだに終わっていればいいと考えたが、なにか起きているようだ。

「警察に関係することがあったということですか」

「わからん。とにかく誰か警察の人に入ってもらいたいと役員がいってきたんで、小日向に上がってもらった」

優月がいれば優月が行かされただろう。

「いってきたのは自治会長の作倉実阿子さんですか」

「ああ、いや、ほらなんだっけ、あの髪型がこんなふうな」と両手で顔を四角くなぞる。

「商店組合長ですか」

自治会や防犯部会、かさみ商店組合などたくさんあって、ごちゃごちゃになる。優月は名前や肩書ではなく、その人の見た目や雰囲気で覚えるようにしていた。

商店組合長は、面倒見はいいが、ちょっとそそっかしいおかっぱ頭の中年女性だ。

「そう、それ。その組合長さんが慌てふためいて、取りあえず誰か寄越せっていうんだ」

嫌な予感しかしない、と忠津が眉根を寄せた。優月は席に戻った孔泉を見やり、それみたことか、などといわれないうちに会議室に行ってみようと考える。小日向が持て余しているなら替わるしかない。そう思ってメモ帳や筆記具、レコーダーなどを用意してカウンターを回りかけたとき、階段を下りてくる小日向を見つけた。

「係長」

呼びかけると、小日向がこちらに目を向け、落ち着かない様子で駆け寄ってくる。小日向はカウンターを回ると、手招きしながら忠津の後ろにある元署長室、今は倉庫となっている部屋のドアを開けた。忠津と優月は首を傾げつつもついて行くが、孔泉までもが入ろうとするのに小日向は一旦、制止しかけた。だが、隠し事めいてかえって具合が悪いと思ったのか、諦めて招じ入れるとドアを閉めた。

話を聞いて、優月はまさか、と思う気持ちを苦笑いで誤魔化した。忠津は絶句している。孔泉は無表情だが、小日向がそんな孔泉を見て、更に狼狽《ろうばい》する。

「おい、適当なこというな」

忠津が怒った顔で睨む。

小日向にすれば、自分が責められるいわれはないという思いだろうが、それでも一応、申し訳なさそうに身をすくめ、「噂の出所がはっきりしないので、おそらくガセかとは思いますが」といった。いいながらも額に汗が滲《にじ》む。

「それで、うちの誰が住民と不倫しているっていうんだ」

詳しいことはわからないと前置きしているのに、忠津がしつこく問い質《ただ》す。

聞けば、午後一時過ぎに始まった自治会議で、なにか揉めたらしい。会長の作倉実阿子は地元の有力者だから、彼女がひと言いえば治まっただろうに、話はむしろどんどんエスカレートしたという。議案自体は警察と関係のあることではなかったようだが、興奮状態となった会議の席で押し出されるように、とんでもない話が飛び出たのだ。

小日向は呼ばれて末席に着くなり、隣にいた役員からあらましを聞かされた。

傘見警部交番の署員が、住民と不倫をしているというものだ。噂だが、噂以上に確かな話だと口にした女性はいった。そのことに一部のメンバーが、本来の議題よりも問題だと発言した。実阿子は特になにもいわなかったらしいが、役員の一人であるおかっぱ頭の組合長が、警察の人にも入ってもらいましょうと一階へと駆け下りた、という顛末《てんまつ》らしい。

半数以上を女性で占める自治会役員全員から、事実かと問い詰められ、小日向はどっと汗を噴き出させた。とにかく詳細を聞かせてくれといったが、口にした女性は言葉を濁す。どうやら本人もまた聞きで、よく知らないらしい。小日向がなんだという表情を浮かべたのだろう、その女性は向きになって、相手の女性はだいたいわかっていると口を滑らせた。そのうちはっきりするでしょう、と不敵な目まで向けてくるのに、さすがの小日向も黙り込むしかなかった。

そして、この件は持ち帰らせてもらう、はっきりするまで軽率な発言はしないでもらいたいと告げ、小日向は会長の実阿子に頼み込むようにしてその旨、念押しし、会議室を飛び出てきたという。

忠津が腕を組む。

「で、相手の女ってのは？」

「それがいわないんですよ。いってくれなければ確認のしようがないと問い詰めたら、実阿子会長が出てきて、個人情報ですし、プライバシーの侵害にもなるとほざき、いいえ、そういわれたもので、追及はできませんでした」

「だが、なんとなくはわかっている感じなんだな」

「そのようですね」

「うちの方は」

「いや、それはさすがにわかっていないみたいでした」

「わからんぞ。案外、作倉実阿子なんか全て承知のことかもしれん」

うーん、と小日向が唸《うな》りながら思案顔する。忠津がふいにパンと自身の膝を叩《たた》いた。

「ともかくここで考えていても仕方がない。公になる前に見つけ出すんだな」

「えっ。どうやって」と小日向。

まさか、傘見交番の勤務員一人一人呼び出して詰問するわけにはいかない。見ていると、忠津がゆっくりこちらを向く。優月は内心、嘘《うそ》でしょ、と叫びながら必死で顔が歪《ゆが》むのを堪える。

「悪いが、これも大事な仕事だ。発覚すれば、警察の威信にも関わるし、署員の今後にも差し障る」

見つかって処分を受けたところで自業自得だろうと思うが、自身も事故の件では処分を免れている。優月がそういう負い目を持ち続けていることを知っての忠津の命だとすれば、大した狸オヤジだ。そう思っても、上からの命令は拒めない。

ふと視線を横に滑らせると孔泉は相変わらず無表情。いや、微《かす》かに目を開き、小さく光を瞬かせている気がする。興味があるらしい。優月は深く深く息を吐いた。

そして事件はその日の夜、起きた。

5

終業後、金曜の夜だから甲池駅前まで行って外食しようと朱音が誘いにきた。だが、優月は不倫問題をどう調べるか考えたくて断った。朱音が気を遣って、「じゃあ、『カフエカサミ』でなにかテイクアウトしてきてあげようか」という。

若者が集うような店のない傘見地区だが、数年前、古い民家を改修したお洒落なカフエができた。コーヒーだけでなく地元の食材や有機野菜を使った料理も出す。経営者夫婦は、都心からやってきたIターン組で、傘見にある使われなくなった家を買い取って住み着いた。店はもっぱら奥さんが担当し、夫は陶芸の仕事をしている。

休日に清美や朱音と何度かお茶をしたことがあった。傘見の警部交番に勤める人間なら一度は利用したことがあるのではないか。

付け野菜がたっぷりの豆腐ハンバーグ弁当が目に浮かんだが、大丈夫といって断り、朱音を送り出す。インスタント食品で食事をすませたあと、九時過ぎに自販機でミネラルウォーターを買おうと一階に下りた。今夜の当直は甘利と交通係の係長だ。どちらかは休憩の筈だが、話でもしていたらしく揃って優月を振り返る。二人に挨拶をしてカウンター前を通り過ぎようとしたとき入電があり、応答した係長が、ああ、と返事をしたあと顔色を変えた。気づいた優月は足を止める。

「甘利主任、作倉春義からで、蔵のなかで奥さんが倒れているといっています。一応、救急車は呼んだそうですが、息をしていないようだと」

椅子の上で胡坐《あぐら》をかいていた甘利が跳ね起き、優月も目を剝いた。甘利がすぐ無線機に飛びつく。桑ノ尾交番にいる当務員に急行するよう指示し、駐在所にも一斉連絡をする。その場で甘利と係長は濃紺の防刃チョッキと制帽を身に着け、腰にある拳銃を確認した。そしてパトカーの鍵を取ってカウンターの内側から出る際、「南主任、上の寮に残ってるヤツで酒を飲んでいないのがいたら呼んで待機させてくれ」と係長が叫んだ。

「わかりました。念のため、外に出ている者にも連絡してみます」

優月はまだ飲んでいない。だが、金曜日だから既に酒を飲んでいるのがほとんどだろう。朱音も甲池の店で食事をしたあと、カラオケで飲みながら歌うといっていた。あとは、と考えて、一人飲めないのがいることを思い出す。

すぐにポケットからスマホを取り出し、連絡した。

二分後、榎木孔泉は、制服一式を持ったままジャージ姿で現れた。

「臨時の留守番といっても受付だと、やはり制服を着た方がいいか」

優月は警察学校時代に着ていた臙脂色《えんじいろ》のジャージと背中にＰＯＬＩＣＥと入った白い綿のＴシャツだ。二十四時間開いている警部交番の受付といっても、訪れる人間など皆無に近い。

「別に構わないと思います。間もなく、甲池から応援がきますが、甘利主任が出張っていますから、その結果を聞いてからで大丈夫でしょう」

「そうか。もうみんなに連絡したのか？」

優月は忠津の席に座って名簿を繰っていた。「だいたいは。忠津交番長はお酒を飲んでいるので、小日向係長が車で拾ってくるということでした」

「甲池署からは誰がくるんだ？」

「取りあえず、当直に一報しましたので」といいかけたとき、入電があった。すぐに取ると現場に向かった係長からで、優月は電話をスピーカーにする。

『やはり作倉の奥さんだった。既に亡くなっていたため、救急車はそのまま帰った。甘利主任がざっと検視してくれたが、県警本部に連絡する必要があるそうだ。南主任なら慣れているだろうから頼むといっている』

「それはつまり」

『ああ。殺しだ。間違いない』

深夜の一時を回って、現場に出ていた傘見の署員が戻ってきた。

交通の係長は馴れない現場で疲れを滲ませていたが、甘利は正反対で、当直時よりも活力みなぎるふうに目をぎらつかせている。部下の遠藤は遅れて現場に入ったが、すぐに甲池署の刑事課と県警本部捜査一課がやってきて追い出されたらしい。不貞腐れた顔で、今は受付の椅子に座り、自販機のコーヒーを啜《すす》っている。

朱音が、優月からの連絡を受けてタクシーで戻ってきた。ただ顔が真っ赤だったため制服に着替えるわけにもいかず、優月と同じジャージ姿でなるたけ息をしないよう控えている。彼女と同じ交通係員の巡査は、若い男性ということもあって現場保存のため駆り出され、まだ戻っていない。係長の話では、駐在員らと交替で立哨することになるらしい。朱音がそれを聞いてすぐに立ち上がり、シャワールームに向かおうとする。忠津はそれを見て、自身も飲んでいるせいか、酒臭い警察官が表に出るわけにはいかないから交番で大人しくしていろと諫めた。優月はそんな面々に声をかけ、二階の大きい方の会議室の用意を始めることにする。

殺人事件となれば捜査本部が立つ。本来なら、甲池警察署にあるべきだが、傘見も元は警察署だったからスペースも備品類も事欠かない。忠津も、おそらくここに置かれるだろうというので、とにかく寮生を動員してテーブルを並べ始めた。孔泉も手伝おうというが、さすがに断る。

やがて甲池署の刑事と一緒に捜査一課の面々が現場から戻ってきた。

会議室に入るなり、優月に目を留めて声をかけてくる者がいる。一緒に働いていた時期もあったからだが、傘見警部交番の会議室でジャージ姿のまま動き回っている姿に視線を逸らせるのもいた。元気かと声をかけられるのも、見ないふりをされるのもどちらも辛いが、だからといって仕事を放り出すことはできない。捜査会議が始まるのだ。

「おい、そこの席開けてくれ。傘見の寮生か？　刑事でもないヤツは、準備がすんだら出て行けよ」

「いたらマズいのか」

「なんだと？」

やり取りが耳に入って、優月は体を起こし、素早く駆け寄る。そして、いえ、この方はとジャージ姿の孔泉の身分を告げる前に、後ろから訂正が入った。

「おいおいおい、失礼なことというなよな。こちらをどなたと心得る、榎木警視正殿だぞ」

ふざけた物言いだが内容が内容なだけに、水を打ったように部屋の雑音が消えた。その場にいる傘見交番員以外の全員が仰天した顔で孔泉に視線を注ぎ、声をかけた当の刑事はその場で直立し、顔を赤く染めながら、失礼しましたと頭を下げた。他の刑事らも次々に挨拶をし、孔泉が無言で頷きだけを返す。

孔泉のことを告げた刑事は捜査一課の警部補のようだが、優月が出たあとに入ってきた人らしく見覚えがなかった。細身でひょうひょうとした雰囲気を醸すが、軽々しい口調のわりには目つきの鋭さが尋常ではない。口角を上げて笑みを浮かべているようだが、作りものめいて温かみが感じられなかった。

「警視正、よろしければ前の席に」というのに、孔泉は細い目を向け、「あなたは？」と訊く。

「失礼しました。捜査一課館《たち》班の蒲池《かまち》警部補です。一課に入ってまだ一年です」

「そうですか。いや、僕は今、傘見の人間なので端で結構です。会議にいてもいいんだよな」

最後の言葉は優月に向けられたもので、蒲池は視線を辿《たど》るように振り返った。一課の知り合いが素早く蒲池の耳に囁《ささや》く。顔が赤くなるのを意識するが、じっと目を逸らさないでいた。蒲池は大きく頷くと、「ああ、なるほど、君か。話には聞いているが、今はここの人？」と僅かに目つきを和らげる。

「はい。傘見警部交番、警務係の主任をしています。お邪魔でしたら、わたしは出て行きますが、榎木警視正はいても構いませんか」

「いやいや、いいですよ。どうぞ、二人とも会議に出ていてください。なんでしたら」と一旦言葉を切り、小さく息を吸って付け足した。「ご意見があれば、ぜひとも伺わせてもらいたい」

雛壇《ひなだん》が設《しつら》えられ、しばらくして捜査会議の開始が告げられた。県警本部捜査一課から一課長がきて真ん中に座り、甲池署の署長、班長を務める館警部、甲池署刑事課長、そして忠津がその両側に並んだ。すぐ前の席には蒲池が座り、その後ろには館班のメンバーと甲池署刑事課の刑事が控える。

一番後ろの端に、孔泉と優月は座った。パソコンを開けて、会議の進行記録を取る。

事件の一報は、七月七日金曜日午後九時十七分。通報者は作倉春義。一一〇番でなく、直接警部交番に連絡したのは、防犯部会長としてまた地域の顔役として傘見の署員とは日頃から連絡を密にしており、携帯電話にも直通の番号が登録されていたからだ。その方が早いと判断したと、本人は述べていた。

被害者は、その作倉春義の妻、作倉実阿子五十九歳。発見現場は、作倉家の敷地の南東角にある蔵のなか。頭部に殴られたことによる裂傷が見られ、周囲に血痕があることから殺害現場であると推定される。鑑識結果や司法解剖の報告を待たねば詳しいことはわからないが、初動に当たった甘利が報告した。

「現場に凶器と思われるものはなく、争った痕跡も見られませんでした。被害者は蔵の奥を向いた状態でうつ伏せに倒れており、抵抗の跡も見られません。おそらく後ろから殴打されたものかと推測されます」

次いで交通の係長が起立する。

「すぐに敷地内を捜索しましたが、室内には侵入したあとも物色した痕跡もありませんでした。応援を待って付近を調べましたが目撃情報も不審なものも発見できていません」

午後九時過ぎならまだ宵の口だが、ここ傘見では高齢者が多く、就寝しないまでも外出する者はほとんどいない。普段なら、勤め人が帰宅する時間帯でもあるが、バス停から作倉家に繋がるルートで人の姿はなかった。だいたい作倉家自体が傘見地区で一番広い敷地を持つことで知られている。そのせいで近隣とも距離があって、一番近くで在宅していた家とは蔵からおよそ二〇〇メートル以上離れていた。犯行が蔵のなかということを鑑みれば、悲鳴を上げても聞こえなかったことは十分想像できる。

「物色した跡がないというのは物盗《ものと》りの線は薄いか」

一課長が呟くのに、館班長が、「室内に入る前、敷地に入ったところで誰何《すいか》された可能性もありますが、蔵で発見されたことを思えば、最初からそちらを狙ったのかもしれません」と低い声で述べた。

館は五十代半ば。捜査畑が長く、根っからの刑事だが、だからといって職人気質《かたぎ》のようなところはない。誰であれやる気のある者は率先して使い、熱心に指導、教育する。妙なこだわりやプライドなど見せず、下の者や経験の少ない者の意見にも耳を傾ける人だ。口数は少なく、滅多に怒鳴り声を上げることはないが、こうと決めたときの行動の速さは凄まじく、尻尾《しっぽ》を摑んだ被疑者を捕えるための指示は微に入り細を穿《うが》つ。ひと呼吸する間合いで被疑者の影を踏むところまで近づけ、と口癖のようにいう。そんな館は一課の班長を務めてから数々の事件を解決に導いてきた。被疑者が判明していながら、逮捕に至らなかった者はいなかった。優月が事故を起こして強盗傷害の男を逃がすまでは。

一課長は小さく頷き、先を促す。「第一発見者の話は？」

春義から話を聞いた一課の捜査員が立った。

「被害者の夫作倉春義五十四歳は、七日の午後六時半ごろ会社を出たあと自家用車で甲池駅前まで出向き、飲食をして午後九時少し前に自宅に戻ったそうです。玄関に靴があり、妻が帰っている形跡があったのに姿が見えないのを不審に思い、室内、庭などを捜したところ、蔵の扉が少し開いているのを見つけ、なかで被害者が倒れているのを発見したということです。すぐに肩を揺すったり声をかけたりしたが、死んでいると思い、抱え起こすことなく蔵を出て携帯電話で傘見に通報。警部交番からパトカーがくるまで自宅の玄関で座って待っていたということでした」

「ずい分、落ち着いていたんだな」と一課長。

隣の館が小さく頷き、次、と声をかけた。

作倉家については、忠津が自ら立って説明した。

現在、作倉家に住んでいるのは、春義、実阿子の二人のみ。娘の那穂は、傘見から車で一時間ほどの佐々野《ささの》市に在住。実阿子の実母である作倉阿きをは健在だが、傘見にある老人介護施設に入所している。家族はそれだけだ。

「作倉実阿子五十九歳は、地元の旧家の一人娘ということもあって夫が社長を務める不動産会社の役員をしながら、地域の自治会長を長く引き受けて傘見地区のために精力的に活動している女性です。五年前に春義氏と再婚、氏は婿養子となって作倉家に入り、同時に以前勤めていた会社を辞めて作倉不動産の社長職に就き、本人も防犯部会長をするなど地域に貢献しています」

「資産はどれくらい？」

一課長が訊くのに、忠津が、正確な額は不明ですがと前置きしていう。

「傘見にある地所や山野のほとんどが作倉家のものだったそうです。今はだいぶ減りましたが、それでも不動産会社を興して自分の土地の売買や宅地建物の賃貸借を取り扱うだけは十分あるようです。また、景気のいいときに県の中心部に土地を買い、ほとんどがマンションや駐車場となっていますが、そこからの収益もあって会社としての業績は右肩上がり。今ある不動産関係の資産価値だけでも三十億前後、他に株式、貴金属など合わせれば四十億近くあるかと思われます」

ほう、という一課長の声に合わせるように、捜査員らが大きく肩を揺らす。

「動機になるね。地取り、鑑取《かんど》りで色々出てきそうだな、館」

「はい」

「じゃあ、あと頼む」

「わかりました」

館が起立するのに合わせて、捜査員も席を立ち、室内の敬礼をして一課長を見送った。

その後も捜査会議は続けられ、事件関係者の抽出、相関図を書き出し、捜査の方向性を確認、その上で班組がされて役割を決められる。取りあえず、行きずりもしくは既知の人物による強盗殺人、作倉家の関係者による怨恨、金目的の殺人の多方面から当たる。

傘見警部交番の甘利と遠藤は甲池警察署の刑事課員という立場でもあるから、捜査一課の課員とペアを組んで動くことになる。遠藤は一課の巡査部長と組んで防犯カメラを精査するよう指示される。ここ傘見では商店街にこそそれなりに数はあるが、住宅街ではバス通りのみでそれ以外の道を捉えているカメラはほとんどない。それでも一応、確認することにはなる。遠藤はつまらなさそうな表情を浮かべかけて、一課の捜査員に睨まれていた。

甘利のペアには、蒲池が自ら名乗りを上げた。甘利は地域のことに詳しい傘見警部交番の主任刑事だ。蒲池の素早い判断を見て、優月はさすがだと感心する。

次の捜査会議の開始が明日、いやもう今日だが、午前十時と決められ、一旦は解散となった。今からできることは限られる。休みを取る者、解剖の依頼に走る者、鑑識に情報をもらいに行く者らが散らばる。遠藤は捜査員と共に、防犯カメラの確認に出向いた。

蒲池と甘利は鑑取《かんど》り担当で、手持ちの資料から地域の情報を叩き込むようだ。閑散とした会議室から出ようとしたとき、館班長から声をかけられた。目を伏せたまま、室内の敬礼を深くする。

「どうだ。元気にしているか」

優月はぐいと顔を持ち上げ、なんとか目を合わせる。

「はい、館班長。ご無沙汰して申し訳ありません」

「体の方はもういいのか」

「大丈夫です。ご心配をおかけしてすみません」

「心配はしていない。だが、驚いたな」

「はい？」

館の太い眉とその下にある温厚そうな目をじっと見つめ返す。

「まさかお前がいる傘見で事件が起きて、わしらが出張ることになるとはな。妙な縁だ」

「縁、ですか？」

「そういうしかあるまい。ともかく久しぶりに顔を合わせたんだ、一課にいた者としていつでも意見をいってくれていい。なんなら捜査に参加するか？」

「まさか。そんなことはしません。わたしは警務係です」

「そうか？　少なくともそちらの方は、違うんじゃないか」

え？　と優月は驚いて振り返る。すぐ後ろに孔泉が立っていた。全く気配を感じなかった。戸惑いと疎ましさで唇を噛むが、当の孔泉はそんなことは気にしないふうに館を見つめている。

「警視正、もし事件についてなにかおっしゃりたいことがありましたら、まずはこの館にお話しいただけましたら幸いです」と、館は敬礼とは思えぬ深さまで腰を折る。孔泉が無言のまま踵《きびす》を返すと、その背に向かってなおも、よろしくお願いします、といった。そんな館の態度に驚きながらも、優月は素早く頭を下げて孔泉のあとを追った。

6

土曜日だったが、忠津を始めとする捜査に関わる署員らはそのまま傘見に出勤という形で居残った。優月や朱音など寮生らも制服を着て朝から一階で待機、必要とあれば捜査本部を手伝うこととなる。一応、後方支援という形だが、ようはお茶や食事の支度、コピー機やプロジェクターなど事務機器の操作という雑用仕事だ。泊まり込みをする者のために、倉庫や三階の空いている部屋を片付けて、布団類の支度もしなくてはならない。忠津は「休みに悪いな」というが警務係なら当然だし、殺人事件など傘見だけでなく甲池署においても十年以上なかったことだから非常事態といえる。

朝十時から始まった捜査会議が終わるころ、席にいた優月は窓から見える駐車場に捜査車両が入ってくるのを目にとめた。傘見のでも甲池の車でもない。本部の車から降りてきたのは、作倉春義だった。やはり一番に話を訊くべきはこの人物だろう。二階には会議室だけでなく、昔使っていた取調室も留置場も残っているから、そこで聴取できる。ただ当分のあいだ、住民の使用は不可となる。加えて、これまで気楽に出入りしていた者に対しても厳しく規制し、用がない限り交番内に立ち入らないよう、一階受付で、つまり優月ら傘見警部交番の警官が追い返すこととなった。

作倉実阿子が殺害されたという事件は、新聞やテレビよりも早く口伝《くちづて》であっという間に傘見地区全域に広まった。テレビの画面に見知った景色や知り合いの姿が映ると住民は興奮し、土曜日ということもあってか興味本位に交番を訪れる者が後を絶たず、マスコミへの対応を含めて、優月らは一日中忙殺された。そんななか、自宅通勤組の清美の姿を見かける。慌てて追いかけて、「清美さんも呼び出されたんですか」と訊くと首を振った。見れば私服姿だ。

「ちょっと用事があって。でもせっかくきたから、一階を手伝うわ。終わったら寮に行く」というので、優月は取りあえず頷いた。

夕刻、概ね片付いたところで早めに引き上げる。三〇三号の優月の部屋に入ると、既に朱音と清美が待っていた。フローリングの六畳間にはベッドと勉強机のほか、縦長のロッカーとカーペットを敷いた上に小さな丸テーブルとテレビ台、クッションがあるだけだ。三人膝を崩して床に座り、清美が夕食にと作ってくれた焼きそばに朱音共々、喜色満面で箸を取った。

「週末だけど我慢するしかないわね」と清美がお茶のペットボトルを小型冷蔵庫から取り出す。

寮の下が職場だから、いつなんどき呼ばれるかしれない。これまでも、当直員が外に出たときは寮生の誰かが一階に下りて、留守番をしていた。ただの留守番だからジャージ姿でも、少々、寝ぼけていても大目に見られていた。だが、今はそうはいかない。ここに捜査本部が置かれている以上、万が一にでも手伝えといわれたら、素面《しらふ》で仕事に就かなくてはならない。そういうときのために、寮生らは拳銃以外の制服等一式を揃えている。

「いつまで飲めないんだろう」

丸テーブルでお茶のコップを睨みながら、朱音が子どものように口をすぼめた。箸を動かしながら優月は慰める。

「館班が担当するんだから、そうはかからないと思う」

朱音と清美がちらりと視線を向ける。キャベツを噛みながら、優月は大きく頷いて見せた。

「八か月ほどだったけど、あの班の凄《すご》さは身近に見ているからね」

朱音も皿を持ち上げ、「うんうん、噂には聞いてる。一課の館班。あの班長がきてから県警の凶悪事件で黒星がな……」といいかけ、残りの言葉を焼きそばと共に呑み込んだ。優月はわざと口角を上げる。

「わたしが付けた黒星以外はね」

「そんなに凄い班長なら、いつかきっとその強傷の犯人も捕まえるわよ」清美が優しくフォローしてくれるのに小さな笑みで応えた。あれから二年近くになるのにまだ見つからない。

「だけど、あの蒲池警部補ですか？　ちょっと独特ですよね」朱音が話題を変える。清美も賛同するように何度も小刻みに頷く。

「あの目、見ようによっては蛇に見えるわね。口調も態度も軽くて笑顔なのに、話していると自分がコブラを前にした鼠《ねずみ》のような気がしてくるのはなんでかしら。おまけに、聴取がしつこい」

えっ、と優月と朱音が咀嚼《そしやく》を止《や》める。

「清美さん、聴取受けたんですか。それで今日、出勤したってことですか」

「え、なんで、なんで」と朱音も大きく目を開いてテーブルに体を乗り出す。

清美は肩を落として、箸を置いた。

「実はね、わたし目撃していたのよ」

「ええーっ」と悲鳴のような声を上げる朱音に驚き、清美が慌てて手を左右に振る。

「違う、違う。犯行じゃなくて、作倉春義氏よ」

「ああ。事件の夜に、ってことですか？」と優月が訊くと、頷いた。

「昨日の夜、八時前、正確には七時四十分ごろね。あの蒲池警部補に執拗《しつよう》に確認されたから必死で思い出したわ。佐々野市でわたし、春義氏を見かけていたの」

「佐々野？　ああ、清美さんのマンションがあるからか」と朱音はいうが、優月は顔色を変えた。

「待って、そんな筈はない。春義氏は甲池駅前で食事をし、それから真っすぐ自宅に戻ったと、確かそう証言した筈です」

清美が目を瞠《みは》る。すぐに得心した顔に変わり、自分にいい聞かせるように呟いた。

「そうか、そういうことか。だから、蒲池警部補はあんなに何度も念を押したんだ」

「え、どういうこと、どういうこと」朱音がいっそう前に乗り出すのを押さえつけ、深夜の捜査会議で報告されたことを細かに教えた。なるほど、と朱音が腕組みをする。

「つまり嘘をついたってことね。それって滅茶苦茶《めちゃくちゃ》怪しいじゃない」

優月と清美の顔を交互に見つめるので、揃って頷き返した。目撃したときの様子を詳しく聞きたいというと、清美は両手をしっかり組み直す。

「金曜の夜、わたしは佐々野駅前で買い物したあと帰宅しようとしていた。そうしたら、公園脇の路上で声がしてね」

「公園っていうと、あの桜の木がある児童公園？」

　今年の春、お花見をしようと三人で集まって、その公園でお弁当を広げたのだ。遊具も鉄棒くらいしかない小さな公園だが、樹齢百年を超える桜の巨木が一本だけあって、盛りのときは見応えがあるのだった。お花見のあと、近くにある清美のマンションで再びお酒を飲みながら遅くまでお喋りをした。六年前に離婚してから清美は一人暮らしで、傘見が警部交番になる前からそのマンションに住んでいる。ファミリータイプだったので、優月や朱音は遊んだ帰りなど、泊まらせてもらうこともあった。

「そう。喧嘩ってほどではないけど、いい合っているような、揉めている感じの声だった」

「それが春義氏だったんですか？」

「うん。街灯があるから顔はちゃんと見えたし、声も本人だったから間違いない。相手は知り合いかもしれないけど、こちらに背を向けていたから顔はわからない。ただ、不穏な雰囲気が見て取れたから、喧嘩になるようなら割って入るか、通報するとかしないといけないでしょ。だからその場でちょっと様子を見ていたのよ。十分くらいかな。八時に見たいテレビがあったので、ちらっと腕時計で時間を確かめたら七時五十分になっていた」

　十分ほど揉めていたのなら、七時四十分には公園にいたことになる。結局、大ごとにならず、二人の男はそれぞれ離れて行った。春義は公園の道を曲がってすぐ見えなくなったので、その後どこに行ったのかはわからない。

「それで今朝、事件のことを知って、目撃したことを係長に電話で連絡したら、捜査本部に報告した方がいいといわれたので、出勤してきたってわけ。甘利主任とその蒲池警部補という人が話を聞いてくれたんだけど」

相当、しつこく確認されたと、そのときのことを思い出したのか、清美が疲れた表情を浮かべた。

「だけど、どうして春義氏は佐々野にいたことを隠したんだろう。そっちの方がアリバイになるのに」優月は箸を置いて顎に指を当てた。

「アリバイになるの？　佐々野なら？」と朱音が訊く。

「死亡推定時刻は聞きました？」と優月が先に清美に顔を向けると、軽く首を傾げながらも答える。

「まだ解剖所見が出ていないからはっきりとはわからないみたいだけど、甘利主任が教えてくれた。現場に出向いて遺体を確認したとき、まだ死後硬直は起きていなかったそうよ」

「そうですか。死後硬直は、死亡しておよそ二時間後に起きるから、いっぱいに逆算しても犯行は七時以降。春義氏が佐々野に八時近くまでいたのなら犯行は無理かも」

「どうして。先に自宅で殺害してから佐々野に行ったとすれば?」

「六時半に会社を出たのは社員によって確認されていると聞いたわよ。一旦、家に寄って奥さんを殺害してから佐々野に七時四十分ごろに着くのは難しい。傘見の商店街にある作倉不動産から自宅まで車で十五分はかかるでしょうし、それならバス通りを使っただろうからNシステムに映っている筈」と清美がいい、優月も頷いた。だったらと、朱音はなおもいう。

「佐々野から戻ったあと、犯行に及んだってことじゃ? 通報まで一時間はあるわ」

「電車で佐々野駅から甲池駅まで行き、そこからバスで傘見に戻り、バス停から徒歩二十分以上はある作倉家に着くには、一時間では絶対無理。車だとしても、電車よりは早いでしょうけど、それでも一時間近くはかかる」と今度は優月が説明する。

「どっちにしても微妙ね」と朱音が苛立《いらだ》ったように鼻息を吐く。

「発見が早かったから、もっと時間が狭まる可能性もある。あくまでも推定だから断言はできないけど、アリバイ成立と取るかもしれない」

うーん、と三人は思案顔をする。

「だとしても、変なのは、どうして佐々野にいたことを隠していたかですね」

「そうね。お陰で、捜査本部からは怪しまれることになった。係長に訊いたら、昼過ぎには解放されたらしいけど、今後もマークされるだろうって」と清美。

「実阿子さんが亡くなったことで作倉家の莫大《ばくだい》な財産の半分を相続するなら、最重要参考人ですね」と朱音がいうと、清美がすかさず口を挟んだ。

「どうかしら。実阿子さんの母親、阿きをさんも生きておられるし」

「でも、もうご高齢ですよね。実阿子さんが実質、作倉の当主じゃないんですか」と優月がいうと、清美が「どうだろう」と首を傾げた。

「ねえ、わたしらにも応援要請がくるかな」と朱音は地域と交通しか経験がないからか、捜査本部への参加に興味があるようだ。

「さあ。どちらかといえば強盗の線が濃厚じゃないの。行きずりであれ、既知の第三者によるものであれ。そうなると、わたしらまでお呼びがあるかどうか」と清美は、余計なことには関わりたくないようだ。少し前に発覚したクリーニング店と介護施設の癒着が、そろそろ決着がつきそうだといった。

「双方とも、不起訴になるようよ。弁済がされて、被害者からも寛恕《かんじょ》の上申があったみたい」

事件発覚後、『たまおクリーニング』の経営者夫婦は、一軒一軒利用者を訪ねて土下座をして回ったらしい。

「奥さんは泣いていたって」

「そうですか。たまおさんは地元で長く営業を続けていたお店で、地域に根付いていましたものね」と朱音も外勤の仕事だから詳しい。

「お店を閉めて傘見を出るらしいわ」と、清美が口調に寂しさを滲ませる。悪いことは悪いが、『たまおクリーニング』はこの傘見ではひとつしかないクリーニング店だ。近在の人々だけでなく『フランチェスカ』のような介護施設にとっても、クリーニングを出せなくなることはさぞかし不自由だろう。

「優月、どうした？　目が遠いよ」朱音がいうのに、苦笑いしながら視線をテーブルに戻す。

「実はね、不倫を調べるようにいわれたのよ」

「不倫？」

二人は驚いた顔で優月を見つめ返した。清美が、コップのお茶を一気飲みする。

他言無用とはいわれていたが、朱音と清美だけには打ち明けることにした。それぞれ交通係と生安係、どちらも傘見地区に詳しいし、住民同士の関係性も知っている。手を貸してもらう相手としてはもっともふさわしい。自治会議でのことから説明した。

「もしかして、その不倫が事件と関係があると思っているの？」と清美が訊いてきた。

優月は首を少しだけ傾ける。

傘見警部交番の警官と住民女性が不倫をしている。その告発があった夜に実阿子は殺害された。単なる偶然と思いたいが。

「そのこと捜査本部にいった？」

「小日向係長がこれまでの防犯部会や自治会の議事録を提出する際、報告している筈です」

通常、警察が介入しない自治会議の議事録までは取らないが、実阿子は警察にも知っておいて欲しいといって作成したものを預けていた。

「その内容から、実阿子さんと仲が良くないとか恨みを抱いていそうな人の話が、浮かび上がってくるかもしれないわね」

優月はまさかそこまでは書かれていないだろうとは思うが、あの蒲池ならどんな些細な言動でも気に留めて、とことんまで調べ尽くしそうな気がする。あのひょうひょうとした惚《とぼ》けた態度とは裏腹な、粘着質な目の色が脳裏に蘇《よみがえ》る。きっと執念深く調べて、あらゆることをほじくり返すだろう。確か、議事録のコピーがあった筈だから自分も読み返してみようかと考え、首を振った。もう自分は刑事でも捜査員でもない。

頭の隅に色白のキャリア警視正の顔が浮かんで、昨日の会議での彼と館とのやり取りを思い出す。館は、孔泉に意味深ないい方をした。お互いいい印象を持っていないふうだったが、いったいなにがあるのだろう。館が同じ警察官に対し、少なくとも自分の同僚や部下に含みを持って接する人ではないことはよく知っている。常に真っすぐな目と気持ちで向き合ってくれた。優月はそんな館に一課の刑事としてのあらゆることを教わった。いい刑事になれるよう、熱心に仕込んでくれていた。それなのに取り返しのつかないミスを犯し、館の期待を裏切った。処分を受けた隅のことよりも、早期退職した三橋のことよりも、そのことを自分は一番残念に思っていたのかもしれないと、今さらながらに気づいて愕然《がくぜん》とした。

「だけどこんななかで、不倫相手を突き止めろといわれてもねぇ」と清美が、コップにペットボトルのお茶を注ぎ入れながらいう。

清美の言葉に現実に引き戻され、優月はお茶を飲んで頭を切り替えた。

7

日曜日は応援として勤務する必要はないといわれたが、優月は寮から出るのを控えた。いつ呼ばれてもいいように外出することなく、朱音と地域係の戸倉と三人で一日のほとんどを過ごす。捜査員らが慌ただしくしているのが三階にも伝わってくる。

結局、なにも頼まれることなく一日が終わるころ、優月の部屋のドアがノックされた。返事をすると、「榎木だ」という声が返ってきて、慌ててポロシャツと綿パンに着替える。

ドアを開けると、「聞いているか」といきなり問われた。戸惑った顔つきで察したのだろう、「今夜通夜がある」と先にいう。

「作倉実阿子さんのですか。ご遺体が戻ってきたんですね」

よく見ると孔泉は上下黒ずくめの姿をしている。ジャージ以外に服は持ってきていないといっていたのに、と不思議に思っているとあからさまにため息を吐かれる。

「地域の巡査に借りた。喪服ではないがそれらしいのを上下揃えてもらったのだ。今夜は通夜だから喪服でなくても構わないだろうし」というので優月が、「わかりました、すぐ支度します」と返事をすると、細い眉を片方だけ上げる。

「別に君はこなくていい。出かけることを伝えにきただけだ」

むっとした表情が出るのをかろうじて抑え、直立した。

「いえ、警視正。わたしも同行します。少しだけ外でお待ちいただけますか」といって、返事を待たずにドアを閉めた。

タクシーを呼ぶといったが、孔泉は自転車で行くといい張る。優月にしてみればその方が有難いが、通夜には多くの参列者に混じって捜査員も出張っている筈だ。そんななか、キャリア警視正が自転車で姿を現せば目を引くだろうし、どんなふうに見られるかと思うと気の毒な気がした。

夕闇が落ちたなか自転車の電灯を点《つ》けて、軽快に走る。その後ろ姿を見ているうち、警部交番だからと卑下することでもないかと考え直す。

民家が途絶え、風に雑木林が騒ぐ。人気がなく、普段なら物寂しいエリアだ。だが今日だけは違った。長い石段から大門に至るまで灯《あか》りが煌々《こうこう》と点《とも》され、周囲は昼のように明るかった。近くにある寺の駐車場に自転車を置きに行く。さほど広くはない上に、タクシーを含めた車が一挙に集まったものだから、ちょっとした混乱をきたしていた。通夜にも拘わらず、荒らげた声まで聞こえる。金茶の髪を綺麗に撫でつけているわりにはどこか崩れた感じのする三十前後の男性が、黒いTシャツ姿で文句をいっていた。服装からして参列するつもりはなく、誰かを送ってきたようだ。どうなるかと思ったが、その様子を窺っている刑事らしき姿を認めたので、構わずその場を離れることにした。

石段を辿って境内に入るとオレンジ色の灯りが充満しており、さながらテーマパークのようだ。そのなかを参列者が、囁きを交わしながら歩を進める。作倉家の菩提寺《ぼだいじ》で行われた通夜は、家格からすれば当然とも思える盛大さだった。親族に近隣住民、会社関係、取引先関係、実阿子の友人、同窓仲間、カルチャー仲間、自治会関係者などなど。傘見の住民はほとんど集まっているのではないか。春義の関係者も大勢きているらしいから、なおいっそうだろう。

境内の周囲は古木が密に植わっているが、その暗がりにいかにも捜査員らしい姿が幾人も見て取れる。孔泉はそんな姿に気づいているのかいないのか、どんどん進んで受付でさっと香典を差し出すと、記帳して奥へと向かった。優月も木立から視線を離してあとに従う。

既に読経は始まっていた。御本尊前には袈裟をまとった僧侶が数人、野太い声で唱和し、後ろには参列者が密集している。祭壇の近くに春義の姿があり、隣には娘の那穂と思われる三十代くらいの女性がいて、並びには親族らが揃って頭《こうべ》を垂れている。本殿下の焼香台で順番にお参りをすませ、孔泉と優月は離れたところから様子を見ていた。一課の誰かが咎《とが》めにくるかと冷や冷やしていたが、どうやら無視することに決めたらしい。それよりも、関係者を捉《つか》まえて話を訊くのに躍起となっている。これだけ多いと目星をつけていても見つけ出すだけで大変だろう。

時間と共に参列者が減り、祭壇の前は数人だけとなる。柩《ひつぎ》はこのまま今夜はここに安置され、明日、葬儀だ。春義と那穂は、この寺に泊まることになる。

「警視正、誰かに話を訊かれるのですか」

黒い服なのでいっそう細身に見える孔泉は不思議そうに見返る。

「それは捜査本部がしているだろう。なんで我々がしなくちゃいけない」

「あ、はい。では、なにを？　寮に戻られますか」

「春義と那穂の姿がない」

「ああ、先ほど奥へ入ったようです。控室で休憩でもしているのでしょう。夜伽《よとぎ》をするのであれば先は長いでしょうし」

「出てきた」

えっ、と優月は振り返る。確かに、喪服姿の那穂らしい女性が、ハンカチを手に厨《くりや》の戸を開けて出てきた。すぐ後ろから春義が現れ、呼びかける。

「そんなことできるわけないじゃないっ。ショックでどうにかなったらどうすんのよ。ったくそういう無神経なところが……」

声を潜めているつもりらしいが、那穂の声は金属質で、読経の終わった寺の敷地ではそれなりに聞こえる。両目は赤く滲んでいるが、頬から顎にかけてどこか冷たさが感じられる。上着を脱いだ姿の春義が肩を落とし、なにか短くいい返したようだが、那穂はすぐに怒鳴り返した。

「自分の娘が殺されたなんて知ったら、具合が悪くなるっていってんの。お祖母《ばあ》ちゃんの体調が悪いのわからないの？　いつおかしくなっても、ああ、もういい。あんたにはわからない。所詮、他人だし、お祖母ちゃんのお見舞いだって滅多に行かないしね。とにかく作倉の家のことで傍《はた》からごちゃごちゃいわないでよ」

どうやら実阿子の母、阿きをには娘の死を知らせていないようだ。明日は葬儀だから、さすがに連れてくるべきだというのが、春義のいい分なのだ。だが、孫の那穂は祖母の身を案じている。

春義は、他人といわれてさすがに気分を害したらしく、むっとした顔でなにかいいかけたが、人に見られていることに気づいて口を噤んだ。全身で息を吐き、那穂のいい分を受け入れることにしたようだ。そのまま寺の外へと歩き出そうとする那穂を見て、春義が慌てて声をかける。

「おい、どこへ行く？　帰るのか？　夜伽はどうする？」

戸惑うようにいうのに、まるで埃でも払うかのように那穂が肩を怒らせ、横顔だけで返事した。

「あんた一人がついていれば十分よ。母だってその方が喜ぶでしょ。たとえ自分が――」

最後の方はくぐもった声で、優月らの耳には届かなかった。だが、春義には聞こえたらしく、顔色を変えて目を尖らせるのが見えた。おそらく、春義が実阿子の死に関係しているのでは、みたいなことをいったのだろう。春義は第一発見者だ。

那穂が速足で門を潜って行くのを春義は黙って見送る。捜査員がすっと暗がりから姿を現したのを見て、孔泉は出口に向かった。

優月らが駐車場に戻ると、入れ違いのように出て行く車があった。助手席に那穂の姿があり、運転しているのはきたとき揉めていたTシャツの男性だった。すぐに捜査車両がどこからか姿を現し、追尾を始めた。

翌日、いつものように傘見警部交番での仕事が始まる。優月は孔泉と共に外に出るが、今度は近くなので歩きだ。

訪ねた先は自治会で経理を任されている女性宅で、金曜日の夜の会議で不倫を暴露した人物だ。『アイラ自動車部品工場』傘見支所の支所長の妻で、夫と義母の三人暮らし。子どもは自立して家を出ている。地域の役を引き受けて二年目になるそうだ。

最初、制服姿の優月と孔泉を見て事件のことだと思ったのか、いそいそと招き入れてくれたが、いざ尋ねた内容が先日の会議でのことだと知ると、女性は途端に表情を変えた。

「それって実阿子さんの事件と関係あるんですか？」

全然関係ありませんともいい辛く、言葉を濁す。彼女の目は暗に、不倫なんか調べている暇があれば実阿子を殺した犯人を捕まえたらどうだといっている。

優月らは知らん顔を決め込み、質問を繰り返す。自分がうっかり喋ったことが発端だからか、仕方ないといった感じに肩を落とすとソファに座り直した。せっかく淹《い》れたコーヒーだからと勧めてくれる。孔泉はすぐにカップを持ち上げると鼻をくっつけて匂いを嗅ぎ、ひと口飲んだあと残念そうな顔のままソーサーに戻した。優月は隣で手に汗をかきながら、事情聴取する先で出されたものは、たとえ水一杯でも手をつけてはいけないことをいっておけば良かったと後悔する。

「わたしも人から聞いた話で」と、女性がカップを持ち上げながら口火を切る。

「どなたからですか？」

「えっと。誰だったかしら。プリザーブドフラワー教室のみなさんとお喋りしていたときに誰かが、実阿子さんだったか、違うわ、別の人だったような。とにかく」

「ちょ、ちょっと待ってください。その教室では作倉実阿子さんもメンバーなんですか」

「ええ。入られたのは最近ですけどね。なんですか、色々、手業を身につけたいとかいって、他にも挑戦していたそうよ。実阿子さん自身、会社の役員はしていても実際の仕事は、ほとんどご主人任せだし。生活にゆとりがおありだから、暇潰しするものを探していたんじゃないの」

「そうですか」

　実阿子は相手の女性が誰か知っていて、プライバシーだとかいって庇《かば》ったということだ。

「それでね」と役員の女性は、話に興が乗ってきたのか、体を前に乗り出す。「とにかく、お教室で誰かがぽろっといったのよ。みんなで、えーってことになって、その警察官のお相手は誰よ誰よって大騒ぎ」

「つまりよくご存じの方だった」

　ふふんと鼻を鳴らした。「まあ、そういうことね」

「既婚者ですね」

頷くのを見て、ずばり訊く。「どなたですか」

うーん、と大袈裟なくらい思案顔をした。わざとではなく、本気で迷っている感じだ。個人情報だとかいって拒んだらどうするか、一応、考えてはきている。女性の方はともかく、不倫相手が警察官だと問題になる。このままではいずれ発覚し、処分を受ける。そうなれば、傘見が警部交番だからとか、ヘタに人数を置いているのがいけないということになって、閉鎖される可能性も出てくる。そうなったら、自治会議だけでなく色んなことに警部交番の二階を使って、気安く職員らと接することもできなくなる——そういう脅し半分の話をして説得しようと昨日一日かけて考えた。だがその必要はなかった。

「ここだけの話よ。わたしがいったっていわないでね。『カフェカサミ』の伊尾《いお》さん、伊尾愛奈《あいな》さんらしいのよ」

朱音と何度かお茶やランチをしに行った、古民家を改造した店がぱっと浮かんだ。経営者夫婦といっても、もっぱらお店を担当しているのは伊尾愛奈だ。

「こういっては失礼だけど、ご主人のされている焼き物、イマイチって感じなのよね。趣味が高じて本格的にやり出す人って、結構、いるでしょう？　賞でも獲《と》れば別なんだろうけど、景気よく売れるものじゃないし。そのうち生活が苦しくなったのか、奥さんの愛奈さんが料理自慢を生かしてコーヒーやら食事を供するカフェを始めたのね。それが案外、評判を呼んで、今では甲池からだけでなく、県のあちこちから遊びにきたりするらしいのよ」

　確かにここ半年ほどは人気のためか、予約制となって土日は滅多に行けなくなった。

「でしょ。だけどそうなると面白くないのがご主人よねぇ」

「はあ」

　だいたい話の流れは見えてきた。このまま違う方向へとお喋りが向かう前に舵《かじ》を切る。

「それで、伊尾さんの奥さんと一緒にいた相手が、うちの警察官だというのは間違いないんですか」

「え。ああ、なんか見たことのある顔だったみたい。前宮市の駅前の百貨店裏？　あの辺、ホテルがあるじゃない。そこを歩いているのを見かけたらしいんだけど、すぐには思い出せなくて、家に帰る途中、警察署の前を歩いているときにふいにわかったらしいの。あっ」といって、にこっと笑う。「そうだ、今、その話をした人が誰か思い出したわ。えっと、なんて名前だったかしら。首の長い、ほら、商店街で花屋をやってた、今はお嫁さんに任せて暇にしているからってお教室に入った人。その人が見たのよ。あら？　知り合いが見たっていったのだったかしら」

　さすがに代替わりする前の花屋の女主人まで、優月は覚えていない。ちゃんと確認したいので名前がわかったら、あとで教えてもらえますかと頼む。そして、「駅前の百貨店裏ですか」となんとなく呟いた。

前宮市は県庁所在地で、流動人口も最多。ＪＲだけでなく私鉄も数本乗り入れている、県で一番繁華な街だ。県警本部を始め、市民ホール、野球場、美術館などがあり、駅前には百貨店や総合ビルが軒を並べている。裏手に回れば、居酒屋、キャバクラ、パチンコ店、雀荘《ジャンそう》などがひしめき合う。

「傘見警部交番を見て思い出したってことですね」

「そういうこと。だいたい傘見警察のお巡りさんは、昔に比べてそんなに多くないじゃない。名前は知らなくてもなんとなく顔はわかるし」

「今は警部交番ですが。それでその男性は制服警官？　それとも私服？」

「え、なに？」

隣にいた孔泉が、わざとらしくゴホンと咳をする。それで正気に戻った。デートしている相手が傘見のお巡りさんだといったのだ。制服警官なのだ。私服の刑事や生安の係員と住民が接することは余りないし、第一、お巡りさんや警察官とは呼ばずに刑事というだろう。そんな当たり前のことに気づかないとは、なにを一人で浮き足立っているのだと優月は自分を戒める。わからないように深呼吸をして、どんな容姿の男性だったか聞いていないか、と尋ね直した。

「ううん。男の人が警察官だってことだけ。それより伊尾さんの奥さんのことで盛り上がっちゃって」

「はあ」

それがなんで金曜日の自治会議で取り沙汰されたのだろう。

「夏祭りの話をしていてね」

そこまでは会議の議事録に書かれている。自治会が主となって、夏祭りを開催する。商店街や地域から多くの寄付とボランティアを集めて毎年行うものだ。そろそろその準備にかかろうか、というのが議題のひとつだった。

「役員の一人がね、『カフェカサミ』に行ったとき、伊尾さん夫婦にその話をしたのよ。昨年の祭りはご夫婦二人で参加してくれたから。なのに、伊尾さんのご主人がそんなことしている暇はないとかいったらしいの。なにそれって感じでしょ。Iターンだか Uターンだか知らないけど、移り住んで住民の一員になった以上、そういうのに参加するのが地域に溶け込むってことでしょ？　だけどご主人は顔を真っ赤にして、くだらないっていって椅子を蹴立てて出て行ったんだって」

奥さんが忙しいというのならまだわかるが、夫の方は、昼間からお酒を飲んでいるのを見かけることもあるようだ。カフェの評判がいいのをひがんで拗《す》ねているとしか思えないと、苦笑いした。

「夫婦も微妙よねえ。とにかく、あの態度はなんだってことから、伊尾夫婦のことで色んな不満が、主にご主人のことについてだけどね、噴出して侃々諤々《かんかんがくがく》としているうち、つい、わたしもね、口が滑っちゃった」

その辺のことはさすがに議事録には記載されていない。

「組合長さんはちょっと潔癖なところがあるのよね。不倫の話を聞くなり、とんでもないことだ、警察の人を呼んでくるってあっという間に飛び出したのにはびっくりしちゃった」

実阿子さんに、お喋りね、とあとで叱られたとぺろりと舌を出した。

「そうですか。実阿子さんは、大ごとにしたくなかったんですね」

「そうみたい。あの人も色々あるから」

「色々？」

あ、という顔をした。こういうタイプの人は、一度、噴き出すととめどなく話が溢れ出す。だが、さすがに亡くなった人のことだからと、自分の掌《てのひら》で口を塞いだ。不倫の実態を明らかにすることが与えられた仕事だが、優月はむずむずする気持ちを抑えられない。息を吸って口を開けかけると先を越された。

「それは作倉実阿子さんも不倫をしていたってこと？」

孔泉の直截《ちよくせつ》な尋ね方に、さすがに優月も唖然《あぜん》とする。女性は大きく目を見開き、叫ぶようにまさかとんでもない、「実阿子さんはそんな人じゃない」と強く否定した。

「実阿子さんはそうではない、では、誰がそうなんですか」というのに、優月も乗る。

「ひょっとしてご主人の作倉春義氏が？」

女性は顔を真っ赤にして怯《おび》えた目を向けた。「そんなこといってません」とほとんど悲鳴に近い声を上げた。

「だいたいお二人のご夫婦仲は悪くなかったですよ。再婚されたときなんか、見ているのが恥ずかしいくらい睦《むつ》まじくて。春義さんも実阿子さんのこと大事にしておられましたし」といい終わっても、なにか口のなかに残っている感じだ。優月と孔泉がじっと見つめながら待っていると、まあねぇ、とぽつりという。

「実阿子さんとの仲というよりは、春義さんと那穂ちゃんがねぇ」

ああ、と表情に出さずに納得する。昨日の通夜でのことが思い出された。

那穂は実阿子と前の夫とのあいだの娘だ。実阿子にとって血の繋がった娘は那穂一人しかいない。再婚したとき、那穂は既に三十前の立派な大人で、親の結婚に反対する歳《とし》でもなかった。

「五年にもなるのに、まだ那穂さんは春義氏とはうまくいっていないんですね」

結婚が決まって春義が同居すると間もなく、那穂は家を出た。佐々野で一人暮らしを始めたらしいが、仕事はあるし、仕送りもあるとすれば、生活に困ることはないのだろう。

「結婚はされていないんですか？」

「そうみたいね。年齢も年齢だし、いい人がいるんじゃないのっていったら、実阿子さん、複雑な顔をしたわね。母親としては早く、ちゃんとした人と結婚して欲しかったんじゃないのかしら」

もしくは、金茶の髪の黒いTシャツを着た男の存在を知っていて不安を抱いていたか。捜査本部は既にTシャツの男のことは把握しているようだから、話を戻す。那穂と義理の父親との関係。

「そう、いまだに嫌っているみたいね。嫌うっていうより、信用していないって感じかな。まあ、那穂ちゃんの気持ちもわからないでもない。なんといってもあの作倉家ですからねえ。財産目当てかなぁって誰だって思うじゃない。実阿子さんは春義さんより五つも上だったし、気が強くてしっかり者だけど飛びぬけて魅力的な人って感じでもないし」

亡くなった人のことである割には色々飛び出す。向かいに座る孔泉が無表情ながらも、案外聞く姿勢であるのがいいのかもしれない。

「春義さんってイケメンとまではいわなくてもキリっとした、いい容貌されているでしょ。早稲田出で頭もいい、押しも強くて話も上手。いくらでも若いお相手が見つかるだろうに、ってわたし達も最初は思いましたよ。でもね」と、ふと目元を和らげた「ここ五年、お付き合いしているうち、お二人は、お似合いの夫婦だなって思うようになったわ」

「でも娘の那穂さんだけは駄目だった」

「そこはやっぱり、義理の娘ですからねぇ。春義さんは仲良くなりたいと色々心を砕かれたみたいだけど。プリザーブドフラワー教室で実阿子さんがなにげにいわれたのを覚えている」

「どんなことですか」

「遠く離れた血縁よりも、近くの他人ってよくいったわよねって。『夫に、那穂と打ち解けるのは諦めて。どうせあなたの娘じゃないんだし、その辺の他人と同じに思ってくれていればいいっていったら、凄く怒ったのよ』って」

「へえ」

「春義さんが、実阿子の娘は自分にとっても娘なんだといったそうよ。実阿子さん、ちょっと嬉《うれ》しそうだった」

そのときのことを思い出したのか、女性はふいに涙ぐみ、傍らのティッシュを引き抜く。目頭を押さえながら、厳しいことを遠慮なくいうところもあったけど、いい人だったわ、と湿った声を出した。午後からの葬儀に参列するのだというので、辞去する。

外を歩きながら指を折って数えてみた。傘見警部交番にいる制服警官の数。

交番長を筆頭に、警務係、交通係、地域係。生安係も業務によっては制服を着るが、大抵、それは清美の役目で、生安係長の制服姿は優月もまだ見たことがない。

一番怪しいのは地域係だ。若い男性がいる。

「若いのなら交通係の巡査もだろう」と孔泉がいうのに、優月は小さく首を振る。

「そうですが、伊尾愛奈さんは確か、三十前。二十五歳の彼と不倫は考えにくくないですか」

もちろん、恋愛に年齢差は関係ないが、それでも交通係の巡査がアイドル推しでゲームオタクだと知っているから、幼さの残る容姿とも合わせると違和感しかない。まだ数えるほどしか顔を合わせたことのない筈の孔泉でも同じように感じるらしく、修正することもいい返すこともしなかった。

地域係には女性が二人。あとの四名は男性で、三十代と四十代の警部補と三十代の巡査部長、二十代後半の巡査長だ。

「四人を行動確認するのは難しいですね」

「だったら女性の方を尾《つ》けるか」

「そうですね」

ほとんど浮気調査の探偵だ。余り気乗りがせず、優月は否定しないまでも、「まずは、プリザーブドフラワー教室の噂の大元から話を聞いてみませんか。それで人相風体がわかればかなり絞れます」といった。

道の先に見知った顔があった。甘利が気づき小さく手を挙げる。

「どうした、こんなところで」

首を伸ばして優月らの後ろを窺う。自治会の経理を任せている女性の家から出てきたのは見られただろう。見られた以上、説明しないわけにはいかない。隣に立つ一課の蒲池は、にやにやして表情は柔らかいものの目が怖い。刑事よりも先に聞き込みしているんじゃねぇぞ、と暗にいっていた。

「自治会の揉めごと？　なんでそんなものにかかずらっているんだ？」

甘利が孔泉をちらりと見、呆れたようにいうのに、優月は弁解するようにいう。

「詳しいことはいえないんですが、忠津交番長からの指示で会議での発言内容を確認しただけなんです」

甘利は合点したふうに、「殺しのことでなきゃいい」とだけいってやり過ごそうとしてくれた。だが、さすがに蒲池はそう簡単にはいかなかった。

「我々は作倉実阿子が入っていたプリザーブドフラワー教室のメンバーに順番に訊いて回っているんですが、なにか気になることはいっていませんでしたか」

言葉遣いが丁寧なのは孔泉を意識してのものだろうが、視線は優月に向いている。

「事件のことは話題にしませんでしたので」

取りあえず、そう答えておいたが、孔泉はなにを思ったのか、制帽をいじりながら短くいう。

「夫婦仲は良かった。春義と実阿子の娘とは仲が悪い」

甘利と優月は揃って目を開くが、蒲池は、ほう、と吐く。それだけいうと孔泉はすたすた歩き始めた。優月は敬礼をしてあとを追うが、角を曲がるまで蒲池の視線を背に感じ続けた。

8

忠津が写真の一枚を手に取ったまま、もう二分近く黙ったまま動きを止めていた。

一階奥の元署長室がいまや忠津の指揮の下、不倫調査班の秘密会議室のようになっている。倉庫にしていたが、例の疑惑が持ち上がってからは忠津が鍵を掛けて誰も出入りできないようにしていた。

交通安全運動用の幟《のぼり》やゆるキャラの着ぐるみ、地域防犯運動で配るティッシュの入った段ボール箱などが山となって積まれた奥に、折り畳みの長テーブルとパイプ椅子を置いた。忠津と孔泉、優月が顔を突き合わせている。

ようやく忠津が、クジラの潮吹きのような長いため息を吐いた。

「なにやってんだかなー」

それが最初のひと言か。自治会の女性に聞き込みをしてから丸三日、時間外勤務をして手に入れた証拠写真だったが、忠津にしてみればそんなふうにしかいいようがないのだろう。

伊尾愛奈の不倫相手は、地域係の高村恭司《たかむらきょうじ》三十七歳だ。バツイチの独り身で、今は優月と同じく寮生として傘見警部交番の三階で暮らしている。

忠津がテーブルに戻した写真は、手を取り合った高村と愛奈が前宮市のホテルのひとつに入ったところのものだ。他に、ホテルから出てきたところ、二人で飲食しているところ、タクシーに乗り込んだところ、『カフェカサミ』の手前の木立で別れのキスをしているところと、調べ始めて僅か三日で摑んだ証拠にしては盛りだくさんといえる。

「まあ、交替制の地域係ですから、非番か公休日にしか会えないでしょうし。相手の都合を考えれば密会の時間は限られてきます」

実際、この写真のほとんどが昨日の非番、つまり午前中に勤務が終わった高村が、週に一度のカフェがお休みの日に、愛奈と待ち合わせたものだ。

プリザーブドフラワー教室のお仲間を訪ねて聞き込んだ人相風体から、地域係と目星をつけ、非番、公休日を狙って尾行したのだ。

「全く、なにやってんだかなー」

今度は両手で頭を抱えて唸る。こういうのが一番厄介なんだよなーといいながら、髪を揉み出す。

「それでどうしますか、交番長?」

困らせるつもりはないが、優月にしてみれば、こういうことからさっさと手を引きたい。曲がりなりにも同じ場所で一緒に仕事をしている仲間だ。しかも地域係は、同じ一階のフロアに島があるから、別の部屋にいる朱音や清美よりよほど顔を合わす。高村はどちらかといえば大人しい人で、上司や後輩が盛り上がっているなかでも口元だけで笑い、大きな声を上げることもない。仕事ぶりは部署が違うのでよく知らないが、問題があったことは聞かないから真面目にこなしているのだろう。

そんな人物がなぜ、といってもこればかりは仕方がない。肝心なのはこのあとだ。

「隠そうにも既にバレちゃってるしなぁ」

傷口に塩を塗るつもりはないが、「わたし達が聞き込みしたことで、いっそう広まっている可能性はあります」と、ほぼ確実だという口調でいい足す。黙っていて欲しいと一応は念押ししたが、半分は諦めていた。あとから聞き込みに入った甘利や一課の蒲池の耳にも入っているだろう。つまり、傘見警部交番内でも噂になっているのは間違いない。

「監察処分となるか。なるにしても説得して別れさせれば、多少はマシだろうか。ともかく、まずは本人に確認するしかないよな」

疑問形のまま視線を優月と隣に座る孔泉に向けてくる。二人とも微動だにせず、視線だけ逸らした。それを見て忠津がまたため息を吐く。

「わたしがするのかー」

孔泉と優月は揃って頷いた。


甘利が食堂にきて優月と朱音のテーブルの上を覗き込んだのは、その日の午後八時少し前だった。

「冷凍をチンしたのか。若いんだからもっといいもの食えよ。大きくなれないぞ」

「あはは。甘利主任、お疲れ様です。今から夕食ですか」

「ああ、交替でな。今、遠藤に買いに行ってもらっている」

そういって甘利は優月らのテーブルに着く。朱音が調理場からお茶を淹れたグラスを運んできた。甘利が礼をいって一気飲みする。

「捜査、捗《はかど》らないですか」

こんなところで訊くことではないが、甘利の疲れ方が半端ないように見えた。たまに自宅に戻れる捜査員とは違って、寮生でもある甘利は二十四時間、フルに任務に没頭しているのではと案じられる。寝ておられますか、と訊いた朱音を見て、これみよがしに赤い目を瞬かせた。

「まあね。とにかく目星だけでもつけないとなぁ。寝ようとしても嫌な夢を見て目が覚めるんだ」

優月と朱音は視線を交わし、ため息を呑み込んだ。

「実阿子を殺したいほど恨んでいる人物は浮かんでこない。このままだと金銭目的の強盗の方へと比重が動くかもしれん」

「そうなんですか。旧家の資産家だから、お金という動機がやはり一番でしょうしね」

作倉春義のアリバイ偽証の件が気になっていたので、声を潜めて尋ねてみた。

「いや、なんで嘘をついたのか、最後までいわなかった。本来なら容疑者に格上げしてもいいところだが、犯行時刻前後、佐々野にいたことがわかっているから放免。共犯がいる可能性もあるからマークはしているが、わしとしては薄いだろうと思う」

その根拠のひとつが死亡推定時刻らしい。解剖所見では七時以降発見時の九時までのあいだといわれているそうだ。だが一番に駆けつけた甘利が、遺体を見た限りつい今しがたとは思えない、八時半よりあととは考えられないと断言した。駆けつけたとき硬直は起きていなかったが体の温《ぬく》もりはなかったし、血の固まり具合からしても、殺害してすぐという状況ではないと、これまでの経験から感じたそうだ。犯行時刻が八時前後なら、春義は佐々野にいたことになるが、場所も時間も微妙だ。もし共犯がいるのならもっと完璧なアリバイを作るのではないかというのが甘利の見方だ。

「なるほど」

「うむ。それに春義には実阿子を殺すメリットがない」

「え。どうしてですか。遺産が」と朱音が思わず叫んで、慌てて口を押さえる。

「それがだよ」と甘利はテーブルに頬杖《ほおづえ》を突く。「別班が調べたところ、作倉家の財産の名義のほとんどがいまだに現当主の作倉阿きをのものなんだと。阿きをの夫、つまり実阿子の父親が死んだとき、実阿子もいくらか財産はもらったらしいが、相続税の関係からかほとんどを阿きをに名義を変えた。不動産を売買する折には、実阿子か春義が、ホームにいる阿きをのところにいっていちいちサインやら委任状をもらって動かしていたということだ」

「つまり、母親の阿きをさんより先に実阿子さんが死んでしまったから、実阿子さんの配偶者に相続権はないということですね」

「そういうこと。春義はそのことをもちろん知っていた。不動産会社をやってんだからな」

「春義に遺産相続という動機はないことになる。むしろ先に死なれて困っているぐらいだ。ただ怨恨か、突発的な怒りの発動の可能性はあるが、そんなことが起きそうな話も出てこない」

夫婦仲は悪くなかった。『お二人は、お似合いの夫婦だなって』と聞き込みした女性の言葉が脳裏を過《よぎ》る。

食堂の戸口に、白いビニール袋を提げた遠藤が姿を現した。商店街にあるコンビニで仕入れてきたようだ。甘利が隣のテーブルに移り、遠藤が温めるというのにその時間も惜しんで弁当をかき込み始める。

遠藤が食べ始めるころには甘利は完食しかけていた。爪楊枝《つまようじ》を使いながら、「カメラになにかあったか」と訊く。遠藤がちらりと優月らを見て、不服そうに顔を歪めた。

「いいって。うちの仲間だぞ。聞かれたところでどうってことない」とチッチッと甘利が口のなかで鳴らした。

「ですが、捜査本部の人間でもないし」と口をもぐもぐさせながら抵抗する。優月と朱音は席を立ちかけるが、いいからと甘利が押さえるふうに手を振った。

「警部交番の刑事係風情がいっちょ前なことというなよ。わしらはどうせ道案内なんだからな。で、どうなんだ」

遠藤がごくんと喉仏を上下させ、ふうっと息を吐くと目を尖らせながらも答える。

「傘見地区だけでなく、甲池からのルートにあるカメラを精査していますが、今のところこれというのは映っていないですね。ただ作倉春義の車が、午後九時過ぎ、自宅付近の防犯カメラに捉えられていました。家に戻る途中のようでした」

「やっぱりな。犯行が九時前後ってことはない。春義じゃないな。実阿子の方は七時過ぎか？　自分用の軽自動車に乗って戻ってきたんだったか」

「春義のように自宅近くのカメラには映っていませんでしたけど」

事件の日、作倉実阿子は前宮市の百貨店に買い物に出かけ、その後、老人ホームに母親を見舞って夕食の総菜を買って戻ってきたと思われる。県道を走る車や老人ホームを出入りする姿、スーパーの駐車場にいたのが捉えられていた。普段から自宅への帰り道では、カメラのないルートを通っていたらしいが、スーパーから真っすぐ戻ったとして時間的に無理はない。

「それ以外で映っているのは近隣の住民くらいで、地元民でない不審な人物は見つからないですね」

まあ、カメラの数もしれているし、裏道や私道を通ったならカメラに映らないということは住民でなくともわかるのではないかと付け足した。商店街や県道、金融機関や交番の近辺なら誰もがカメラの存在を意識するだろう。近くに田畑が広がるような地域で、都会のような緻密さでカメラが設置されているとは考え難い。

「実際、作倉家の裏の道から私道や山道を抜ければ、ひとつもカメラにかかることなく甲池駅まで行けますしね」

広い敷地を取り囲むのは古びた板塀だけで、高さも二メートルない。裏庭には昔の農機具が出入りするための片開きの木戸があって農道へ繋がる。表門には格子戸があり、その並びに二台分のカーポートがあるが、シャッターでなくフェンス囲いだ。日中、格子戸に鍵はかけていないらしいから、入ろうと思えば蔵や納屋のある裏庭へは誰でも簡単に侵入できる。

古くからの人が住むエリアでは、いまだにこのような呑気《のんき》な防犯意識がはびこっている。大勢の人が行き交う一見公道のように見えるところも、実際は私道だったりする場合が多い。だからカメラの設置などは所有者任せになってしまい、地域の防犯活動を啓蒙すべき警察としても隔靴掻痒《かっかそうよう》のところがあった。

「作倉家ほどの家なら、周辺に隈《くま》なくカメラを設置するべきなんだ。ある意味、自業自得ですよ」

「口に気をつけろ、遠藤」

「外ではいいませんよ」

「そう心では決めていても、思っているとうっかり出るもんだ」

ちぇっ、という顔で、なぜか優月を睨む。甘利が疲れたように弁当の空箱を押しやった。

「実阿子は自宅に戻ってすぐくらいに襲われたんだろう。犯人は既に侵入していたか」

「でも、屋内に荒らされた様子はなかったんですよね」ペットボトルを呷《あお》る遠藤を横目に優月は尋ねた。

「ああ。それらしい足跡もない。家族以外で出た指紋はおよそご近所の人間のものだし」

「それに強盗が真っすぐ蔵に向かうとは思えないですけど」

「だよな。昔ならいざ知らず、今どき蔵に金目の物なんか置きはしない。作倉家も家具や古着、骨董《こっとう》のたぐいばかりで倉庫として使っていた。たまたま実阿子がなにかの用事があって蔵に向かったところを敷地に潜んでいた犯人に襲われたか」

「実阿子さんの車が帰ってきたのを見ても逃げなかったってことですか？」

うーん、と甘利が腕を組む。遠藤が、弁当の空箱を隅にあるゴミ箱に放り入れながら、

「やっぱ怨恨じゃないですか。俺も鑑取りに入れてもらえないですかね、甘利主任」という。

「あ、プラの蓋は分けてもらわないと」

優月の言葉に遠藤は、あ、という顔をしたが、そろそろ一課の主任と交替しないと、とそそくさと出て行った。朱音が隣で舌打ちする。

遠藤の消えた出入口を見るともなく見ていると、慌ただしい気配が立った。一階受付の方から人が駆けてくる。制服を着た当直員が防刃チョッキを着て裏口から駐車場へと向かう。

甘利も優月も朱音もいっせいに立ち上がり、廊下に出た。同時にけたたましいサイレン音がしてパトカーが駐車場を出て行く。

振り返ると受付からこちらを見る忠津の姿があった。すぐ後ろには孔泉がいる。

「なにかありましたか」

最近の忠津は、捜査本部があるせいで時間通りに退庁することが少ない。今日も制服姿のままなのを見て居残っていたのだと知る。

「男が怪我をして倒れていると通報があった」

「怪我？　喧嘩ですか？」

忠津が首を傾げる。「どうだろうな。外国人のようだといっている」

「外国人？　それって」

優月は視線を忠津の後ろの孔泉へと向けた。表情ひとつ動いていない。

「実習生ってことですか」

傘見で外国人といえば、『アイラ自動車部品工場』で働く外国人実習生しか思い浮かばない。

「わからんが、その可能性は高いだろうな」

「喧嘩ならいいが」と甘利がぽつりという。

もしそうでなく、誰かに襲われたのなら事件だ。実阿子殺しと関連があるにしても、ないにしても、傘見の捜査本部は忙しくなる。

翌日の金曜日、忠津にいわれて孔泉と一緒に病院に出向く。傘見地区で救急を受け入れる病院はひとつだけで、警部交番から歩いて行ける。制服姿で三階の入院棟に入ると声をかけられた。

捜査一課のときの同僚で、ベテランの小津江《おづえ》主任だ。他に甲池の刑事の姿もあって、優月と孔泉は軽く視線を交わす。

「久しぶりだな。バタバタして話をする暇がなかったが、どうだ」

「はい。ここでの仕事にも慣れました」

孔泉がいるので、短く終わらせる。どうして病院にきたのかと問われて、忠津から指示を受けたのでと答えた。

「傘見地区の防犯部会議？」

「はい。そこでちょっと話に出たことがあって、もしや被害者はアイラの外国人実習生ではないかと交番長は気にされているんです」

「そうなると襲ったのは傘見の住民じゃないかって話になるからか？」

「まあ」

「ふうん。その議事録みたいなのはある？」

「はい。捜査本部に提出しています」

「そう。あとで読んでみよう。それで被害者だが、アイラの実習生だ」

「やっぱり。それで被疑者は」

「本人の日本語がわかり辛くてな。工場の直属の上司と同国人で日本語のうまいのにさっききてもらって、やっと聴取したところだ」

「良かった。取りあえず意識はあるんですね」

「ああ。相当執拗に殴られたり蹴られたりされたようだが、命に別状はない。午後にはアイラ本社からと監理団体からも人がくると聞いている」

「そうですか」

外国人技能実習生は一定の研修を受けたあと、受入国である日本の監理団体を通じて希望する職種の会社に派遣される。仕事に就いたあとも、団体には外国人のフォローをする役目があるのだが、どんどん増える外国人に、日本側が追いついていないという実情がある。

一生懸命働いてお金を稼ぎ、母国にいる家族のために家を建てたい、暮らしを楽にしたい、そんな希望を持ってきている者がほとんどだが、なかには防犯部会が案じているような、仕事に倦《う》んで羽目を外す者もいる。また企業側の劣悪な労働環境に危機感を感じて逃亡するなど、行方をくらます実習生もおり、問題になっていた。

「襲われた実習生は真面目な人間だと、工場の人らはいっていたけどな」

会社としては地元と揉めたくないというのもある。

「なにが原因ですか」

「本人はいいがかりをつけられたといっている」

「相手は日本人？」

小津江が頷く。優月は再び、防犯部会議でのことを思い出す。夜間、町のあちこちを徘徊《はいかい》し、仲間同士で騒いでいる。娘を持つ母親は案じる余り、外国人実習生をなんとかするべきだといきり立っていた。彼女の意見が極端だとは思わない。なかにはもっと嫌悪感を募らせ、過激な行動に走る住民もいるのではないか。そう忠津らは推測し、案じている。

今、アイラの部品工場は撤退するという噂がしきりだ。目ぼしい産業もない傘見で、若い働き手が稼げる数少ない場所でもある。それがなくなるという不安と、日本人よりも外国人を優先して働かせているように見える制度へのうっ憤が、腹いせという過激な形で顕《あらわ》れたのか。うがった見方だというのは容易《たやす》いが、生活に直結する話だけに事は簡単には運ばない。会長を務める作倉はアイラを誘致した手前、実習生を擁護するような発言をしたが、かえって火に油を注いだことになったのではないか。

「相手の詳しい容貌などはまだわからないが、今聞いた限りでは地元の人間である可能性もあるな。似顔絵を作らせようと思うが、微妙なことになるか」

実習生だって強い立場ではない。会社の上司から大ごとにするなといわれたら、黙ってしまうのではないか。会社の人間と面会させるのは待った方がいいかもしれないと、小津江は考えているようだ。

「会ってきても構わないか」

横から孔泉がいい、小津江はちょっと言葉に詰まる。渋々ながら頷くと、甲池の刑事に案内するよう声をかけた。優月もついて行きかけるが、引き留められた。

孔泉が病室へと入るのを見送って、小津江が身を寄せてくる。

「キャリア警視正はなんで傘見にきたか喋ったか?」

「え? いえ、どうしてですか」

小津江が指で顎の下をこする。「忠津交番長はどういっている?」

「いえ、特には。首席監察官から直々に電話をもらったとはいっておられましたけど」

「ふうん」

優月は病室の戸が閉じられているのを確認し、小津江に視線を当てる。

「ご存じなんですか、榎木警視正のこと。本部でなにがあったんですか」

「俺もよくは知らん」所詮、巡査部長だしな、と卑屈に笑う。

「ですが、館班長も蒲池警部補も、妙に警視正に絡む感じがあるんですけど」

小津江が珍しく嫌そうな表情を浮かべた。

「主任？」

優月がなおもいいかけると、小津江は知らないというふうに首を振った。

小津江は捜査一課にきて十年近くになる優秀な刑事だ。館のようにひらめきや勘で犯人像を絞り込むタイプではなく、地道に小さな証拠や情報を集めて人物像を構築していく、昔気質の刑事。そんな小津江が館や蒲池の側にいてなにも気づかないというのは納得できない。

「教えてください。なにがあるんです？　警視正が傘見にきたことにどんな理由があるんです？」

「南は刑事に戻る気はないのか」

「え。なんです、いきなり」

「まだ運転はできないと聞いた。傘見の生安の女性主任から」

清美のことだ。それがなんだというのだろう。怪訝な顔をしていると小津江が目の奥の光を和らげる。

「さっきもいったが俺もよくは知らない。ただ」

「ただ？」

「榎木警視正が地域部長をしていたとき、例の事故現場を見たそうだ」

優月は絶句する。去年の五月、被疑者を連行している最中に事故を起こして負傷し、そのどさくさに紛れて犯人に逃走され、いまだに捕縛できていないという、優月にとって忘れられない案件。その現場に？

「見た？　ど、どうしてですか？」

「さあな。現場に出向いただけでなく、近くの監視カメラや事故車両が搭載するドライブレコーダーまで確認したらしい」

喉が酷《ひど》く渇く。小津江が軽く首を振り、「それから」と言葉を続けた。「しばらくして警察庁と県警本部のあいだでなにかが話し合われ、警視正の希望で傘見に配置換えとなったという、噂が流れた」

警視正の希望？　どういうこと？　あの事故を孔泉は気にしているというのか。黙り込んだ優月に、余計なことだが、と小津江はいう。

「あの事故のときのドライブレコーダーの記録がなくなったらしい」

「は？」

「事故ったときの前後数分間だけが消えたと」小津江はじっと優月の目を覗き込む。

「俺も直《じか》に確かめたわけじゃないが」

どうして、と叫びかけたとき、病室の戸が開いた。甲池の刑事と共に孔泉が姿を現す。

小津江はすぐに顔を柔和に変え、「なにか聞けましたか」と尋ねた。孔泉が当然のように頷く。

「え。犯人に関する証言でも？」と慌てたように小津江は問いかける。

「証言ではなく、印象だ」

「印象？」

「彼は、名前はソム・タン・ムシナというらしいが、僕のことを覚えていた」

「はい？」

「一度だけだがアイラ工場の近くまで警らに出たことがあった」とちらりと優月を見やる。優月は、小津江から聞いたことがまだ頭のなかで渦巻いていて、すぐに反応できなかった。孔泉は軽く眉をひそめただけで、小津江に向き直る。

「僅かのあいだのことだったが、ソムは僕の顔をちゃんと覚えていた。眼がいいし、記憶力も優れている」

「なるほど。犯人の似顔絵に期待できそうということですね」

「それもあるが、彼は見たことのない人だといった。傘見の人間でなく、かつこれまでこの辺りに現れたことがないと思われ」

孔泉がいい終わる前に小津江は踵を返して廊下を速足で歩き始めた。傘見の人間でない者がうろうろしているという事実は、実阿子の事件にとっても重大な情報となり得る。

気づいていないらしい甲池の刑事は、ただ呆気に取られているだけだ。

「戻ろう」

孔泉がいうのに、ようやく冷静さを取り戻す。唐突に甲池の刑事が、明るい声を出して誰かに向かって手を挙げた。視線を追って優月と孔泉が振り返ると、エレベーターを降りたところなのか、甘利と遠藤がこちらを見ていた。

「どうしたんです？」優月が訊くと甘利は苦笑いし、遠藤は子どものように唇をめくれさせた。

「こっちのヤマは、わしと遠藤が担当することになった」

そういって甲池の刑事と挨拶を交わし、交替する。なるほど。捜査本部はまだ地元の喧嘩と見ているので、傘見警部交番の刑事係にやらせておけばいいと判断したということか。実阿子殺害事件の担当から外されても甘利は気にしないふうだが、遠藤は見るからに不貞腐れていた。

入れ違いに出て行った小津江の慌てた様子が気になったのか、甘利がどうかしたのかと訊く。孔泉の言葉を伝えると甘利も目を光らせた。

「そうか。もしかするとあっちのヤマと関わりがあるかもしれんな」

「え、そうなんですか」遠藤が単純に喜色を浮かばせた。

元署長室である秘密会議室にくるよう、また忠津から呼ばれる。

段ボール箱や書類に囲まれた奥に窓があって、その際に立つ肉付きのいい背が心なしか寂しげに映る。優月と孔泉が入ってきた気配を察して振り返ると、忠津が外を指差し、

「今年の梅雨は雨が少ないな」という。

「そうですね」と優月は形ばかりの返事をしたが、忠津は言葉を続ける。

「こういう年は大きな災害が起きたりするから要注意だ」

傘見が警察署だったころ、忠津は警備課長だった。災害時には陣頭指揮を執った筈だ。そんな経験を数多くしてきたから、なにか感じるのかもしれない。

テーブルを挟んで孔泉と顔を突き合わせる。椅子に座るなり、今年は天災じゃなく人災のようだが、と自嘲めいたことを呟くのを聞いて、それがいいたかったのかと優月は肩を落とした。

「午前中、地域係の高村は非番だったんで寮に戻ったところを捉まえて問い詰めた」

「そうなんですか」

気乗りしない案件なので、一応、返事はするが心ここにあらずだ。そんなことよりも、孔泉が例の被疑者逃走の件でここにきたというのは本当だろうか。そのことをどうやって問い質そうか考える。

「南主任」

はっとして目の焦点を合わせる。不服そうな忠津の顔があり、慌てて「なんでしょう」と訊いた。

「なんでしょう、じゃない。相手の女性のことを主任に頼めないかといっている」

「はあ？」

「高村主任は今は独り者だから問題ない。ようは相手の女性さえ引いてくれたらいいんだ」

ぼうっとしていた意識を忠津の言葉に集中させる。そうして徐々に頭に血が上ってゆくのを感じた。血流が勢い良く巡り出す。

「どういうことですか、それは。まるで相手の女性、伊尾愛奈さんでしたか、彼女の方が悪いみたいないいようで、しかも彼女さえ諦めたらなにも問題ないってなんですか。そんないい草って」

忠津がすぐに両手を上下させながら、必死の顔で弁明する。「違う、違う。そんなことはいっていないし、これっぽっちも思っていない。恋愛は双方の合意なんだから、二人ともに同じ責任がある。わかっている、いい方を間違えた」

鼻息を荒くしながら睨んでいると、忠津が厚い掌で額を拭う。

「高村主任だがな、なんとなく相手の女性に引っ張られている気がしてな」といって優月の顔色を窺い、「いや、つまり本気になっている感じだということだ。別れたらどうかといったんだが、頑としてきかない。どうする気なんだと訊けば、彼女が望む通りにするとかいうんだ」と情けなさそうに眉尻を下げた。

「彼女が望む通り？」

「まあ、つまり彼女が別れないっていえば別れないし、別れるといえば別れる。そういうことなんじゃないかな」

だから優月に伊尾愛奈を説得に行けというのか。あえて目を吊り上げて不服そうな顔をして見せると、忠津が怯えた顔で孔泉に助けを求める。

「どうでしょうか。やってみても悪くないと思うのだが」

今や不倫問題は警察官にとって小さくない問題だ。警察官同士はもちろんだが、管轄する地域の住民との不倫などもっての外だ。馘《くび》になることまではないが、戒告を受けた事実は残り、左遷される。異動しても、処分を受けたことは一生、どこに行こうがついて回る。警察官でいる限り、おそらくこの先、日の目を見ることはないだろう。たかが不倫とはいえ、警察に対する世間の目は厳しい。これまでも発覚したのち甘んじて閑職に移った者はいたが、依願退職した方が実のところ多いのではないか。忠津は職務に熱心で実直な高村を辞めさせたくないのだ。監察に報告する前に、既に二人は別れたといえれば処分は免れる可能性はある。更にいえば、監察処分の部下を出したという汚点は消え、忠津の実績にも影響せずにすむ。

「それも一案でしょう」

優月はむっとしながら、孔泉を睨む。白い横顔はぴくりとも動かない。

「少なくとも高村主任の上司や仲間に知られていること、女性の周囲にも噂が立ち始めていることなどを本人に知ってもらえる」と言葉を足す。

「なるほど。確かに、この先も傘見でカフェを続けて行くのなら、面倒なことにしたくないでしょうな。ご主人に知られるのも困るだろうし」

忠津が顔を明るくして優月に視線を振った。優月は目をいっそう吊り上げて睨み返したが、「じゃあ、頼んだ」といって席を立つ。そして、「南主任は傘見の警務係だ、わかっているな」という。

どういうことですか、と訊くと、忠津が真面目な顔で口調を改める。

「捜査本部のことは気になるかもしれんが、本来の仕事を疎《おろそ》かにするなといっている」

「そんなつもりは」

わかっているというふうに頷く。「これはある意味、警務の仕事でもあるから。いいな」といい置いて、そそくさと部屋を出て行った。

警察官の管理、支援、福利厚生などを扱うのが警務の仕事だが、不倫問題の解決までその範疇《はんちゅう》に入るとは思えない。だが、忠津からいわれた以上、やるしかない。

がっくりと肩を落としていると、孔泉が椅子を引いて立ち上がった。段ボールのあいだを抜けていこうとする背に、優月は思わず声をかけていた。

「警視正は、どうしてここにこられたのですか」

足が止まって、孔泉が顔を半分だけこちらに向ける。優月は続けていう。

「なにか、なにか目的があってこられたんじゃないのですか。たとえば」

「たとえば？」と孔泉が動かないまま問う。

優月は唾を飲み込み、「わたしが事故を起こし、強傷の犯人を逃がしてしまったことについてなにか、なにか」言葉が続かない。孔泉は優月の味方なのか、敵なのか。地域部長のとき、なにが気になって調べたのか。そのことでなにがわかり、なにを確かめようとここにきたのか。どうしてそのことを優月に告げないのか。孔泉は優月をどうしようとしているのか。それとも全て思い過ごしか。なにもわからない。

「なにかとはなんだ。他にいうことはないのか。手の内に切札を持たないで尋問して成果があるのか。そういう捜査手法を学んだとすれば、あなたのいた捜査一課はお粗末極まりないが」

血行が逆流し、勢いのまま皮膚を破って噴き出しそうになる。だが、孔泉のいっていることは正しい。優月は手になにひとつ、相手を問い詰めるだけのものを持たない。そんな刑事は存在自体許されない。

9

体力を回復した実習生ソム・タン・ムシナの証言で似顔絵が作られた。それを元に甘利と遠藤が十五日からの三連休、休みも関係なく動き回り、夜を徹して聞き込みを続けて該当する人間を捜した。間もなく一人の男が浮かび上がった。

鳥居《とりい》勇一《ゆういち》、六十一歳。作倉実阿子の元夫だ。

傘見警部交番の二階にある作倉実阿子殺害事件の捜査本部は色めきたった。甘利と遠藤は初めに振り分けられた配置へと戻るよういわれ、鳥居捜索は別班が当たることになる。二つの事件は合同ではないが、関連案件として調べることとなった。

実阿子は二十四歳のとき、二歳上の鳥居と結婚した。元は美容師だったらしいが、実阿子と結婚すると間もなく、働くことを辞めて髪結いから髪結いの亭主になった。

娘の那穂が生まれても勇一のヒモ暮らしは変わらず、金遣いの荒さは増す一方だった。当然ながら喧嘩が絶えなくなり、とうとう母子に手を出すに至って、ようやく実阿子も離婚を決めた。結婚を反対していた両親に頭を下げて傘見に戻ったのが、那穂が小学生のころで、およそ二十四年前。

離婚したのちも鳥居は実阿子に連絡を取っては金をせびることを続けた。両親が健在であったから実家に押しかけることはなかったが、実阿子の職場や甲池にある那穂の学校近くをうろついたらしい。実阿子の父親が死んだときは、いっとき図々《ずうずう》しい態度も見せたが、母の阿きをが気丈な人で、自分の倍ほどもある男であっても一歩も引かず、頑として鳥居を寄せつけなかった。そのため、傘見にくることはほとんどなかったようだ。財産の大半を阿きを名義にしたのは、おそらくその辺の事情もあったのだろう。

やがて実阿子は再婚した。さすがの鳥居も実阿子から金をせびるのは諦め、その矛先を娘の那穂へと向けた。碌《ろく》でもない男でも実の父親だから、実阿子の再婚と共に家を出た那穂は渋々ながらも相手をしていた。

「だけど那穂さんにも一緒に暮らす男性ができた」

そういったのは、生安係の久慈清美だ。今日は私服で、黒いパンツに白いシャツ、新色の口紅を塗っている。防犯指導や青少年の問題などで傘見の住民と会う機会が多く、仕事以外の話で盛り上がることも多いらしい。

連休明けの火曜日の午後、食堂で一緒に昼休憩を取りながら、優月と朱音は清美の話に耳を傾けていた。調理場の奥からは孔泉が鍋を振っている音がしていた。待っているつもりはないのだが、持参の弁当を広げる清美以外の二人は、揃ってコンビニの弁当を前にしたまま箸を取らずにいる。

清美が続ける。「鳥居は那穂の恋人に撥《は》ねつけられて、娘にたかることができなくなったそうよ。うちの係長が聞いたところによると、斎藤晃《さいとうあきら》といって元介護士だって」

「その同棲《どうせい》相手、わたし、たぶん見ています。実阿子さんのお通夜にきていた人だと思う。ご焼香をされた様子はなかったですね。ただ、那穂さんの送り迎えにきていたようでした」

介護は結構な力仕事だ。優月がお通夜で見かけた男は確かにガタイも良く、腕力もありそうだった。些細なことで通夜客に声を荒らげていた。その短気さで、腕力があるとなれば、六十歳過ぎの鳥居勇一などはいとも簡単に追い払われるだろう。

「やっぱり」と玉子焼きを口に入れ、清美が頷くように咀嚼する。「作倉家を知る人によると、その那穂さんのお相手、イマイチだということだから」

「それって母親に似て、娘さんも男を見る目がないってことですね」と朱音がズケズケいうのに、さすがの清美も、これっ、と叱り声を上げる。ぷんといい匂いがした。テーブルに皿や碗《わん》が置かれ、孔泉が、「ホイコーローと玉子スープだが、良ければどうぞ」という。どうやら中華料理が得意のレパートリーらしい。朱音は歓声を上げ、清美までもが、わたしもひと口、と箸を伸ばした。おいしい、という声を聞きながら、孔泉が隣のテーブルに着いて食事を始めた。ご飯もあって、茶碗から湯気が上がっている。いつの間に炊いたのだろうと訝《いぶか》りながら、優月も礼をいって箸を取った。

「どんなふうにイマイチなんだ？　まさか噂話を真に受けていっているのじゃないだろ

うな」

孔泉がいきなりいうのに、三人はきょとんとしたが、すぐに清美が反応した。

「はい、うちの係長が前歴照会をしたところ、過去に恐喝の補導歴がありました。那穂さんの実家が資産家であることを知って近づいた節があるそうです。ただ、那穂さんはずい分、その男性にのめり込んでいるらしく、相当お金をつぎ込んだみたいですね。事業を起こす資金とか、優良株を手に入れるためとか、色々な理由でねだられ、いわれるまま渡していると、そんなような愚痴を実阿子さんがこぼしていたと、ご友人のひとりがいっていました」

「ふん。伝聞の伝聞か」

「すみません」

朱音が口をもぐもぐさせながら、目だけでむっとする。捜査本部の人間でもないのだから、裏取りまでするわけにはいかない。昼休憩のちょっとした噂話なのに、そういういい方はないだろうという顔だ。優月は、思ったことをすぐ口にする朱音を案じて、素早くテーブルの下で足を小突き、小さく首を振って見せた。

玉子スープは市販の中華ダシを使ったようなのに、どこかひと味違う。なにが入っているのかわからないがおいしい。清美もそう思ったらしく、碗を手にして目をぱちぱちさせた。

隣のテーブルでは孔泉が緑色のケール入りドリンクを飲んでいる。それを見つけた清美が、あれはなに？　と目で訊く。朱音が顔を突き出すようにして、「特製ケール入り野菜ジュースだそうですよ」と囁いた。栄養がありそうねと笑うのに、更に朱音が、「清美さんも最近疲れやすいっていってたから、レシピ教えてもらったらどうですか？」と茶化すようにいう。

「あんまりおいしそうに見えないけど」と清美が小さな声で応える。

「栄養ドリンクならいいですよね？　部屋に常備しているから持ってきましょうか」と優月が声をかけた。

「ありがと。でも、ああいうのはもっと駄目なの。妙に甘ったるいでしょ。まだ野菜ジュースの方がいいわ」

そうですか、と呟いて、優月と朱音は揃って隣のテーブルを見やる。孔泉が顔をこちらに向けるのを見て、慌てて視線を逸らした。

「実阿子と那穂はうまくいっていなかったのか」

優月ら三人は顔を見合わせるが誰も答えないので、仕方なく優月が口を開いた。

「元々、実阿子さんの再婚には反対で、それで実家を出ているわけですから」

「でも、時どき見かけるわよ」と朱音。誰を？　と訊くと、那穂さんという。どうやら祖母の阿きをの入所するホームへは度々、足を運んでいたらしい。住んでいる佐々野からは距離があるが、車を持っているし、那穂自身も運転はするようだ。

「交差点立番をしているとき、わたし何度か見かけたわ。大概、那穂さんが一人で運転していたな。でも、実家に寄っている感じはしなかったわね」

「そうなんだ。きっとお祖母さんのことは大事に思っているのね。お小遣いもくれるでしょうし」

「那穂さんが男につぎ込んだお金もそこから出ているのね」と清美が嘆息する。

「でしょうね。娘の元夫には厳しくできても孫には甘くなる」と朱音が知ったふうにいう。

食堂の戸口を人が過ったが、すぐに戻ってきて顔を覗かせた。一課の蒲池とまた組んでいるという甘利だった。

「うまそうな匂いだな」と物欲しげな表情をした。隣のテーブルに孔泉がいるのを見て、優月に目で問う。小さく笑いながら、「警視正のお手製です」と答えた。

「甘利主任、昼抜きですか」

清美が気の毒そうにいうと、これから鳥居勇一の情報を取りに吹川《ふきがわ》市まで行くと、ホイコーローの皿に視線を当てたまま答える。

「行方、まだわからないんですか」

「うむ。実習生への傷害だけでなく、捜査本部としては色々訊きたいことがあるんだが、どこに雲隠れしたのか見つからん。遠藤なんか、山狩りに駆り出されてぶうぶういっている」

鳥居は車を持っていないし、事件の日のNシステムにも引っかかっていないから、実習生を襲ったあと徒歩で逃げたと思われた。バスやタクシーを利用したという情報は上がってこない。傘見は田畑も多いが山野にも囲まれている。ただでさえカメラのない道が多いのに、山中に逃げ込まれたら厄介だ。

「吹川市は鳥居が住んでいるところですか」

「ああ。どんな暮らしをしていたのかわかれば、実阿子事件の参考人に格上げになるかもしれんからな。その根拠を捜しに行くってわけさ」

佐々野に住む娘の那穂のところにも捜査員は向かっているらしい。

じゃあな、と手を挙げるのを、三人は、「お疲れ様です」と声を揃えて見送った。

「午後からはどうなっているの？」清美が顔を返して訊くのに、朱音は、「立番です。椎野《しいの》交差点」と答える。椎野は傘見の管内でも一番山の手にある交差点で、作倉阿きをの入る老人ホームが近くにある。割と交通量が多い場所で、交通係は一日に一度は立番することになっている。那穂を見かけたのもその交差点でのことなのだ。

「優月は？」と朱音が問うのに、うーん、といいながらちらりと隣に視線を振る。清美と朱音は気の毒そうな表情で頷き、空の皿と碗を持って立ち上がった。

また自転車に乗って出かける。

忠津交番長は行く先を知っているが、直属の上司である小日向には、警視正と管内巡回とだけいって出た。

優月は孔泉と一列に並んで車道の左端を走る。天気は悪くないが雲が多く、この時期、いつ急変してもおかしくない。青々と伸びる稲を見ながら、小高い山の道を入った。未舗装だが、車が十分行き交うだけの幅はある。坂を上ると古民家のような風情のある建物が見えた。側に大きな楠があって、涼しげな影を広げている。

家は平屋だが、前庭が広々として丸テーブルがいくつも置かれていた。建物の裏側には雑木林があって、焼き物の窯があるそうだが、ここからでは見えない。自転車を停めて、孔泉と共に入口に向かう。今日は定休日ではない筈なのに客の姿もなく、玄関の引き戸も閉じられたままだ。

インターホンを鳴らし、声を出して呼びかける。しばらくして戸が引かれ、伊尾愛奈の夫が顔を出した。半分眠っているかのような様子で、優月らを前にしても見えていないかのように反応しない。ぷんと酒の匂いがした。

「こんにちは、伊尾さん。わたしは傘見警部交番の南で、こちらは榎木。奥様の愛奈さんはいらっしゃいますか」

ぼうっとした目を向けてくる。

「防犯活動の一環として、店舗をお持ちの方々に防犯グッズや防犯ステッカーの貼付、チラシの配布をお願いして回っているのですが」

前もって考えてきたことだ。清美に頼んで、実際に色々なグッズももらってきている。

「いませんよ」

「お留守ですか。いつごろお戻りになられますか」

「知りませんよ」

「え」

戸惑っていると、愛奈の夫は酔った目でねめつけ、口の端から涎《よだれ》のようなものをすーっと垂らす。手の甲で拭うと、卑屈な笑みを浮かべた。

「出て行きましたよ。どこに行ったのかなんて、僕よりもお宅らの方がよく知っているんじゃないんですかぁー」といきなり体を寄せてきた。咄嗟《とっさ》に後ろに仰け反ると、男はつんのめったように前へと転がりかける。慌てて腕を摑むと、振り払うようにして裏拳を投げてきた。なんとか躱したが、それがかえって怒りを招いたらしく、愛奈の夫が向きを変えて孔泉へ視線を当てた。喧嘩ができる状態ではなかったが、がむしゃらに突進してくるのに、孔泉は顔を引きつらせ両手を振り回して慌てふためく。優月がシャツの襟首を握って引き離す。そのままゴロンと地面に寝転ぶと起き上がることもせず、胎児のように丸まった。覗き見ると、声を忍んで泣いている。

優月と孔泉は目を見交わし、短く挨拶してその場を離れた。

憂鬱な気持ちのまま、自転車を漕いで交番への道を辿る。愛奈の夫は既に妻の不倫を知っていた。それも相手が警官であることも気づいているようだ。人の口に戸は立てられない。いつ帰るかわからないというのだから、愛奈は夫に責められ、いたたまれず家を出たのだろう。このまま愛奈が夫のところに戻らなければ、忠津が考えているような、二人を別れさせて重い処分だけは免れようという目論見《もくろみ》は霧消する。高村はいったいどうするのか。不倫の暴露、離婚訴訟、そんなものを抱えて警察組織内でまともにやっていけるとは思えない。それとも愛奈と共に、新しい人生を模索するつもりだろうか。

その日の夜、優月は当直員として一階受付にいた。

終業後から明日の就業時刻まで、相方の生安係長と共に交替で就く。係長は普段、私服だが当直中だけは制服、拳銃携行だ。邪魔そうに腰を振りながら、「なんにも起きないことを祈っているよ」と苦笑いした。

事件の少ない傘見で、ここのところ当直時間帯になるとなにかしら起きる。最初は、実阿子殺害事件で、次は実習生傷害事件。そのどちらもまだ解決していない。

忠津もさすがに今日は早めに引き上げるといって、少し前に甲池署へと向かった。二階の捜査本部の部屋だけ人気があって、一階は受付以外電灯を落としている。

「お疲れ」

コンビニに食料を買い出しに行っていた朱音が戻ってきた。そのまま三階に上がる。休憩時間になったら、夜食を一緒にしようと約束した。

係長が、なにかあったら連絡してといって、休憩を取りに部屋へと戻る。広い受付に優月は一人きりとなったが、地域係の島で女性警官が私服姿のままごそごそしていた。戸倉芙美《とくらふみ》という二十三歳の寮生だ。

「高村主任は、今日はなに？」

戸倉が振り返り、「当務です」という。傘見にある唯一の交番に明日の朝まで勤務するということだ。

「そう」

これ以上話題にすれば怪しまれると思って目を戻した。だが、戸倉の方は手を止めたまま、こちらを窺う仕草を見せた。優月が目で問うと、ちょっと逡巡《しゅんじゅん》した様子を見せて、ゆっくりと近づいてくる。

「あのう、高村主任なんですが、処分されるんでしょうか」

半開きの口のまま絶句する。やっぱり、もう、みんな知っていることなのだ。優月は胸の内でため息を吐いた。こんな少人数で動かしている警部交番だ。知られずにいる方がおかしい。

「うん、そうね、どうだろう。交番長が考えてくれていると思うけど」

「ですよね」

そういって戸倉が、優月の隣に回転椅子を持ってきて座る。

「主任にはわたしの指導を担当していただいているんです」

そのことは傘見警部交番の人間ならみな知っている。警察学校を卒業した新人は半年から一年、巡査部長か警部補と一緒に、働きながら仕事を学ぶ。小さな警部交番に配置となったことに倦むこともなく、戸倉は生き生きと務めていた。そのことは隣の島にいる優月も十分わかっているから、この新人警官には良い印象しか持っていない。そんな戸倉が、「高村主任は本当にいい方なんですよね。同期のなかには指導先輩が雑な方で、警官を続けることに嫌気が差している人もいるんですけど、わたしはラッキーだったなと」と寂しそうな笑みを浮かべる。優し過ぎるのかな、となにげなく呟く。体のどこかが針に刺されたような痛みを感じ、優月は一瞬身悶《みもだ》えした。

「『カフェカサミ』にも一緒に行ったことがあるんです」といきなり戸倉が核心に触れる。

「え？　ああ、高村主任と？」

はい、と気まずそうな表情を浮かべた。平日の公休日、うまいものを食わせてやろうといわれて連れて行ってもらったのだという。そのとき愛奈さんとも会ったのだが、二人のあいだに特別なものは微塵《みじん》も感じられなかった、とちょっと遠い目をする。

「まだ、そういう関係になる前だったのかなぁ」

「戸倉さん、とにかくなにも決まっていない以上、不用意なことだけはいわないでね」

それだけ念を押す。戸倉は、子どものようにこくんと頷くと、夕飯を買いに行ってきますと玄関から外へと出て行った。

元は警察署だった建物だ。一階は広々としていて、冷房の音しか聞こえない。自席に座って、残っている仕事を片付けようと引き出しを開ける。文具でいっぱいのなか、奥に埋もれるようにして小さなチャック付きビニール袋が見えた。なかに入っているのは手錠の鍵だ。

鍵は通常、予備を含めて二本貸与される。優月の一本は黒紐《くろひも》をつけて制服から離れないように常に携帯しており、もう一本は寮の部屋の鍵のかかるデスクにしまっている。私服の刑事は、自分の財布に入れている人が多い。

通常ならこれはこんなところにある筈のないものだ。だが、これを身に着けておくのも、完全に隠してしまうことにも抵抗があった。あえて無造作を装って机にしまっている。優月は鍵から目を逸らすと必要な文具を取り出して、引き出しを閉めた。

ふいに階段から足音がした。捜査本部の誰かだろうと思ったが、ジャージ姿の朱音だった。

「どうしたの。まだ休憩じゃないよ」

朱音がなにもいわず、真剣な顔をして足早に近づいてくる。

「警視正が、すぐに呼んでこいって」

優月は驚くよりも、やっぱり当直時間帯はなにかが起きることになっているんだと、どこか諦める気持ちで立ち上がった。


「物音ですか？」

孔泉がかろうじてわかる程度に頷く。朱音と顔を見合わせ、どういうことかと続きを待った。

三人は、三階の階段近くの廊下に立っている。すぐ側に孔泉の使っている三〇二号室があり、隣は優月の部屋でその隣が朱音だ。廊下の奥には講堂の一部でもあった広い部屋、三〇五号室があるが、今は、捜査本部が休憩室として使っている。まだ休むには早いからか、人の気配はない。

廊下を挟んで三〇六号室があり、そこが高村の部屋となっている。隣の三〇七に甘利、三〇八は戸倉が使っている。

「高村は今日、当務の筈だ。だが、三〇六から物音がする」

「え」「まさか」

優月と朱音が同時に目を剝く。すぐに優月は腰にある特殊警棒を取り出し、朱音が応援を頼みに行こうと階段を下りかける。孔泉が止めた。

「だいたいの予想はつく。だが一応は確かめた方がいい。応援を頼むのはそれからでも遅くはないだろう」

「ああ。そういうことですか」と優月は力を抜いて警棒をだらりと下げた。それを見咎めた孔泉が、短く注意する。「そうと決まったわけではない。気を抜くな」

「は、はい」

優月は一旦、一階に戻り、マスターキーを取ってくる。寮の鍵は警務係で管理している。そのあいだに朱音も部屋に戻って警棒を持ち出した。

優月と朱音がそろりそろりと部屋の前に行き、ドアの前で耳を澄ませる。確かに気配がして、二人顔を見合わせて鍵を取り出した。後ろでは孔泉が腕を組んで睨んでいる。そっと鍵穴に入れて回す。解錠したのを確認してドアノブを思い切り引いて、誰何した。

寮の部屋は六畳ひと間で、フローリング。窓は正面奥の壁にひとつあるきりで、その際にベッド。あとは本棚、デスク、小さなチェストくらいで、中央に四角いローテーブルがカーペットを敷いた上に据えてあった。そのカーペットの上で、伊尾愛奈が制服の青いシャツを羽織っている。しかも下は下着のみでなにも身に着けていない。エアコンをつけるわけにはいかないから、窓を全開にしても暑かっただろう。あられもない姿でローテーブルの側に横座りしている。鳩《はと》が豆鉄砲を二発も三発もくらったような目でじっとこちらを見、やがてゆっくり気まずそうな笑みを浮かべた。

愛奈が警察の寮に入り込んでいたことよりも、下着姿で寛《くつろ》いでいたことよりも、高村の制服をまるで部屋着のように半裸の上に纏っていることに、猛然と怒りが湧いてきた。隣で警棒を構えていた朱音も同じらしく、駈歩《かけあし》した馬のような鼻息をずっと繰り出している。

「おい、その格好をなんとかさせろ」

廊下側から孔泉がいう。肩を怒らせながら、優月は愛奈に着替えるよう指示した。朱音は憤然と背を向けると携帯電話で高村を呼び出す。

「係長に受付を替わってもらうようにいってきてくれる？」

優月が頼むと朱音は携帯を耳に当てながら頷き、更に孔泉が係長には余計なことはいわないようにと念を押したことにも、鼻息ひとつ強く吐くことで返事した。朱音が一階の生安係に向かうのを見ながら思わず呟く。

「信じられないです。勝手に入り込んだんでしょうか」

部屋の奥で愛奈が自分のパンツを穿《は》いている。ドアの陰に立つ孔泉が細く冷たい視線を優月に向けているのに気づいて、小さく歯嚙みする。

そんなわけがない。警部交番のなかにある寮なのだ。たとえ潜り込んだとしても部屋には鍵がかかっている。甘利のように締め忘れる寮生もいるだろうが、高村に限ってはそんなぞんざいなことは考えられない。

今日の午後、愛奈の夫が酒に酔って自暴自棄になっているのを見て、優月らはなにを問い質してもしようがないと諦めた。Iターン組として見知らぬ土地にきて二年、愛奈にも頼る相手くらいはいるだろうと安易に考えたが、その最たる人物が身近にいることを失念していた。

しばらくして高村が息せき切って戻ってきた。制服制帽で拳銃も携行している。相方は今交番に一人だから、長くは引き留められない。

「どうするつもりだ」

孔泉が短く問う。高村は紅潮した頰のまま、両脇を締めると勢い良く腰を折った。

「申し訳ありません」

「とにかく部屋に入ろう。ここに雁首《がんくび》並べて突っ立っていては人目につく」

孔泉に続いて、優月も入る。ことがことだけに忠津に連絡を入れると、動揺しながらもすぐに行くというのを、孔泉の指示でなんとか思いとどまらせた。交番長が深夜にやってきたとわかれば、なにが起きたんだと勘繰られる。今、警部交番には甲池の刑事だけでなく本部の一課もいるのだ。みっともない内情は見せられない。

朱音が食堂の自販機で缶コーヒーを買ってきてくれ、自分はそのまま自室に引き下がった。

孔泉と優月、高村と愛奈。四人がフローリングの床に座って向き合う。気づまりな時間が流れ、孔泉が横で促しているのはわかっているが優月はすぐに反応できない。いまだ、シャツを羽織った愛奈の姿が目にちらつく。警察全体を侮辱されたような怒りと口惜《くや》しさが体から抜けない。

しびれを切らしたのか、孔泉が口を開いた。

「さっきも訊いたが、高村主任、どうするつもりだ」

「は、はい」高村と優月だけは正座だ。愛奈は横座りで顔を俯《うつむ》けたまま、指先で自分の膝をいじっている。そんな態度も頭にくるし、なにもかもが気に障る。変ないい方だが裏切られたような感じさえする。

二年前、愛奈は夫と共に傘見という見知らぬ土地にきた。地元民と打ち解け、地域の活動にも積極的に参加し、やがて『カフェカサミ』という店を開いて繁盛させた。まだ三十前の女性だが、賢く活動的で親切だと、住民のあいだでも悪い噂は聞かなかった。

そんな人がなぜ、こんな非常識な真似をするのか。

高村は両膝に置いた拳を床に置いて、頭を下げる。

「本当に申し訳ありません」

「謝れとはいっていない。どうするつもりなんだと訊いている。日本語が理解できないのか」

いつにも増して辛辣な口調だ。まさかと思うが、孔泉なりに腹を立てているのだろうか。

高村はそっと視線を上げ、向き合って座る孔泉を見る。隣の優月にも目をやり、微かに頬をひきつらせた。

「もちろん責任を取り、退職いたします」

「高村主任の今後の始末ではない。だいたい、それはこちらが決めることだろう。二人の関係はどうするのかと訊いている。このまま続けるのか、別れるのか」

愛奈がぴくんと反応する。目を上げ、睨むように孔泉を見た。

「ちゃんと話し合っていないのか。恋人が夫に責められた勢いで家を飛び出し、行くところがないからと頼ってきたので、どうぞ寮を使ってくださいと受け入れた、それだけのことだというのか」

愛奈が我慢しきれず口を開く。「わたしだって彼の立場を十分理解しているわ。困らせるつもりじゃなかったのよ。だけどほかに行くところもないし」

夫が興奮して自分が焼いたものを投げつけてきた。出来不出来はともかく、陶器だから当たれば大怪我をする。身の危険を感じて取るものも取りあえず逃げ出したが、傘見にきて二年も経つのに、親身になって自分を引き受けてくれるような友人はいないのだという。

「ここがどういう部屋かわかっていますか？　それで理解しているつもりですか。しかも着替えがないからって制服をパジャマ代わりにするなんて、非常識にもほどがある。高村主任」

優月は怒りの矛先を隣に向ける。「高村主任が制服を着ていろといわれたのですか。裸同然でここで気楽に寛いでいたらいいといわれたのですか」

「え、いや」と高村。

隣から愛奈が、着ちゃいけなかったの？　としなだれかかっていう。またかっと血が上りかけるが、孔泉が冷たくいい捨てる。

「いつまでそこに拘っているんだ。肝心な話を続けるべきだろう」

「は、はい。すみません」

優月は膨らんだ風船に穴を開けられたように両肩をすぼめた。

高村からはなにひとつ実になる話は聞けなかった。忠津がいった通り、愛奈に全てを委ねている節がある。唯一わかったことは、その愛奈には高村と別れるつもりはないということだ。

孔泉は床に座っていることに草臥《くたび》れたのか、立ち上がってうろうろし出す。

「それなら、伊尾さんは離婚されるっていうことですね」

どうでもいいことだと内心思いながらも、優月が尋ねると愛奈は首を傾げた。

「でも、わたしが不倫していると、有責っていうの？　それになって、たとえ離婚できたとしても慰謝料取られるでしょう」

せっかく軌道に乗ったカフェだ。他所の土地にいってもまたやりたいと考えている。そのためにも金は必要だ。慰謝料を払うのは嫌だし、高村の給与だって大切な資金だという。

「彼には警察辞めて欲しくないんです。なんといっても公務員だし」

どうしても馘になるんですか、今どき不倫したからって馘なんて理不尽だわと急に強気になっていい募る。

「確かに不倫で馘にはできない。みな自主的に辞めているだけだ」

「そうなの？　だったら続けたら？」

愛奈の図々しさよりも、そういわれた途端、たった今退職しますといったことをまるでなかったかのように、「そうだね」といい出した高村に、はらわたが煮えくりかえる。

優月の目を見て察したのか、高村が慌てて顔を俯けた。

「話を戻す。とにかくこのあとどうするかだ。高村主任については明日、忠津交番長が話をするだろう。今夜、高村主任は当務だ。交番に戻らないといけない」

「はい、それでどうしますか」と優月。

「南主任も今日、当直だな。自室に戻るのは休憩のときくらいだから一人増えたところでそう問題ないと思うが」

「な」

「この部屋に置いておくよりはマシだろう」

とんでもないと口を開けて抗議しかけるが、孔泉はもうドアの方に足を向けている。今は、空いていた三〇五号室を捜査本部のための休憩所として使っていて、他に部屋がない。当直員のための休憩室はあるが、一般人を入れるわけにはいかない。警察関係の資材や書類があるから関係者以外立入禁止だ。

警部交番の当直になったときは、交替で休むとき以外、寮の自室には戻らない。夜の半分以上は使っていないわけだからいいだろう、というのだ。

口を開けたまま顔の筋肉が強張る。それしか方法がないとわかっているから、理性と感情が反発し合う。痙攣《けいれん》するように唇を閉じた。

ロッカーに仕事関係のものを放り込んで鍵をかけ、愛奈にはパジャマ代わりの警察学校時代のジャージを渡した。

10

捜査本部の捜査員が数人、睡眠を取りに元講堂だった三〇五号室へと入って行く。その様子を見ながら、優月も洗面所で歯を磨き、部屋に戻った。拳銃は警務係の金庫に預けて、当直の相方である係長が番をしてくれている。休憩は必要ないといったが、係長は気にするなと優月に替わって受付に座ったのだ。

そっとドアを開けてなかに入る。電気は消されていて暗い。ただ、窓の下は駐車場で街灯が点っているから、カーテン越しにほのかな明るさが滲む。フローリングの床に、捜査本部で使っている布団を借りてきて敷き、そこに愛奈が横になっていた。エアコンの小さな振動音だけが響いている。

跨ぐようにしてベッドに近づき、腰を下ろす。次の当直交替時間に間に合うように時計をセットする。いつもしていることだが、少し考えたのちオフにして、代わりに携帯電話がバイブするようにして枕元に置いた。

制服のズボンを脱いで、シャツ一枚になって夏布団に潜り込む。薄暗い部屋の天井を見ながら、大きく息を吐いた。

「そんなに悪いことしたのかな、わたし達」

いきなり呟かれて、優月はうんざりだと目を瞑った。無視しているのに愛奈は続ける。

「わたしだって不倫がいいとは思わないわ。だけど、恭司さんがまるで犯罪者みたいに責められることはないと思う」

わざとらしく倦んだ声音を作っていうのに、つい反発を覚える。

「犯罪者みたいに扱ってなんかいません」

「でも、なにも汲んでくれないわよね」

「は？　くむ？」

「恭司さん、とても親切でいいお巡りさんなのよ。地元の人のことをしっかり見ていてくれて、正しいことも悪いこともきちんと、誰もが納得する形で始末をつけてくれる。それにとっても優しいの。あの人は優し過ぎるのよ」

そこまでいってちょっと言葉を切る。

「ねえ、前の奥さんと離婚した理由、知っている？」と口調が少し硬くなった。

「知るわけないじゃない」個人的な話など、よほど親しくなければしない。

「奥さんがホストに入れあげてお金を使い込んだんだって。勤めていた会社のお金をね。その挙句に離婚届を置いて出て行った」

高村は妻が使い込んだお金を弁済し、事件にならないよう頼んだらしい。そして離婚届に判を押して自ら役所に提出した。

「物足りなかったって、離婚届の端に鉛筆で走り書きがあったそう。恭司さん凄く傷ついて、もう結婚はしないと決めたんだって」

それほど繊細で優しい人なのだ。しかも仕事も真面目で優秀、なのにそういうところは少しも加味してくれないのか、ただ規則だから、職務の倫理に反するからと画一的に処理しようとするのか。愛奈はそういいたいらしい。

優月は夏布団を顎まで引き上げ、暗がりをじっと睨む。

職務倫理違反——仕事も真面目で優秀——。薄い膜を張ったような闇のなかから、過去の残影が浮かび上がりかけて、すぐに振り払いたいのに金縛りのように体が、思考が、固まって動かない。

『ただ、刑事にはなくてはならんものがひとつあるな』

優し気な目と真逆のような声音。静かな声なのに、恫喝《どうかつ》されているように感じられた。

『——の情だな』

「ちょっと、聞いてます？　もう寝ました？」

愛奈の声で意識が破られ、体の強張りが解けた。

「わたしにはどうしようもないことだから」

それだけけかろうじていう。つまらない答えだと思いつつも、優月は唾をかき集めるようにして言葉を吐いた。愛奈はなにも応えなかった。

眠ったのかと思って床に目を向けると、愛奈が天井を見ていた。薄暗がりに白目が明るく浮かぶ。

「わたし達のこと、誰が喋ったのかしら。人に見られないよう結構気をつけていたんだけどな」

寝返りをうとうとしたとき、続けてとんでもないことを口にした。

「実阿子さんかな。やっぱり、見られていたんだね。向こうもてっきり同じような秘密を抱えていると思って、わたしは内緒にしてあげるつもりだったのに——な、なによ」

ベッドを転がり落ちるように迫ってくる優月を見て、愛奈はぎょっと布団をかき寄せる。

「ちょっと、今の話、どういうこと？　聞かせて」

翌日、元署長室。

孔泉が珍しく細い目を開いている。忠津も長テーブルに突いていた肘を離し、弛んだ体軀《たいく》を引き締めるようにパイプ椅子の上で姿勢を変えた。

「その場所は詳しく訊いたか」

「はい」

高村と愛奈は、カフェの営業が終わったあと前宮市の駅前のホテルを使うことがあった。ひと月ほど前、二人が歩いていると角から見知った顔が現れたのだ。咄嗟に二人は身を潜めたが、作倉実阿子は気づいていないかのように細い路地を曲がって行った。気になって、後ろからこっそり覗いたら、周囲を気にしながらビルのひとつに入って行くのが見えたという。

その不審な様子から、愛奈は自分の身に引き寄せて、単純に不倫でもしているのかと考えた。実阿子が二人に気づいたとしてもお互いさまで内緒にしてくれるだろうと、都合のいいように解釈したのだ。だが、実阿子はうっかり親しい花屋の元女主人に漏らしてしまった。人の口に戸は立てられぬ。結局、元女主人はプリザーブドフラワー教室で口を滑らせ、そこのお仲間から自治会議で暴露されることになり、あっという間に広がった。

「で、実阿子はどこに行っていたんだ？」と忠津。

「さすがにそこまではわからなかったようです。前を通って確認してみたそうですが、個人会社や事務所、金融会社などが入っている小さなビルだったと」

「ふむ。このことを捜査本部は把握しているのかな」忠津がちらりと孔泉を見やるが、孔泉は腕を組んだまま、今度は沈思黙考するかのように目を細めている。忠津が視線を優月に戻し、「その件はわたしから伝えておこう。それでまず、伊尾愛奈さんだが、今どうしている？」と訊いた。

「もちろん、わたしの部屋で待機してもらっています」

「そうか。このことを甲池署に報告しないわけにはいかない。甲池から本部監察へといくだろう」

「高村主任は処分ですか」

「それは、監察聴取が終わってみなければわからないが、全くお咎めなしというわけにはいかない。戒告、減給、最終的には左遷」

「ここ以上の左遷ってどこになるんですか」

「そりゃ、いくらでもあるわな」

「そんなふうに思っているのか」いきなり孔泉が割って入る。はい？　と忠津と優月は顔を振り向ける。細い目が優月を捉えていた。

「この警部交番に配属になることが左遷になると、そう解釈していたのか。なるほど、熱心に働いているように見えたが、禊《みそぎ》になるという単なる自己満足だったわけだ」

優月は瞬時に顔を強張らせた。熱を帯びて頬が紅潮するのが抑えられない。なおも孔泉がいう。

「交通や地域にいる若い巡査はもちろん、高村主任やあの陰気な迫田係長ですら、警察官としての使命と意欲を持ってここで務めている、とそんなふうに僕は感じたが」

観察眼に優れている、そのことを改めて思い知った。警部交番だから確かに配置人数は署に比べて格段に少ない。かといって一人ひとりと会って話をするような素振りは見られなかった。だが、孔泉はきちんと把握していた。この交番で働く人間を部下としてだけでなく個々の人として、見て聞いて感じ取っている。

優月は言葉を失い、顔が青ざめてゆくのを意識した。誰よりも、この警部交番を蔑《ないがし》ろにしていたのは自分ではないのか。そう突きつけられたことに、優月は返す言葉を持たない。

忠津が目を瞬かせたあと頷くようにして、「まあまあ」と固まった空気を納めてくれた。なにを考えているのかわからないと思っていた忠津の表情にも、孔泉の言葉に得心している気配が見えた。忠津も同じように思っていたのだ。

忠津から捜査本部に知らされ、実阿子の謎の行動については一課の蒲池と甘利が追うことになった。

伊尾愛奈に関しては、自宅に戻れば夫から暴力を振るわれる恐れがあるということで、甲池署生活安全課に頼み、ボランティアとして活動しているグループの施設を紹介してもらう。シェアハウスのようになっていて、出入口はオートロック形式、管理者が常駐していて施設が把握している人物しか立ち入ることができない。高村の処分が決まり次第、離婚に向けての話し合いが進むことになるだろう。高村は近々寮を出て、甲池辺りに部屋を借りると警務係に伝えにきた。今のところ高村に退職の意思はない。小日向と優月は申し出を受け、淡々と処理をする。

月曜日、捜査本部の前を通りかかったとき、館と出くわした。

「お手柄だったな」

「はい？」

「実阿子の情報だ」

「ああ。いえ、たまたまです。うちの問題とのからみから偶然手に入りました」

「うちの問題？　ああ、例の交番員の話か。その件なら、甘利主任は、とうに気づいていたようだぞ」

「えっ」高村の不倫のことを知っていた？　目を丸くする優月を見て、館は豪快に笑う。

「あの人は根っからの刑事だ。同じ庁舎内の同じフロアで暮らしているんだ。怪しいと気づいていたが、わざと知らん顔していたそうだ。武士の情けだな」

「そうですか」

「ま、そんなことはどうでもいい、といってはいかんが、まあ大したことじゃない。甘利主任が黙っていたにしても、許容範囲だな。だが、範囲を超えた情けを情けとして処理したら、それは尾を引くことになるだろう」

優月は、自分より頭ひとつ半ほど上にある館の顔を見て愕然とする。いったいなにをいっているのだろう。過敏に反応することが余計に疑いを招くと思っていても、一課の班長として名を挙げ続けた人間を前にしておためごかしの逃げは通じない。

だが館はそれ以上のことはいわず、「あの実阿子な」と話題を変えた。

「司法書士事務所に行っていたそうだ」

「司法書士事務所？　ああ、不動産会社の」

「いや、会社がいつも使っているところとは別の司法書士らしい。不動産を処分するための相談だったらしいが、なぜ、普段使っているところに行かなかったのか気になるな」

「不動産の処分ですか。でも、その司法書士はどうして、今まで隠していたんでしょう」

「ふむ。まだ相談の段階であったし、実阿子から秘密にしておいてくれといわれたからだそうだ。事件のことは知っていたが、守秘義務もあって自ら情報提供に出向く真似はできなかったという。今は、警察の取り調べには進んで協力するといっているので、蒲池らが聴取している」

「実阿子さんが不動産を処分しようとした理由は？　なにかお金が必要なことがあったのでしょうか」といいさして、あ、と口を閉じた。捜査本部の人間でもないのに余計な詮索だと思った。館は笑い、「さすがは元一課だな」と茶化す。

「考えられるのは元夫の鳥居勇一がらみだが、今さらあの男に金を渡すとは思えん。実際、司法書士が尋ねたら、これで新たな人生が開けるかもしれないといったそうだしな」

「新たな人生？　まさか」

優月は驚きながらも、うんざりした気持ちを滲ませる。実阿子は浮気をしていたのか。どちらかというと、男ぶりのいい春義の方が怪しいと思ったが、違っていたのかもしれない。

「男関係についてはまだ調査中だ。春義氏とうまくいっていないような噂も聞かないがな」

そういって館が洗面所へと歩いて行った。優月は室内の敬礼をして、階段を下りた。

一階の受付に戻ると、忠津の席の近くにその作倉春義がいるのを見つけて動揺する。カウンターを回って奥に入る前に軽く深呼吸した。孔泉も自席にいて、話を聞いているようだ。

一般人を執務エリアに入れるのは良しとしない筈だが、相手が春義であり、忠津が拒まなかったのなら、黙認するしかなかったのかもしれない。

優月が席に着くと、春義が軽く会釈をしてきた。忠津が代わりにいう。

「作倉さん、事情聴取にきていたそうだ」

今さっき聞いた、実阿子の不動産処分のことだと察し、黙って頷く。

「それで心当たりはないんですか」と忠津が会話を続ける。

「ないない。なんで家内がまとまった金を作ろうとしたのか皆目見当がつかない。二階の刑事さんからはずい分、絞られたけど、わからんものはわからん」

「鳥居勇一が最近、この辺りをうろついていたことはご存じですか」

「うん、聞いた。最近会ったかとも訊かれたが、会っていない。実阿子が死んだのを聞いてやってきたのだろうが、まさか焼香しにきたとも思えん。どうせ金がらみだろうから、見かけていたなら、わたしから警察にいっている」

優月は会話が途切れたのを見計らって声をかけた。「作倉さん」

春義が体ごと回して、警務係に座る優月を見やる。

「那穂さんがお通夜にこられていましたけど、同行しておられた男性のことはご存じですか」

春義は途端に嫌そうな顔をした。渋々のように頷き、「斎藤晃か、碌でもないヤツだ」と吐き捨てるように呟いた。

「それはまたどういう？」と忠津。

「あれはまるで鳥居勇一だ。那穂から金をせびっては賭け事につぎ込んで、あちこちに借金も作っているらしい。どうも作倉の女達はたかられる運命にあるようだ。わたしが別れろといえば余計、向きになるからなにもいわないでいるが、実阿子とはよく喧嘩していたな」そういってふっと笑う。「そんなときの那穂のいい分がふるっている。実阿子が鳥居なんて男と結婚したお陰で、自分は父親のためにずい分と苦労させられた。そんなあんたに付き合う男のことでとやかくいわれたくない、とね。義母の阿きをが元気だったなら、なんとか納めてくれたんだろうが。わたしでは無理だ。取り返しのつかないことにならんよう、遠くから見守るのがせいぜいだな」

「作倉さんの気持ちはいつか通じますよ」小日向が、なぜか味方する。確か年ごろの娘さんがいると聞いている。

「だといいけどね。ああ見えて那穂もバカじゃない。結婚にはまだ二の足を踏んでいるのがわかる。短慮な真似だけはしないで欲しいもんだ」

それより、と春義が忠津に目を向ける。

「アイラの実習生の具合はどうです。見舞いに行っても病室に入れてもらえないんだ」

「犯人を確保するまでは、面会は制限される筈です」

「やったのは鳥居勇一だという噂も聞くが、そうなのか」と視線を順に振る。

忠津も小日向も無表情を通すし、孔泉はもとから表情がない。優月も黙って机の書類を捲った。

「まあ、いいさ。そのうち捕まるだろう。もし鳥居の野郎だったら承知しない。どこまでこの傘見の人間に仇《あだ》なせば気がすむんだ」

「作倉さん、なにもそこまで」

「いやいや、こういうことが工場の撤退の理由付けにされちゃうんだ。実習生が地元に受け入れられないばかりか、暴行事件まで起きたとなれば、そんな物騒な土地に工場を置いておけないってことになる。今は、実習生を取り巻く環境に厳しい目が向けられているからね。劣悪な労働条件を強いてはいないかとか、いわれのない差別を受けていないかとか。アイラは大手だから、余計にそういうことを気にするんだ」

「なるほど」

忠津だけでなく、優月も小日向も思わず頷いてしまった。確かに、外国人実習生は日本において貴重な労働力となっており、東南アジアから人材を受け入れることは国際社会においても意義があることだ。一方で立場の弱い実習生が、受け入れ側から酷い扱いをされて行方をくらますなどの問題が起きているのも事実だ。関係機関が目を光らせているといっても限界がある。小さなものでもトラブルが発覚すれば、たちまちマスコミが動き出す。大手企業は、そういう醜聞を嫌う。

「なんでこんなふうになるのかな。工場ができたときは、みんな働き口が見つかって良かったと喜んでいたのに、実習生らがくるようになった途端、治安が悪くなったとか、町の雰囲気が変わったとか、いったいなにを考えているのかさっぱりわからん」

春義は怒りを含んだ声で呟いたが、すぐに眉を下げて、背を丸くした。意気軒昂《いきけんこう》とした様子が消え、遠い目をする。

「五年前のわたしなら、こんなことどうでもいいと思っただろうな」

傘見の人間に働く場所がなかろうが、地域が寂れようが、実習生のせいで地元の治安が悪くなろうが、と指を折るように羅列する口調に切なさが滲む。そして春義は右手を拳にして額に当てた。

春義は実阿子と結婚したことでたまたまこの傘見にやってきた。地元で一番の資産家で旧家の主人となったからには、地域の代表に祭り上げられることも致し方ないと思ったただろう。それを嫌がることなく、作倉不動産の経営に携わりながらよく知りもしない住民のために色々尽力したと聞く。

「傍から見ればわたしは間違いなく逆玉だろうが、金が目当てで結婚したわけじゃない。信じてもらえんかもしれんが」そういって卑下するような笑みをことさらに浮かべ、周囲に視線を振り向ける。

「地元の代表のようになって、望むと望まざるとに拘わらず役員だ、会長だと担ぎ上げられた。連中はあれこれ問題を持ち込んできては、なんとかしてくれといってくる。そのくせ自分ではなにもしない。なんなんだと思ったが、頭を下げて頼られたら放っておくこともできまい。実際、作倉の威光でそれなりに収拾をつけることもできたしな。別にわたしの力じゃないが、それでもあれこれやっているうち、だんだんと」

そういって背筋を伸ばして、深呼吸をひとつした。

「自分は傘見で役に立つ人間なのだと思うようになった。たった五年だが、今のわたしは傘見のなかで一番、傘見のために尽くしている人間だと自負できる」

優月よりも長く傘見に関わる忠津や小日向の顔を見れば、納得していることが窺えた。かといって、警察が味方するわけにもいかず誰もが黙って聞いている。

「作倉さんのいわれることはもっともだ」

いきなり孔泉が勝手なことをいう。優月は、なに軽率なことをいっているんだ、という目を向けたが、孔泉は知らん顔で、春義のことを口先で持ち上げる。

「ところで、そこまで傘見のことを思っているとおっしゃっているのに、作倉さんは妙な態度を通しておられますよね。まるで事件解決を望んでおられないかのようだ」

「なに？　妙な態度とはなんのことだ？　事件の解決を望んでいないとはどういう意味だ」と目を吊り上げた。

春義は地元の名士。相手が警視正であろうが、キャリアであろうが関係ない。孔泉も望むところだというふうに目を更に細めて、口元を引き結ぶ。

「お気を悪くされたなら失礼。だが、わたしが見るところ、犯人の検挙に作倉さんは積極的に協力されていないように思う」

「なんだと、どういうことだ。わたしが協力していない？　邪魔でもしているというのか」春義の顔が赤く染まる。

「ええ、邪魔していますよ」

「なにぃ。殺されたのはわたしの家内だぞ。その犯人を捕まえるのに邪魔をしているだと？　聞き捨てならん、どういうことだ、いってみろ」と胴間声で吐いた。その場の空気が一転して張り詰め、小日向や隣の戸倉らまでもが身じろぐ。忠津は感情の読めない顔をしているが内心慌てているのではないか。優月とて、はらはらする気持ちが顔に出ないよう踏ん張っている。

「ではお聞きしますが、犯行時刻、あなたはどこでなにをしていたんですか」と淡々とした口調で孔泉が尋ねる。

春義は、佐々野にいたことは認めたが、そこでなにをしていたのかについてはいまだに口を噤んでいた。

「それが事件と関係あるのか。わたしにはアリバイがあると証明されたんじゃないのか」

「微妙ですよ。アリバイといえばアリバイだが、あなたが公園の側で揉めたという男はまだ見つかっていない」

「そんなこと知るか。それを見つけるのがお宅らの仕事だろう」

「どうしてあの時間そこにいたのかいってもらわなければ、完璧な捜査はできない」

「関係ないことだ」

「それはこちらが決めることでね。隠し事をされるといつまでも疑われる。実際、こうして大した用でもないのに捜査本部に呼び出され、尋問されている。張り込みだってついているかもしれない。いい加減、面倒だと思わないですか」

「ふん。どうってことない、疑いたければ疑え。わたしは実阿子を大事に思っていたんだ、殺したりしない」

「それだけでは無実の証拠にはならない」

「知るか。わたしがどこでなにをしようと勝手だ。個人的な理由をいちいちいう必要はない。わたしが逮捕されて裁判にでもかけられたなら別だがな」

そういって立ち上がると、「失礼する」といって春義は背を向けた。カウンターを回って出たところで、生安係の部屋の方から清美が出てきて廊下の角で接触しかける。いきり立った春義が勢いのままぶつかれば、清美は撥ね飛ばされただろう。一瞬早く清美が避《よ》け、優月の方へにこっと笑って見せた。春義はなにも目に入っていないかのように肩を怒らせ、玄関を出て行った。

優月がやれやれと肩の力を抜きかけると、後ろから忠津の吐息が聞こえた。

「警視正のいわれることも一理ある。なんで作倉さんはああまで隠すんだ」

小日向も首を傾げる。「自分のアリバイを証明することより大事なものなんかありますかね」

「誰のためにいいたくないのか」

孔泉の言葉を聞いて優月はぎょっとし、「どういうことですか」と思わず尋ねた。だが、返事をする代わりに孔泉はついと立ち上がる。

「上に行こう」

「はい？　上って」と訊きながら、優月も慌てて立つ。

「捜査本部だ」

「なにをするんですか」

「訊きたいことができた」

「訊きたいこと？」

「春義氏が公園の側で揉めたという男のことだ。いったい、今もって見つからないのはどういうことか、ちゃんと尋ねてみたい」

優月は、孔泉が刑事相手にどんな会話をするのか想像して、思わず忠津を振り返った。忠津は捜査本部の責任者の一人だ。察した忠津が、よっこらしょと立ち上がるのを見て、優月はすぐさま腰を落とした。

11

午後、自転車に乗って椎野交差点に向かう。

その先にある老人ホームへ、作倉阿きをを訪ねてみようと孔泉がいうのだ。警務係の仕事ではないが、優月も一度、行ってみたいと思っていた。忠津や小日向の手前、仕方がないという顔はしてみせたが、内心、孔泉をダシにしているような引け目を僅かながら感じる。捜査本部にはいないが、久しぶりに刑事事件に関われる高揚感があった。どんな小さな署でも、各課が歴然と分かれている所轄では無理だっただろう。この傘見警部交番だからこそできることだと思う。

作倉阿きを、八十八歳。作倉家に嫁いで七十年近い。当時は米作から果実園、養鶏業、養蚕業に加え、傘見に所有する山林の木材を伐採して売る林業なども行っていた。時代と共に、手広く行っていた事業は縮小され、今では米と野菜作りの傍ら、山林を宅地造成して販売する不動産業に専念している。

総資産は三十億とも四十億ともいわれるが、不動産がほとんどで現金はそれほどない。時折、自分名義の土地を売ってはお金に換えて、日々の生計を立てているという話だった。

その阿きをも九十歳近くになって、体の衰えだけでなく、認知症も思うようになった。入所している私設老人ホームは、『みどりの苑《その》』といって、傘見地区はおろか甲池など近隣の市を見渡してもちょっと見つからないほど恵まれた介護施設だ。敷地内に診療所があり、介護士やスタッフも五年以上のベテラン、設備も最新のものという話で、県外からも多くの高齢者が入居している。当然、費用も高く、傘見の人間で入所しているのは作倉阿きをの他には一人か二人ではないだろうか。

インターホンでおとない、一メートルを超す鉄柵の門を開けてもらってなかに入る。広々とした前庭から、丸い花壇に沿ってホテルのような屋根付きの車寄せまで近づき、周囲を見渡した。敷地はどれほどだろう。個室を三十ほども抱える東西に延びる二階建ての建物に、管理棟らしい平屋が一戸。離れたところに診療所、職員の駐車場、東側には野球ができそうなほどの広場がある。涼しげな緑陰を落とす樹木が並び、花壇、池、ベンチなどもあってちょっとした公園ふうになっていた。周囲はフェンスで囲まれているが、建物の裏側は笠高山の一部にかかっているらしく鬱蒼《うつそう》とした林が壁のように立ち並ぶ。裾野をなぞるようにして西へ回ると『アイラ自動車部品工場』が見える筈だ。車寄せの脇に自転車を置いてヘルメットを制帽に換える。自動ドアを潜り、ちょうどいい温度で冷房の利いた広いロビーから廊下を辿った。

施設内の壁や柱、建具に置いてある家具なども本物の木材を使用し、壁にかかる絵からスリッパまで安物でないのが一目瞭然だ。廊下や窓が綺麗に磨かれているのはもちろん、どの部屋も心地良い音楽が流れて良い香りまでする。責任者だという人に話をし、阿きをの担当であるスタッフを紹介してもらう。

「今はご自身のお部屋にいらっしゃいます」

薄い緑の制服を着た穏やかな話し方をするヘルパーの女性は、斜め前を歩きながら案内してくれる。

「娘さんの実阿子さんが亡くなられてから頻繁に警察の方がこられていますが、まだ事件は解決していないそうですね」

面目ない話だが、頷くしかない。

「阿きをさんは、調子のいいときには大変聡明《そうめい》で、どんなご質問にもしっかり答えることができる方ですが、そうでないときは満足な受け答えができず、刑事さん方も日を変えお見えになるんですけど。こればかりはいついつがいいとは申し上げられなくて」

だからもう大概にして欲しい、ということらしいが、刑事でもない優月がうかつにわかりましたと請け合うことでもない。ひたすら、申し訳ありません、とだけいう。

ノックをして女性は明るい声で戸を開ける。阿きをの部屋は優月らの寮のおよそ三室分合わせたくらいはあった。孔泉が使っている部屋など、ここではキッチンスペースだ。応接セット、トイレ、宿泊者用簡易シャワーもある。部屋にはテレビ、オーディオセット、本棚、そして頑丈そうな金庫も据えられていた。
南向きのベッドの上で阿きをはぼんやりとこちらを向いている。ヘルパーの女性のいうことには反応するが、警部交番からきたと紹介してもらっても、その目は優月らを通り過ぎていた。

短い挨拶だけして辞去する。玄関への廊下を辿りながら、ヘルパーに話を聞く。

「刑事さんにもお話ししましたけど、実阿子さんとお孫さんの那穂さんは頻繁にこちらを訪ねておられました。ただ、お二人ご一緒というわけではなく、その、どちらかといえば那穂さんがお母さまを避けている感じではありましたが」

「そうですか。那穂さんは実家を出たあとも阿きをさんのことを気にかけておられたんですね」

それはもう、とヘルパーの女性は破顔する。

「お祖母ちゃん、お祖母ちゃんといつも楽しそうにお喋りをされます。ご一緒にお菓子なんか食べたりして。やはりお孫さんは特別ですね、阿きをさんも嬉しいようで那穂さんがこられると体調もよろしいんですのよ。そんなふうに可愛いと思われるから余計、昔のことに拘っておられるのがお気の毒で」

「昔のこと？」

女性は喋り過ぎたかと躊躇《ためら》う様子を見せた。優月は、お願いしますと頭を下げる。

「阿きをさんはよく、那穂には悪いことした、あんな男と早く別れさせてお前たちを引き取ってやれば良かったと、悔やんだ言葉を口にされるんです」

半分、夢のなかにいても鳥居勇二が碌でもない人間だという記憶だけは消えないらしい。

「そんな後悔があって、阿きをさんは那穂さんにいわれるままお小遣いをあげていた？」

「さあ」とさすがにベテランのヘルパーらしく言葉を濁す。

「春義氏は余りこられなかったんですね」

「そうですね。なにかお仕事の用事があるときに、実阿子さんとご一緒にこられることはありましたけど」

「不動産業でしたね。阿きをさんの署名をもらわないといけないけど、阿きをさんの状態が状態なので、すんなりとはいかず日参しないといけないと、春義氏がいっておられました」と適当に脚色する。

「それででしょうね。実阿子さんが最後にこられたときは、成年後見の手続きをするつもりだとおっしゃっておられました」

「ああ、成年後見人ですか。自分で管理できなくなった財産を代わりに管理、維持する人を家庭裁判所で決めてもらう、あれですね」

「そうです。もっと早くにすれば良かったといわれましたけど、お元気なときは普通の人以上に頭の回転の速い方ですから」

ちょっと引っかかったので訊いてみる。

「最後にこられたときも、春義氏と一緒に？」

「いえ、お仕事関係のことだったようですが、実阿子さんお一人でしたね」

「そうですか」

ふと気づいて目を上げる。孔泉がいない。また、通所介護施設『フランチェスカ』のようにあれこれ詮索でもしているのではあるまいな。頰を引きつらせながら視線を忙しくさまよわせる。

「あちらに」

先にヘルパーの女性が孔泉を見つける。ダイニングルームから裏手にある公園のような庭に出るガラス戸の側に立ち、外を窺っていた。

「警視正、どうかされましたか」

「あれは、上野巡査長じゃないか？」

「え、朱音が？」

すぐにガラスに張りついて、孔泉の隣で踵を上げ下げしながら外を窺う。敷地を囲む白いフェンスの向こうは雑木林で、そこを白いシャツに紺のベスト、警棒などを吊った交通係用の白い帯革を締め、制帽を被《かぶ》った姿が横切ったという。

「確かに椎野交差点にはよく立番にきますが、どうしてこんなところを」

「行ってみよう」

「え、あ、はい」

ヘルパーの女性に走りながら挨拶をし、外に出て制帽のまま自転車に跨る。フェンスに沿って懸命にペダルを漕ぐ。裏手に回って雑木林の手前で自転車を降り、歩いて奥へ進んだ。

「巡査長はスマホをバイブにしているか」

「え。あ、はいおそらく」

「彼女にとってはリスクになるかもしれないが、この広さでは捜しようがない。かけてみてくれ」

「わかりました」

優月はアドレス帳から番号を選び、かけて耳に当てる。呼び出し音は鳴っているが出ない。切ろうかと思ったとき、応答があった。

「朱音？　今どこ？」

「あ、優月？」声が緊張している。優月は喉をごくんと鳴らしてすぐに、「警視正と一緒に『みどりの苑』からあなたを追ってきた」と近くにいることを告げた。

「ああ」と安堵《あんど》した声に変わる。「じゃあ、アイラ工場の方へきてくれる？　不審な男を見かけて追跡している。鳥居のような気がする」

心臓が跳ね上がる。あれこれ問うよりも、ひとまずわかったと、優月は答える。警務係なので帯革をつけておらず、警棒や手錠などを携帯していない。そのことを歯がゆく思いながら、スマホを繋いだまま懸命に駆けた。

交通係だって警察官だから不審な人物を見かければ職質くらいする。だが、一人で追跡してこんな人気のない山中に入り込むなど無鉄砲過ぎる。上野朱音は浅黒く艶のある肌に、いつも垂れた目で優月に笑いかけ、間違っていることは遠慮せず指摘し、ときに説教じみたこともいう気の置けない友だ。交通の仕事は気に入っていて、刑事や生安などを目指すつもりはないといい張るが、そろそろ昇任することを考えたらというと、さすがにそうだなぁと子どものように口をすぼめていた。勉強よりも外で笛を吹いて、違反者を停めて説諭したり、切符を切ったりするのが好きなのだ。

無茶はしないで。そうスマホにいいかけると、「あ」と短い叫びが聞こえた。警視正が思わず立ち止まって優月の手元を見る。慌てて、「朱音、朱音」と呼びかけた。

孔泉が優月から視線を離して、後ろの林へと体ごと向ける。

「あっちから声がする」

優月は飛び出すようにして駆けた。

おそらくアイラ自動車部品工場まであと一〇〇メートルもない辺りだろう。竹林に一部伐採されたところがあって、五〇メートル四方の開けたスペースが現れた。そこに朱音が特殊警棒を伸長させて構えている。向き合う相手は、六十から七十代くらいの男。細身の体軀に突き出した顎、充血した鋭い目つきに、無精ひげが伸びている。庁内のパソコンに配信された実習生への暴行傷害被疑者の似顔絵にそっくりだ。鳥居勇一の昔の写真の面影もある。誰が見ても間違いない。

「朱音っ」

「優月」

無事を確認し、素早く朱音の側に駆け寄る。顔一面に汗が吹き出ているが、大きく開いた目の奥に安堵の色が浮かんだのを見て、優月もほっとする。朱音と違って徒手空拳だから役に立つとは思えないが、三人対一人ならなんとかなるだろう。見たところ、鳥居は武器らしきものを持っていない。六十一歳だというがずっと老けて見える。人に金をねだりながら生きている人間だから、満足な食事も摂っていないだろうし、体力などないのではないか。そう思ったが甘かった。

鳥居は奇声を上げ、下に落ちていた木の枝を拾って振り回し始める。朱音が警棒を差し出し、距離を取るのに合わせて優月も動く。動きながら武器になるものがないか探した。見ると、孔泉が立っている足元に伐採の名残なのか、まだ青い竹の節間が転がっている。節回りはごついが長さは特殊警棒と同じくらい。

「警視正、それを」と目で示すが、顔を紅潮させた孔泉は鳥居の声に気を取られ、見つけるのが遅れた。先に鳥居が気づいて、跳ねるように動く。思わず避けようとした孔泉が、そのまま後ろへたたらを踏んで尻もちをついた。鳥居が節間を摑んで振り上げる。慌てて優月と朱音が同時に飛びかかった。二人ならなんとかねじ伏せられると思ったが、鳥居は思いがけない膂力《りょりょく》で抵抗してきた。腕にしがみついた朱音を振り払うと、足で優月の横腹を蹴る。地面に転がったところを殴りかかってきたが、素早く避けて朱音の落とした警棒を拾って打ち返した。カンといい音がして節間は後ろへ飛んだ。鳥居は武器を諦め、突っ込むようにして両腕を伸ばしてきた。すぐに警棒で応戦しようとしたが、一瞬早く胸元に潜り込まれ、両手で首を押さえつけられる。凄い力で、思わず膝を折る。普段は気弱な男でも、興奮状態に陥ると思いがけない力を発揮する。更にのしかかってきて、地面に倒れそうになったが、孔泉が鳥居の腰にくらいついたらしく、首にかかった力が僅かに弛んだ。横から朱音が、うぉーっと獣のような声を上げて体当たりした。鳥居は孔泉ごと横倒しに枯草の上に倒れ込む。解放された優月は、咳《せ》き込む喉を撫でさすり、這《は》うようにして距離を取った。

足をばたつかせて孔泉を振り払った鳥居が、立ち上がると拳で殴りつけようとした。孔泉はしゃがんだまま腕を交差させて防御しようとし、それを見た朱音が警棒を拾って鳥居の背中をしたたかに打つ。息が詰まったような呻き声を上げて、その場に膝をついた。体勢を立て直した優月は、朱音と共に制圧しようと近づく。するとどこに隠し持っていたのかボールペンを取り出し、座り込んだままの孔泉を背中から捉えると腕を首に回して羽交い締めにする。体にのしかかるようにして、握ったボールペンを顔に近づけた。

「ひっ」孔泉の悲痛な声。ボールペンの先が、孔泉の目玉のすぐ側まで迫る。警察官とは思えない怯えた表情を見て、一瞬、血が昇りかけたがそれどころではない。

「ま、待って、待ちなさいっ」

落ち着け。落ち着かせろ。優月は捜査一課で何度もいわれた言葉を思い出す。被疑者は興奮してなにが利か不利かわからなくなっている。捜査員も必死だからすぐには判断できない。まずは、双方落ち着くことが肝心だ。

優月は何度も腹から息を吐く。大きく吸って、低い声で呼びかける。

「鳥居、止めなさい。それ以上すれば取り返しがつかない。今ならまだ大丈夫」

充血した目が優月を見、隣の朱音を見、そして揺れ惑う。だが、腕のなかで孔泉が身じろいだことで再び、顔を引きつらせた。

「な、なにが大丈夫だ。くそぅ。どいつもこいつも俺をバカにしやがって」

「鳥居、いいから話を聞いて」

足元にある枯れた笹《ささ》の葉が軋《きし》んだ音を立てる。動いているつもりはないのだが、両足が震えて葉に当たっているようだ。隣に立つ朱音からも同じ音が聞こえる。

「いいたいことがあるのよね。わかっている、いい分を聞くわ」

「う、うるせぇっ、邪魔だ。もっと下がれ、離れろ、この男がどうなってもいいのか」

血走った目で唾を飛ばす。優月は両手を突き出し、わかった、下がるから、とゆっくり動く。見ると孔泉は白い顔を青くさせ、鳥居に首を絞められているにしても抵抗する素振りが見えない。腰が抜けたのかとも思ったが、押さえ込まれたときに妙な形に足が曲がって制圧されたようになっているのに気づく。これでは咄嗟の折に逃げることは難しい。

思案しながら、優月は朱音に視線を流す。垂れた目を吊り上がらせて、乾いた唇を何度も舐めている。

「朱音」と視線を鳥居に向けたままそっと囁く。そして腰の後ろに回した指で方角を示した。朱音が気づいたのを感じた。

「鳥居、どうすればいい？　わたし達から先に離れようか。ほらこうして」

そういってその場で両手を広げ、大袈裟に足踏みしてみせる。朱音も同じように枯葉を鳴らした。鳥居が戸惑うような視線を向ける。孔泉の目尻に当てていたボールペンを少しだけ浮かした。その瞬間。

鳥居の体が大きく前のめりに転がった。すぐに起き上がろうとしたが、その上から蒲池の大柄な体がのしかかる。そして地鳴りのような声が響き渡った。

「大人しくしろっ。鳥居勇一、動くと首の骨が折れるぞ」

鳥居の顔は枯葉のなかに埋もれた。背中に大きな男を乗せて、必死で手足をばたつかせる。もがきながらも苦しそうな声を出したが、すぐに諦めたのかうつ伏せのまま動きを止めた。

甘利が孔泉を抱きかかえるようにして立ち上がらせる。反対に、朱音はがくっと膝を折って地面に座り込んだ。

「舐めた真似しやがって。痛い目に遭いたくなかったらじっとしてろっ」そういって蒲池が腰から手錠を取り出し、まずは公務執行妨害で逮捕だ、といって両手を後ろ手に引き寄せた。手錠をかけると、「そのまま動くなよ」と寝転がしたまま、孔泉の方に歩み寄る。

「大丈夫ですか」

「あ、ああ、なんとか、まあ」と孔泉は生返事をし、紅潮した頰を引きつらせる。どうやら微笑んでいるつもりらしい。なぜか、甘利が親のように孔泉の体に付いた葉をひとつひとつ払ってやっている。

蒲池が優月に顔を向けた。

「いくら元一課でも得物なしではいかんだろう」とひょうひょうとした表情に戻してい
う。「二人とも怪我はないか」と甘利が心配そうな目をした。朱音共々、苦笑いし、「す
みません」と頭を下げる。
孔泉を羽交い締めにした鳥居の後ろの竹林のなかに、蒲池と甘利がそっと忍び寄って
いる姿が見えた。だが、足元の枯葉が音を立てるので近くに寄れない。蒲池から目で合
図され、察した優月は朱音と共に足踏みをして二人が動く音を紛らわせたのだった。
「お二人はどうして」
優月の問いに甘利が答える。
「作倉阿きをの周辺を張っていたんだ。ひょっとして鳥居がくるかもしれんからな」
そうしたら、警視正殿とお宅がきたから、と頭をずるりと撫でつける。優月は朱音に
目をやる。
朱音が頷きながら、「わたしは椎野の交差点で立番していました。そこで『みどりの
苑』の近くの自販機が壊されているとの通報があったので見に行ったんです。そうした
ら偶然不審な男を見つけました。鳥居なのかどうかはわからなかったので、確認してか
ら連絡しようとしていたら、南主任から電話が入って」といい、申し訳なさそうに目を
伏せる。優月が続ける。「苑のなかから上野さんを見かけたので、警視正と一緒に合流
しようと追いかけていました」

蒲池がふんふんと頷き、「警視正とね」と顎をこりこりと掻《か》く。

「ま、いいでしょう。誰にも怪我はなかったのだから」

そういって振り返ると甘利が、「今、連絡しました」と携帯電話を掲げて見せた。

蒲池らを残して孔泉と共に引き上げる。朱音も上司から電話が入っているといって、掛け直しながら交差点に戻って行った。


鳥居勇一は実習生に対する傷害容疑で取り調べを受けた。蒲池らに散々責められて、鳥居は自分のしたことの恐ろしさに気づき、子どものように泣き崩れたが、実阿子殺しについては頑として認めなかった。

食堂で夕食を摂っている優月らの元へ、甘利がやってくる。

「今日はエビチリか。そっちはなんだ」

「参鶏湯《サムゲタン》風スープです」

「そりゃまた凝ったものを」

朱音が調理場にいる孔泉に視線をやりながら、「今日のこと、よほど堪えたみたいです。体力をつけないといけないと思われたんじゃないですか」というのに、甘利はくしゃっと顔を崩して声なく笑う。

「ま、それはともかく、鳥居は実阿子殺しはシロだとはっきりした」

「アリバイがあったんですか」

うん、といいながら、朱音が差し出す箸を取って、エビチリを摘まむ。

事件のあった日、鳥居勇一は住まいのある吹川市にいて、閉店までパチンコ店にいたと供述した。防犯カメラを精査したら、確かに鳥居の姿が午後十一時まであったという。

「あいつ、実阿子が死んだと聞いて、娘の那穂が遺産を手にすると考えたんだ。それで性懲りもなくたかりにいったんだそうだが、けんもほろろに追い返された。しかも、そこで初めて作倉の財産のほとんどが阿きを名義で、刀自《とじ》が生きている限り、すぐには手に入らないことを知った」

「え。まさか、それで『みどりの苑』に近づいたんですか」と優月がいうと、朱音も、

「ええっ？　まさか阿きをさんを？」と目を剝く。

「ふん、さすがに殺そうと思ったなどとは、死んでも口にしない。だがまあ、少しは考えたろうな。当てにしていた娘に遺産が転がり込むにはまだ暇がある。金はすぐ欲しい。ただ、碌でなしの鳥居は、根は臆病者だ。殺しには二の足を踏む。かといって未練があるから、傘見を離れるに離れられず、自暴自棄になって、たまたま通りかかった実習生を痛めつけたってとこらしい」

「そんな」

朱音はスープをごくりと飲み干すと憤慨したように碗を置いた。調理場から孔泉が出

てきて、隣のテーブルで食事を始める。参鶏湯風スープの碗が優月らのと比べてひと回り大きい。孔泉がひと口啜っていう。

「実習生に怪我をさせたことで、しまったと思ったんだろう。必死で逃げ回りながら、阿きををどうにかできないかと諦め切れずに、『みどりの苑』の近くをうろついていたというところか」

「まあ、そんな感じでしょうな」と甘利。

「ふん。なんとも間の抜けた男だな」とご飯を頬張りながら呟く。その抜けた男に目を突かれそうになって恐怖で凍りついていたことは、もうなかったことになっているらしい。

甘利が笑いを堪え、「ただ、なんでホームに忍び込んで年寄りをなんとかしようと思ったのか。そこが気になって、苑に聞き込みをかけたんですが」と指先で鼻先をぽりぽりと掻く。「どうも、苑の関係者から利用者についての情報が漏れていたようでしてね」

「え」と優月は孔泉を見やる。孔泉は黙々とスープを飲み、合間にケール入りジュースを流し込んでいた。

利用者が暮らしやすいよう、全てに行き届いた至れり尽くせりの施設に、個人情報を漏らすようなスタッフがいるとは思えなかった。阿きをを担当しているヘルパーの女性は、孔泉や優月が話を振っても阿きを自身についてのことは話題にしなかった。

いや、最後に実阿子が訪ねたとき、仕事がらみのようだったが春義を連れずに一人だったことはいったか。

「今、苑の関係者を洗っている」

甘利が片手を挙げて立ち上がるのに、優月と朱音は、お疲れ様ですと見送った。

12

捜査本部では作倉那穂を呼び出し、事情聴取を行った。

聴取が始まる前、蒲池がわざわざ一階まできて、孔泉に同席しますかと声をかけてきた。孔泉は頷き、優月にも行くかと誘った。蒲池を窺うと頷いてくれたので、いそいそと二階へ上がる。捜査一課の女性刑事は聞き込みに出ていて、他に同席する女性警官がいなかったこともあったのだろう。制服を着た警官が揃って二人も部屋にいることに、那穂は特段、気にする様子も見せなかった。

母親の葬儀のあと鳥居勇一が訪ねてきたことは認めた。ニュースで実阿子の死を知ったらしい。涙ひとつ見せるでもなく、いきなり遺産が入るだろうというのにはさすがに腹が立って追い返したという。その際、作倉家の目ぼしい財産は全て阿きを名義で、祖母がいる限り那穂には一円も入らないことは教えたそうだ。そう告げたときの父親の忌々《いまいま》しそうな顔を思い出したのか、「あんな男が父親だなんて、情けなくって涙も出ないわよ」と目を赤くした。

蒲池の問いかけに淡々と応えてはいるものの、酷く憔悴《しようすい》した様子が窺える。母親が殺害され、今度また実の父親が傷害容疑で捕まったのだ。傘見の旧家がなんというざまだと思うからか、それとも碌でもない父親と罵倒しながらも、自身の同棲相手である斎藤晃も似たような人間ではないのかという複雑な気持ちがあるのか。那穂はなんとなく居心地悪そうに椅子のなかで体を揺らし続けた。

作倉那穂は三十四歳で、携帯電話会社の契約社員をしている。見た目は実阿子に似ていて、気が強いところも母親譲りかもしれないが、なにかの折には頼りなさそうに黒目を揺らす癖があった。感情的ではあるが、人に厳しくいわれたり、強気で責められたりすれば案外脆《もろ》く、強く反発はできないタイプではないか。だからことあるごとに祖母の阿きをを頼って老人ホームを頻繁に訪ねていた。

「ところで、阿きをさんの病気のことは誰から聞きました?」

那穂がはっと表情を硬くした。父親のことで呼ばれたと思ったのに、祖母の事情にまで話が及んだことにまた黒目を揺らす。

作倉阿きをが末期ガンで緩和ケアを受けている状態であることが判明した。施設と同じ系列の診療所が敷地内にあり、そこで痛み止めのモルヒネを投与している状態だそうだ。家族で知っているのは作倉春義と実阿子の二人だけで、那穂には伝えられていなかった。

「斎藤晃さんから聞きましたか」

蒲池が出した名を聞いて、優月は、えっ、と思いながらも表情が動くことをなんとか堪える。隣に座る孔泉は全くの無表情だ。

「あなたが同居されている斎藤晃さんは元介護士。阿きをさんが入所されている『みどりの苑』に知り合いの介護士がいるそうですね」

那穂は立っている蒲池の顔を見上げ、そして孔泉や優月の顔を見て、激しく黒目を揺らす。

『みどりの苑』について調べていた甘利らは、斎藤晃から介護士繋がりで、阿きをの個人情報が漏れていたことを見つけ出した。最初の動揺から冷静さを取り戻したらしく、那穂は、それがなんだという顔つきで顎を持ち上げる。

優月は横目で蒲池の顔を窺いながら考えた。

祖母の寿命があと僅かと知ったら、孫の那穂はどうするか。那穂は母親の実阿子と仲《なか》違《たが》いしている。同棲相手の斎藤晃にはこれからも金がかかるだろう。だが阿きをが死ねば、財産は全て実阿子が相続する。斎藤を気に入らない実阿子が那穂に金を渡すことなどあり得ない。これまで祖母にねだっていた金は、今後一銭も入らなくなる。六十前の実阿子の寿命が尽きるのはまだ先で、たとえ不慮の事故や病気で死ぬことになっても、実阿子のことだ、斎藤のことを懸念しておかしな遺言書でも作りかねない。財産を全て春義名義にするとか。そんなことになれば大変だ。そうなる前に、つまり祖母が亡くなるより前に実阿子を殺害すれば遺産は全て那穂のものになる。しかも毛嫌いしている春義にだって一円も渡さずにすむ。蒲池は事情を聴くだけといいながら、那穂を追い詰めようとしているのだ。優月は息を呑みながら、蒲池と那穂の様子を見つめる。

蒲池が気楽なお喋り口調で、鳥居のことから阿きをのこと、そして斎藤晃へと話を進めた。やがて那穂にも刑事の思惑が知れたらしく、顔を青ざめさせる。

「ちょっと、あたしが母を殺したっていうの?」

「まさか、そんなとんでもない。ただ、以前にもお伺いしましたが事件当時のあなたのアリバイが今ひとつはっきりしないのでね。そこに、お祖母さまの阿きをさんが余命宣告されていることをあなたもご存じだったらしいとわかったものですから、改めてご事情を伺った方がいいかなと思った次第でして」

「ふざけないで。だから何度もいったでしょ、あたしは母が亡くなったときは佐々野のマンションの近くで」

「そうでしたね、色々考えることがあって真っすぐ帰らず、途中にある神社の境内の階段に座って時間を潰した。確か七時前ごろから八時過ぎまで? それから自宅に戻られ

「ただ、同居している斎藤さんはその夜、ご友人と居酒屋で遅くまで飲んでおられた。それは証明されていて、マンションに戻られたのは午前零時ごろ。あなたは既にお休みだったと聞きました」

「そうよ」

神社の本殿付近に防犯カメラはあるが、階段を含めた敷地の隅々までは設置されていない。だから、那穂のアリバイを証明する人間も物証もないということだ。単に母親と仲が悪いという理由だけでなく、四十億近い遺産がからむとなるとアリバイ証明の重要さが増してくる。

更に、那穂は阿きをの病状について、鳥居勇一と揉めた際に口を滑らせていたらしい。

蒲池がいう。「先ほどの取り調べで、お父さんの鳥居勇一さんがそう供述しましたよ。その通りですか」

那穂は黙って唇を噛む。

鳥居がホームの近辺を未練がましくうろついていたのは、阿きをを亡き者にするためではなく、死ぬのを今か今かと期待していたからだった。そう真面目な顔で述べましたよと蒲池がおかしそうに口角を上げる。確かに、そっちの方が鳥居らしいと優月も思った。

鳥居なりに考えたのだ。阿きをが死んだなら、すぐさま那穂に対し、なんらかの手を打とうと。今、娘には同棲相手がいて、万が一にでもそいつに遅れを取るわけにはいかないと切羽詰まっていた。

ただ、阿きをの余命を知っていなくとも、年齢からみてそう長くないとは考えていただろう。もし、阿きをが死ねば作倉家の資産は実阿子の管理下におかれる。那穂は勝手にはできない。となれば那穂から金を融通してもらっていた同棲相手の斎藤も困るという計算式ができ、那穂には春義のいうところの、碌でもない男が二人もぶら下がっている絵が、最初からあったことになる。

そのどちらかと共謀して実阿子を殺害、という線もあるのではと捜査本部は考えているのだ。優月はそう気づいて目を瞠る。膝の上で握った手に力が入るのを感じた。

事件が動く。以前にも何度か経験した、ぞくぞくした感じが背中を這い上がってくる。久しぶりの感触だと興奮した。

蒲池の態度から、流しの強盗ではなく、実阿子を知る者による殺人へと大きく舵を切ろうとしているのが窺えた。そんな場に孔泉だけでなく、優月も立ち合わせてもらっていることに小さな疑問も浮かんだが、それよりもどう始末をつけるのか、蒲池の調べに大きな興味が湧いた。

「斎藤晃さんとご結婚される予定は？」

「は？　なんなのよ、いきなり」

「お母さんの実阿子さんは反対されていたと伺いましたが、今はいらっしゃらない。話を具体的に進められるのかなと思っただけでして。お気に障りましたか」

那穂が恨めしそうに上目遣いで蒲池を見る。

「そういえば、斎藤さんとは別れたいと漏らされたことがあると聞きました」

那穂が思わず、えっ、という顔をした。蒲池は素知らぬふうで、あれは誰だったかな、と惚《とぼ》ける。

「ご友人か、お勤め先の方か、ご近所の誰かか。とにかく、那穂さんがそんなことをいっているとおっしゃったもので。そうなんですか？」

違うんですか？　ではやはりいずれはご結婚される？　と誰から聞いたと問われる前に畳みかける。

「そ、そんなこと、だ、だいたい失礼でしょう。母の四十九日だってまだなのよ」

「ああ、もちろんそうです。いやあ、無神経なこといっちゃったな」と自分で額を打つようなひょうきんな真似をし、また視線を向ける。「なら、落ち着かれたらご結婚される？」としつこくいう。

那穂が唇をめくれさせ、歯を剝いた。

「結婚、結婚って、なんなのよ。母の事件と関係でもあるの？　あたしが誰と結婚しようが別れようが勝手でしょうが。まだ三十四よ。母親の時代ならともかく、今は結婚なんて大したことじゃないっての。心が繋がっていれば十分なのよ。ちょっと、こういうのハラスメントになるんじゃないの。警察がそんなことしていいのかって話」

「いやあ、ごもっとも。また失礼なこといっちゃったなぁ。どうか勘弁してください」といいながら優月を見、「こんなこといったって上には内緒にしてよ」とわざとらしく頭を掻く。

「まあ、それじゃ、当分、ご予定はないんですね」

那穂は、ふん、と顔を横に向ける。否定はしなかった。

斎藤晃には一応アリバイがあるが、共犯の可能性は捨てきれない。だが、那穂の態度を見る限り、二人のあいだはうまくいっているようでもない。まして肝心な那穂のアリバイがはっきりしないのだから、斎藤が犯人の場合、那穂と共犯ではなくむしろ単独犯と考える方が理にかなっている。那穂と結婚できればいいが、そうでないなら、いっそ襲って金を奪ってやろうと短絡的に考えたか。

通夜の夜の、金茶の髪を綺麗に撫でつけたTシャツ姿を思い出す。駐車する車のことでいい争いをしていて、恋人の不幸を悼んでいる様子は微塵も見受けられなかった。

甘利の姿が見えないのは、もしかすると斎藤の事件当日のことを念入りにさらっているのかもしれない。ただ、斎藤が過ごした居酒屋というのは高村と愛奈が使ったホテルがあり、実阿子が訪ねた司法書士事務所がある辺りだ。

もし斎藤の単独犯でなければ、鳥居か。動機の点では、那穂を挟んで斎藤も鳥居も同じ。いや、鳥居の方が血縁者だけにより強いかもしれない。だが、鳥居にはパチンコ店にいたというアリバイがある。

鳥居は別の部屋で今も取り調べを受けているのだろう。優月はそっと隣を見やる。

竹林で襲われ、孔泉は危うく大怪我をするところだった。それでも鳥居が金目当てに元妻を殴り殺す人間に見えたかと問われたら、優月は首を縦に振るだけの自信がない。孔泉を羽交い締めにしたときは、優月や朱音を確かに震撼《しんかん》させたが、ボールペンを握った手が小刻みに揺れていたのは覚えている。

蒲池に取り押さえられ、手錠を後ろ手にかけられてうつ伏せで横たわった。動くなよといわれて大人しく、じっと動かずにいた。鳥居自身、怖くてしようがなかったのではないか。大ごとにならずに終わってほっとしたのではないか。甘利に引き起こされた顔にはそんな感情が見え隠れしていた。

蒲池は、斎藤、鳥居の両方を疑いつつ、那穂に照準を合わせているように見えた。そのことを隠すでもなく、那穂にも気づかせている。蒲池の尋問のやり方だ。

アリバイのない那穂は窮地に立たされる。そのことがわかったのか、どんどん口は重くなり、最後にはなにもいわなくなった。

那穂が疲れたように取調室を出て、階下に向かうのを見送る。

蒲池が後ろから、「どう思われましたか」と声をかけてきた。孔泉は階段の方を向いたまま答える。

「阿きを刀自の余命が僅かということをいつ知ったかがポイントだろう。鳥居、斎藤、那穂のそれぞれの供述を鵜呑《うの》みにはできない」

「さすがは警視正殿。ご炯眼《けいがん》」

優月は軽く眉を寄せながら思案を巡らせた。そうか。先に孔泉がいう。

「阿きをがいつ死んでもおかしくない状態と知って、慌てて実阿子を殺害したのならそれなりに筋は通る。だがもし、阿きをのことを知らずに実阿子を殺害したとなれば、動機も犯人像も違ってくる」

斎藤か鳥居なら、阿きをのことを知ったから、犯行を実行した可能性が高い。作倉の財産のほとんどが阿きを名義であることを鳥居は、実阿子が亡くなってから知ったといっていたが、嘘ではないか。斎藤もまた、那穂がお金をもらいに度々老人ホームの祖母を訪ねていたのを見ているから、聞いていたと考えられる。だから実阿子が相続したあと殺害しても、半分は春義のものになることもわかっていた。先に消してしまった方が都合がいいという考え方ができる。

一方、阿きをが長くないことを知らずに実阿子を殺害したのなら、動機はなにか。高齢とはいえ阿きをが生きている限り、財産は動かない。お金が目的ではないことになる？　となれば怨恨という線も出てくるだろうか。

「これからきっちり調べるつもりです」と蒲池が目を光らせた。

「そうだな。だが、彼女ならどちらにしても動機があるといえる」というのに、蒲池は頷くことも返事することもしない。孔泉が続ける。

「那穂にとって実阿子は邪魔な存在でしかなかった。金銭面においても、精神面においても。しかも彼女にだけアリバイがない。あとは物証だろう」

「警視正は作倉那穂を本星と思われるので？」

「そう思っているのはお宅ら捜査本部でしょう」

ふむ、と蒲池は考えるふうをして、すぐに口を開く。

「では、警視正のお考えは違うと？」

「わたしがどう思おうと関係ない。そちらの仕事だ」

「警察の仕事に敷居はない、そういうお考えと伺いましたが違いましたか」

孔泉が細い目のまま、後ろに立つ蒲池を振り返った。蒲池は真っすぐ視線を当てている。

「間違っていることを正すのに、部署も立場もないとは思っている」

「間違いね」そういって蒲池はちらりと優月に視線を流す。金縛りにあったように瞬きさえも止まった。蒲池は目を孔泉に戻してにっこり笑う。

「では、我々が間違っていたなら、そのときはぜひご教示ください」

「いうまでもない」

孔泉がそういって歩き出す。優月は足と手の筋肉をなんとか動かして、あとを追った。


再び、作倉春義が傘見の捜査本部に呼ばれて聴取を受ける。

終わってまた一階へ顔を出しにきた。ここが警察署であったころから地域の代表として出入りしていたので、いまだにわが物顔だ。忠津も杓子定規《しやくしじようぎ》にカウンター内に入らないでくれとはいい辛いらしく、困り顔ながらも受け入れる。

それを見つめる孔泉の眼差《まなざ》しが、節電している冷房の利きを強くさせた。

「なんだって鳥居が捕まったからって、わたしが呼ばれにゃならんのだ。全く、どこまでも面倒をかけるヤツだ」

忠津の執務机の前に、自らパイプ椅子を広げてどっかと座る。シャツのポケットから扇子を取り出し、苛立たしげに扇《あお》ぎ始めた。忠津の方は持っている団扇《うちわ》をくるくる回しながら、とうとうと愚痴を並べる春義を眺めている。優月が冷たいお茶を出すと、春義は礼をいって飲み干した。ひと息ついた様子を見て、忠津がすかさず問う。

「それで阿きをさんがご病気であることは、いつごろ知ったんです？」

せっかくだからと思って訊いたのだろうが、春義は露骨に顔を歪めた。なんでここでもまた尋問されなくてはいけないのか、という表情だ。

「そんなことより、夏祭りの打ち合わせはどうなっているんです」

実阿子が亡くなって、傘見の自治会が一時混乱した。ひとまず春義が中心となって会をまとめ、これから地域の役員や住民、警察、消防、役所などと連携し、警備の話などを進めていかなくてはならない。昨年同様、警部交番からは忠津と交通係の係長が出席して交通整理の手順や時間など具体的なことを決めることになっている。

あいにく忠津は今、捜査本部の責任者の一人で、そのため思うように参加できないでいた。春義は自身が疑いをかけられているかどうかより、そちらの方が気になるようだ。

孔泉が相変わらずの無表情なので、優月は近くにいる小日向に目を向ける。係長も同じことを思ったらしく、苦笑いしながら首を傾げていた。

「自分の妻を殺害した犯人を見つけることよりも、祭りの話が先かと思っているのだろう」

勘良く春義は優月や小日向を見返り、ふんっと口をへの字に曲げた。いえ、そんなことはと慌てていい繕うが、機嫌は直らない。

「わたしとて犯人は憎いし、早く捕まって欲しい。だが、実阿子が生前やりかけていたことをそのまま放ったらかしにもできん」

「会社のことも阿きをさんのこともありますしね」と忠津がしみじみとした口調でいう。

「そうだ。会社には従業員もいる、進行中の取引もある。義母の阿きをもいつどうなるかわからんしな」

忠津が顎を引いて、お義母《かあ》さんの病気は残念ですね、とだけいう。

「うん、これればかりは仕方がない。実阿子はそうと知ってから頻繁にホームに母親を訪ねては、なにくれと心を砕いていた。それをわたしが引き継ぐ。実阿子がしていたことは、いやそれ以上のことをしてやるつもりだ」

「しかし、奥さんの心残りはそれだけではないんじゃないですか」といきなり孔泉が忠津の斜め後ろから声を発した。みなはっとしたが、春義はちらりと孔泉を見ただけで、すぐに口をすぼめて肩を落とした。

「那穂のことか。なんといっても実阿子にとってはたった一人の娘だからな。顔を合わせれば喧嘩ばかりだったが、誰よりも大事に思っていたのは間違いない。わたしだってそう思っている。いずれ那穂もわかってくれると信じているが」

そういって大きく、まるで背にある荷物を早く下ろしたいかのように息を吐いた。そしてお茶に伸ばしかけた手を止め、思い出したようにポケットをまさぐった。なかから栄養ドリンクのエナジーメテオを一本出してキャップをひねる。いる？　というふうに忠津に見せるが、もちろん首を振り、それを見て春義は一気に飲み干した。

「こういうのでも飲んでやらんと体力がもたない。わたしも歳だな」

「いやあ。まだまだお若いですよ」

「忠津さんはいくつ」

「わたしは四十七ですが」

「ふうん。やっぱり違うな。七つも違えば気力体力全然違う。わたしだって四十代のころは元気満々、精力ビンビン、や、これは女性の前で失礼」と優月をちらっと見て頭を掻く。

そして空になったボトルを手でもてあそびながら、「実阿子はわたしより五つ上だったが、あれの方がよっぽど若かった。これから第二の人生をやり直そうとしていたんだから大したもんだ」

「え」「は」

優月と小日向は思わず声を出し、忠津は大きく目を見開く。それを見て春義は、しまったという表情を浮かべた。

「なんだ。上で調べたことはみんな知っているんじゃないのか。ちぇっ、余計なことをいったな」と腰を浮かした。

「それじゃ、祭りの打ち合わせの件、しっかり頼みますよ」といい置いてそそくさとカウンターを回って、玄関から飛び出して行った。

忠津が、よっこらしょ、といいながらパイプ椅子を畳んで隅に戻す。

13

土曜日、優月はバスに乗って甲池駅まで出て、そこから電車である場所へ向かった。途中、百貨店の地下食料品売り場に寄って、手土産に甘いものを買う。確か、お酒も好きだがスイーツにも目がなかった筈。年齢的にアルコール類は控えているかもしれないから、お孫さんに食べてもらってもいいようにとゼリーの詰め合わせにした。

去年の秋に訪ねて以来だから一年ぶりくらいにはなる。その後、様子見舞いのハガキや年末に歳暮を贈ったりしたが、もうそういうことはするなといわれて素直に止めた。そして年賀状も出さないまま、傘見という新しい職場で新しい仕事を覚えるのに気を紛らわせて過ごした。そうやって忘れたふりをしていたときに、孔泉が傘見警部交番にやってきたのだ。

やがて色んなことが動き出した。優月の胸のなかに深く沈めて蓋をしていた感情までが蠢《うごめ》き始め、戸惑いよりも怯えが勝った。他人のなにげない言葉や視線の動きひとつで揺れ惑い、身も心も強張った。こんなことが続けばいずれ周囲に気づかれるのでは、との恐れが湧いた。そうなる前に、なんとかしなくてはという焦燥がここ数日、優月を悩ませ続け、今日に至る。

そんな優月だったが、作倉春義の態度からひとつの疑惑が浮かび上がり、呆気なく心が決まった。このタイミングを逃せば、また深く悩むことになる。もう同じ過ちは犯せない、犯したくないと自分にいい聞かせる。

電車を降り、久しぶりの道を思い出しながら歩く。電話で伺いたい旨は告げていたから、待ってくれている筈だ。

古びた一戸建ての門扉の前に立ち、少しの間、奥の気配を窺う。土曜日だから家族が集まって賑《にぎ》やかに過ごしているかと思ったが、物音ひとつしない。誰もいないのではと埒《らち》もない考えが浮かび、インターホンを押した。家には三橋元刑事だけがいた。

「悪いな。孫がきたんで、うちのが連れて出かけちまった」

最後に会ったときはまだ怪我の後遺症で足に痛みが走るらしく、時折、顔をしかめたりしていたが、今日の三橋は、アイスコーヒーを作って運んだり、エアコンの温度調整をしたりと身軽く動き回る。多少、足を引きずってはいるものの、すっかり慣れたらしく不自由があるようには見えなかった。

「警部交番にキャリア警視正がきたんだってな」

リビングのソファに腰を落ち着けると、いきなり訊いてきた。優月は軽く息を呑み、そろりと頷く。「ご存じでしたか」

「ま、辞めたとはいえ、昔の知り合いとは付き合いがあるからね。たまに一緒に酒を飲んで、連中の愚痴なんか聞いてやっているんだ」

「そうでしたか」

早期退職したとはいえ、所轄刑事として仕事に誇りをもって長年勤めた人だ。僅かな目の揺れや声にしない口の動きを見逃さない。なにもかも見透かされている気がして、優月はここまできていながらまたも躊躇《ちゅうちょ》する。なかなか話し出さないのを見て、三橋がやれやれというふうに口元を弛めた。

「本部でも噂になっているらしいぞ」

優月が突然訪問してきた理由を察しているのか、軽い口調で一人、喋り続ける。一緒に組んで仕事をしていたときは、無愛想で口数の少ない人だったことを思い出す。勇退して変わったところもあるようだ。

「聞いた話だが、そのキャリアは例の事故のことを気にして、上と揉めたとか」

「え」

「まあ、本部にしてみれば今さら掘り返されてもな。ただ、被疑者が逃げている以上、その件は終わったではすまない。あれこれ調べ直して、別の見方もあるといわれれば頭ごなしに否定もできん。地域部長だったたって話らしいが」と窺う目をした。優月が頷くのを見て三橋は、頭のいい人は怖いものがないんだな、と笑う。膝の上に揃えていた両手を拳に変えて、強く握り締めた。三橋が視線を逸らすようにして自分の手元を見つめ、そのまま背もたれに体を深く預けた。

優月は拳を解き、乾いた唇を何度も舐めて声を出した。

「ドライブレコーダーの一部が消えたと聞きました」

「うん？」

「誰かが、証拠を隠そうとしたということでしょうか」

ふむ、と三橋は体を起こして、アイスコーヒーを啜る。

「なるほどね。そういうことがあったんで、キャリア警視正の不興を買った、いや興味を引いちまったんだな。あんなもの、見たところでなにがわかるわけでもないだろうに」

いつでもどこでも気を回し過ぎるヤツってのはいるもんだ、と苦笑した。優月はうなだれる。

「お宅も落ち着かないだろうな、そんな警視正に側にいられては。だが、わしのところにきても助けてはやれん。もしそれを期待しているのなら悪いが」

優月は俯いたまま首を振る。そして、ポケットからチャック付きビニール袋を取り出し、なかのものをテーブルに置いた。三橋が上半身を乗り出し、太い指で拾い上げる。

「手錠の鍵か」

優月は一拍置いてから、「はい」と返事する。

「南主任の、ではないんだろうな」

「違います」

そうか、ならあいつのか。三橋は鍵をテーブルの上に戻して、そのまま視線をガラス戸の方へと向けた。小さな庭があって、緑の蔓《つる》を伸ばした朝顔の植木鉢が三つ並んでいた。隣には水草を浮かばせた丸い陶器の鉢がある。金魚でもいるのだろうか、時折、水面《みなも》に小さな波紋が現れる。昼前の陽射しが水に反射して光が飛び散った。水面が揺れるたび、光も揺れて優月の目を射る。

軽く目を瞑った。残光の滲むなかに、闇が現れる。

『死ぬな』

隅はそう小さく叫んだ。他の人の耳を気にした抑えた口調だったが、優月には聞こえた。

県警本部捜査一課にきて五年半の隅は、優月と同じ館班の先輩だった。異動してきた優月の指導を担当した。数か月後には、隅は優月にとってプライベートでも特別な人となった。いつものように、隅のマンションを訪ねる予定にしていた夜、コンビニ強盗が起きた。

捜査本部が立ち、優月は所轄刑事の三橋と組んで捜査を始めた。優月も同じ主任ではあったが、一課にきてまだ八か月にもならない新米だったから、所轄のベテラン主任をつけられたのだ。愛想のない人だったが、捜査手法から聞き込み、尋問の仕方など全てにおいて勉強になる優秀な刑事であることはすぐにわかった。

やがて、長く引き籠りをしていた男性が容疑者として浮上し、追跡を始めた。聞き込みに回っているとき、運が良かったのか偶然だったのか、隅が一人で追っているところに行き合わせた。三橋と共に駆けつけ、三人で制圧して手錠をはめた。

捜査車両に乗せて、捜査本部に向かった。隅から運転を頼まれ、優月は頷いた。三橋が後部座席に乗り込もうとしたら、助手席にお願いしますと隅がいった。優月が緊急走行に慣れていないから補助を、と付け足した気がする。三橋はちょっと不満げな顔をしたが、年下で同じ巡査部長であっても、隅は本部捜査一課の人間だ。指示するのは本部の刑事という不文律があったので黙って助手席に座った。

走り出してからもずっと被疑者は泣き通しで、死にたい死にたいと漏らし続けていた。三橋が不安そうに何度も振り返っていた。

こんな気弱な男がなぜコンビニを襲ったりしたのか。隅も不思議に感じたのか、どうしてこんなバカな真似をしたのかと訊いていた。被疑者は、もう限界なんだ、生きていても仕方がないと答え、その後、なにか囁いたようだった。優月は赤灯を回してサイレンを鳴らしながらの走行だったから、運転に集中しなければならない。三橋が振り返っていたが、ふいに妙な表情を浮かべた。

「あのとき、なにが聞こえたんですか？」

優月は目を開けて、思い切って尋ねる。これまで気になりつつも、聞けなかったことだ。三橋は庭に向いていた目を戻し、情けなさそうな顔つきで優月を見つめた。

「うん、実は被疑者が喋った内容までは聞こえなかったんだ。ただ」

「ただ？」

「それを聞いた隅主任の顔色が変わった」

「隅さんの？」

「そんな気がしたな。それから被疑者は痙攣するように体を震わせ、いきなり暴れ出した。隅主任一人では抑えきれないようだった。わしが後部座席に移ろうとしたが」

「わたしがハンドル操作を誤って」

「いや、前もいったがお宅だけのせいじゃない。被疑者と隅主任がのしかかってきて、わしが押されるようにしてお宅の運転を妨害してしまった」

ただ、あのあとじっくり考えてみたんだ、と三橋は暗い目をテーブルに落とす。

「入院していたから時間はたっぷりあったしな」

アイスコーヒーの氷が崩れて音を立てた。

「どうして逃げられたのかな、と」

「三橋主任」

優月はテーブルにある小さな鍵に目を落とした。

通常よりもスピードを出していた。早く捜査本部に戻って被疑者の尋問を行いたい。一課の刑事として初めて容疑者を確保し、取り調べができるという期待が大きく膨らんでいた。道路は空いていた。サイレンと赤灯を見て、走行する車両はみな避けて道を空ける。赤信号を無視できたし、歩行者の足も止めさせた。裏を返せば危険な運転だった。

あっという間のことだった。三橋の体だったか、隅か被疑者か、とにかくなにかがぶつかってきてハンドルを取られた。どんなことがあってもハンドルを強く握っていなくてはならなかったのに。前方を注視していなくてはならなかったのに。

気づくと道路沿いにあった工場の壁に車両をぶつけて、フロント部分は大破していた。窓は割れ、運転席のドアは歪んでいた。頭の上になにかがぱらぱら落ちてくる。目を上げると天井が歪んでいて、クロスが破れていた。助手席の三橋が妙な姿勢のまま目を瞑っていた。

三橋主任、と何度も呼んだ。シートベルトが外れず、エアバッグに挟まれて身悶えた。動くたびに痛みが走り、口のなかに鉄さびの味が広がる。どこか怪我をしているのだと思った。死ぬかもしれないという恐怖のなかでも、隅の安否が気になった。そして被疑者はどうなったのか。後部座席を見るため体をひねろうにも、どこもかしこも痛くて動かせなかった。

そのうち、聞こえた。

『死ぬな』

隅の声だとわかった。まさか被疑者が死にかけている？　激しい恐れが優月を襲った。懸命に首を仰け反らせ、目を向けようとした。早く、救急車を呼ばなくては、隅にそういおうと思った。

そのときドアの開く音がした。後部座席の片方のドアはなかから開けられないようにしている。だから開いたのは隅の側だと思ったし、隅が開けたのだと思った。脱出できれば助けを求められる、良かった、と隅に笑いかけようとした。

だが、目に入ったのは、隅の体を乗り越えて這い出ようとしている被疑者の姿だった。隅が抵抗しているように見えなかったから、もしや死んだのか、とぞっとした。だが、車外に被疑者が足を下ろすと、隅は動いて自分の財布から小さな鍵を取り出した。渡そうとしているように見えて反射的に左手を伸ばした。駄目っ。

隅がはっと振り返るのが見えた。大きく見開いた目。強張った頬。頭のどこかを怪我したのか、額から鼻へひと筋血が流れていた。小さな銀色の鍵がシートの上に落ちてゆく。

被疑者は手錠を嵌《は》めたまま、ふらつきながら車から離れて行った。

『待ちなさ、い、待っ』

言葉と一緒に意識も途切れて、闇のなかへと沈んだ。次に目を覚ましたときは病院のベッドの上だった。

同じ階の別の病室に隅と三橋が入っていると教えられた。二人とも無事だと聞かされて涙が溢れた。ただ三橋が一番重傷だと教えられて、体とは別のところが痛み出し、優月は消えない後悔を抱くことになった。

その三橋は警察を早期退職し、大手百貨店の警備部門の責任者に就いた。巡査部長で勇退したあとの再就職となれば、だいたい警備員か駐車場管理など。百貨店の管理職というのは破格の待遇だ。

「最初は後遺症を負ったロートルへの施しかと思ったが、どうやら刑事部が尽力してくれたらしいとわかった」

「刑事部」つまり捜査一課か。部長はもちろん、課長も大手百貨店には顔が利く。

「再就職先が思った以上のとこだったんで、家内や娘らと喜んでいたが、落ち着いて考えてみたら妙だよな」

優月は言葉を失う。

「隅主任は自ら所轄地域課に希望を出したそうだな。それもすんなり受け入れられた。お宅は辞めたいというのを慰留された。そして田舎の警部交番へ異動」

三橋が飲み干したグラスに口をつけ、氷を口に含むと大きな音を立てた。

「わしは刑事だ。だから調べてみようと動いた」

「え。調べるってなにを」

「決まっているだろう。隅と例の被疑者の接点だよ」

「ああ」優月は自分で自分の喉を押さえて、ほとばしりそうになった悲鳴を呑み込む。自分が刑事である以上に、この引退した男は刑事なのだと今になって気づく。

「だが、途中で邪魔された」

はっと意識を戻して、三橋の苦渋に満ちた顔を見つめる。

「余計なことはするなといわれたよ。せっかくの良い再就職先がふいになるぞって。お宅が慰留されたのだって、辞めて余計なことを口走られても困ると考えたからだろう。組織のなかに置いておけば、いくらでもコントロールできる」

優月は、はっと息を呑む。「そう、かもしれません」

かろうじてそれだけは答える。警部交番はどうかと勧められたとき、不祥事を起こした人間の処遇としては順当だろうと考えた。同時に、辞めて妙なことをいうより田舎でつましくお巡りさんをやっておけ、ということかとも思った。それが警察の誇りを堅持する上層部の考え方だとわかっていても、事故を起こして被疑者を逃がしたのは事実だから、優月には反論の余地も抵抗する気力も湧かなかった。

むしろ、三橋や隅よりも軽いお咎めだという気さえした。

「覚えておられますか」

うん？　と三橋が目を上げた。

「去年の秋に伺ったとき、刑事にはなくてはならないものがあるといわれました」

三橋が戸惑うように眉根を寄せた。優月は、いうのを止めようかと口ごもる。

「ああ」と三橋が思い出すのが先だった。「情、だな」

優月は頷く。

「非情の情だ。刑事に必要なものは」

被疑者がどれほど不憫《ふびん》な境遇で、劣悪な環境で生きてきたとしても、またたとえ罪を犯すに至るだけの誰もが首肯するような事情を抱えていようとも、刑事は一片の情けもかけてはならない。斟酌《しんしゃく》してはならない。刑事が従うのは法のみだ。

個々の背景にある事情を考えていては仕事にならない。そんなことをすれば、捜査に歪みが出、不均衡が生まれる。公平に迅速に、強権と呼ばれる警察権力をふるうには、ただ法に則《のっと》ったことだけを行う。人としての感情は必要ないのだ。

それは非情に見えるだろう。非情以外のなにものでもないだろう。

だが、そうでなければ犯罪は抑止できない。

「でもな、罪を暴いて逮捕するからこそ、刑に服す機会を得ることができるのも事実だ。罪を償えば、やり直す道もまた見える。冷酷だ、非道だと罵られても、わしらは気にならなかった。どれほど冷淡な行いも、いずれ本人のためになるのだという、刑事なりの理屈、情を秘めているからだ。おためごかしかもしれんが、被疑者自身のために、一分一秒でも早く逮捕してやろうと、わしらの世代の刑事は思って務めていた」

だからもし、と三橋が声を震わせる。

「あのままわしが刑事であったなら、どんなことをしても隅を追い詰めただろう」

だが、刑事を辞めてしまった。警察を辞めてしまった。今のわしはもう非情にはなれない、なる必要がないんだ、と独りごとのように吐いた。

三橋の声は安堵にも、後悔にも満ちている気がした。これまで多くの犯罪者に手錠をかけた手は、今は柔らかくなめらかで、すり傷ひとつない。

優月は目を瞑り、そしてゆっくり開いた。

立ち上がると、背筋を伸ばし、室内の敬礼をした。三橋は微かに目を細め、そしてテーブルの鍵を摘まんで尋ねる。

「これはどうする。わしが、処分しておいてもいいが」

「いいえ」優月は手を伸べた。「わたしが預かります。もう少しだけ」

掌に乗せられた鍵を握りしめ、「失礼します」とリビングを出た。三橋は見送らなかったが、ガラス戸からこちらを窺う気配は感じられた。

門扉を開けて道に出たところで、角を曲がって向かってくる人の姿が目に入った。三橋くらいの年齢の女性と娘さんらしき女性、そしてあいだに三つくらいの双子の男の子。夏の陽射しに負けない笑い声と毬《まり》のように弾《はじ》ける小さな姿。すれ違うとき、年配の女性が、「あら？」と怪訝そうに振り返った。

優月は振り返らず、そのまま歩く。

「お母さん？」

「バアバァ」

呼ばれた女性が、再び歩き出す足音が聞こえる。

優月は鍵を握りしめたまま、空を仰いだ。さっきまでの晴天が嘘のように消え、鈍色《にびいろ》の厚い雲が天を覆い尽くすように広がっていた。

14

翌日曜日の午後、清美を招いて寮の部屋でランチ会をする。

朱音は短パンにTシャツ姿で入ってきたが、なかに孔泉がいるのを見て慌てて部屋に戻り、カーキ色のクロップドパンツに着替えてきた。

その孔泉は着古したジャージに半袖の白いTシャツ。優月も似たような格好だ。唯一、清美だけはバスに乗ってきたから、薄緑のカットソーに白のスラックス、明るい色の化粧をしている。今朝、急いで作ってきたといって冷えた焼きナスとラタトゥイユを差し出す。

「警視正のお料理には及びませんが」

孔泉はドアに近い壁に背をつけて床に三角座りをしている。手に自家製ケールジュースを持ちながら、清美の言葉に鷹揚《おうよう》に頷く。フローリングに丸いローテーブルを置いて、クッションや座布団を敷いて直に座る。コンビニで仕入れた料理を並べて、缶ビールのプルトップを引いた。

「乾杯」と声を合わせ、少し離れたところにいる孔泉へも缶を掲げて見せる。また鷹揚に頷き返す。

朱音がひと口飲んで、優月の方へ身を寄せ、声を低くした。「どうしてまた?」

なぜ孔泉がいるのか、ということだ。優月は軽く肩をすくめ、「日曜日にどこにも出かける様子がなかったから誘ってみた」と答えた。

朱音と清美が目を丸くする。日曜午後の女子会に参加するような人とは思えないからだろう。誘った優月自身も首を傾げて同調するふうを見せた。

「二階になにか差し入れを持って行こうかと思ったんだけど、なにがいいかわからなくて」と清美が箸で唐揚げを摘まむ。朱音が、うんうん頷き、「早く解決して欲しいですよね。甘利主任はともかく遠藤のぼやきが半端なくて」と眉間に深い皺を作った。

関係者に関する資料を集めるのに、佐々野署や市役所、吹川市などあちこち走り回っているらしい。警部交番の二階にある刑事・生安係の向かいの部屋は交通係で、清美に愚痴をいうわけにはいかないから、同期の朱音相手にストレスを発散しているのだろう。係長も朱音もほとんど聞いていないのだが、同じ交通係の若い巡査は刑事に憧れているからか熱心に耳を傾ける。それで気を良くして、今では外から戻ってくるたび寄って行くらしい。

「事情聴取じゃないんだから、佐々野や吹川の所轄から、メールで送ってもらえばいい気がするけど」と朱音。

「そうねぇ、でも手触りっていうの？　直に話を聞いたり、顔を見たりするというのが大事なんじゃない？」と清美は答えながら、優月に目を向ける。

「そうですね。わたしも所轄時代はそんな感じでした。何度も同じ相手に聞き込みに行ったり、シチュエーションを変えて話をしたり。一課にいたときは……まあ、そんなにいなかったから苦労した経験はないけど」

つい言葉を濁すような感じになった。そんな優月を見て、清美が気を遣う。

「所轄は本部に使われるばっかりだものね、遠藤くんが腐るのもわからないわけでもないけどね」

優月はあえて大きな笑顔にする。

「彼はやる気はあるんですよね。それは認めているのに、いちいちわたしにうざい態度を取るんだから」とちょっと愚痴もいう。そうそう、と朱音が顔を赤くしていい募る。

「一課にいた優月に対抗心を燃やしているだけなのよ。やる気だって空回りって感じだしさ」

また一課の話に戻ったことに清美はやれやれという顔をするが、朱音はそれも気づいていない。「ただ、捜査本部なんてそうそう立つものじゃないから、いい機会だと思う」

遠藤の物言いは癇《かん》に障るが、同じように刑事を目指して一課を希望した優月にはわかることもある。

「ところであの、蒲池警部補って人、なんか不気味じゃないですか」

「そう?」と清美はおかしそうに目を細め、缶ビールを持ち上げる。

「そうですよ。警視正を助けて鳥居勇一を捕まえたときは凄いなぁと思いましたけど。あのときの蒲池さん、ぞっとするほど迫力あった。普段、わたし達に対するのと正反対っていうか、人格が違うんじゃないのっていうくらいの変貌ぶりでした。得体がしれないっつうか」

「刑事ってそういうもんじゃないの？　表だ、裏だと簡単に分けるものじゃないと思うし、被疑者相手と無辜《むこ》の人相手では対応が変わって当然でしょう」

「でもわたしらは同業ですよ。なんか仲間も信用していない、仮面のお付き合いって感じがするんですけど。ねえ、一課ってそんな人ばっかりなの？」

朱音がいうのに、優月は一応、考えるふりをする。「どうだろう」

「なかにはいい感じの人もいたんじゃないの？」となんだか朱音の目が座っている気がしてきた。清美も困り顔で笑う。

肯定も否定もしない優月に食いつく。

「え、もしかしていたの？　付き合っていた人。もちろん、本部の人よね。同じ刑事？まさか一課の人？」

背が高く筋肉質で、普段は人相も目つきも悪いが、笑うと目がなくなって子どものような顔になる。隅はそんな人だった。一課にきたばかりの優月に厳しくはあったが多くのことを教えてくれた。遅くなった夜は夜食を奢《おご》ってくれた。お礼代わりに誕生日プレゼントとして、好きだというインスタント食品を山ほど贈ると、笑いながら怒った。それから急速に距離が縮まり、付き合うようになった。お互い独身だから気兼ねはないが、班のメンバーに知られるとからかわれるから秘密にしていようと約束した。恋人関係なら問題ないが、夫婦になればどちらかが異動になる。そうなったときどうしようと、勝手に想像して思い悩んだこともあった。

慌ててビールを呷り、皿ごと持ち上げてラタトゥイユをかきこむ。背中に孔泉の視線が当たっている気がして、我知らず体が熱くなる。清美が察して、朱音を諌めた。すると今度は、清美に顔を向けた。だいぶん酔いが回っているらしい。

「清美さんだって、お付き合いしている人の一人や二人いるんじゃないんですかー」

「なによ、一人や二人って」とくすりと笑う。

「あー、いるんだ。どうりで、最近、付き合い悪いですよねー」

「いないって。男の人は当分、いいわ」

「そうですか？　でも、部屋に一人でいるって寂しくないですか。ほら、我々は元々独り身だけど、清美さんは夫婦だったこともあるわけだし。離婚経験者ほど恋人がすぐに見つかるっていうじゃないですか」

どうなんです、どうなんですとしつこく問いかけるのに、清美も閉口し、優月に助けを求めるような目を向けた。優月は、そういえば、と口を開いた。

「高村主任と伊尾愛奈さんのことを見つけて噂を流したのは実阿子さんですけど、実は他にもあったんです」

「え。他にも？」

「はい。噂の大元を捜しているうち、傘見の警察官と住民が不倫をしているのは確かだけど、高村主任のことじゃないみたいな話が出てきて」

清美の缶ビールを持ち上げる手が止まる。朱音が頓狂な声を上げた。

「えーっ、それって他にも不倫しているのがいるってこと？　この傘見警部交番に？　なんなのよー、ちょっと、みんな警部交番だからって気が弛み過ぎなんじゃない？」

不倫なんかしなくっても、わたしなんか戸籍もまっさらなのに、といったところで清美の存在に気づいて、慌てて謝る。清美が笑って手を振りながら、缶ビールを飲もうとした。どうしたことか、口の端から滴らせて慌ててティッシュで拭う。

「やだ、清美さん、なに動揺しているんですか。まさか清美さんじゃないですよね」と朱音は酔っているのかしつこく絡む。

「もういいから朱音。大丈夫よ、明日からまた虱潰《しらみつぶ》しに聴き取りをして、うちの誰のことなのかちゃんと見つけてみせるから。ですよね、警視正」と振り返った。孔泉は胡坐を組んだまま、ラタトゥイユを頬張っている。指先で唇を拭うと、「傘見の住民の情報網はあなどれない」という。

「清美さんへのあらぬ疑いはわたしが晴らします」と優月が胸を張ると、なおも朱音が、

「そうだったとしても黙っていてあげて」と茶化す。

「清美さん？　ビール進んでます？」

缶ビールを握ったままの清美が、「うん、これからよ」と口角を上げた。

「捜査本部の差し入れ、ドリンクがいいと思いますよ」

「え」

いきなり話題が変わったことに清美は目を瞠る。すぐに応えることができないようで、口は半開きのままだ。

「栄養ドリンクですよ。清美さん、よく買われているじゃないですか」

「い、いいいえ、買わないわ。わたしはああいうの」

「嫌いだといっておられましたけど、でも買ってますよね」と畳みかける。「エナジーメテオ」

清美が固まる。隣に座る朱音が、それを見て顔を背けた。

「庁舎のゴミ集積場を最近、よくアライグマが荒らすんです。袋が破られて散らかっているのを片付けていたら、レシートを見つけました。一緒に入っていた他のゴミから、生安係の袋だとわかった。レシートは佐々野にあるスーパーのもので、食品に混じって栄養ドリンクエナジーメテオが三パックも買われていました」

しんとその場が静まる。朱音が両手で顔を覆う。それを見て、清美は全身を強張らせた。

「刑事生安の部屋で、スーパーのレシートなんか持ち歩くのは清美さんくらい。仕事中、ただのレシートだからいいかと、捨てましたか？」

あなた達、と清美は唇を舐める。「知っていて、わざと話を振ったのね？　住民が目撃したというのも嘘？」そういって向かいの優月を見、後ろの孔泉を見、そして隣の朱音を見た。

「ごめんね、清美さん」朱音が鼻を詰まらせた声でいう。

「朱音に協力するよう頼んだのはわたしです。ひと筋縄ではいかないと思って」

清美が体ごと振り向く。孔泉が細い目を真っすぐ向けているのを見て、女子会に警視正がいることに、合点した顔をした。

「どうして、わかったの？」

清美の乾いた声を聞いて、優月は眉間に力を入れる。

作倉春義が自分のアリバイについて詳しく語ろうとしなかったのは大きな疑問だった。孔泉は、いわないのか、いえないのかと呟き、捜査本部に春義と揉めた相手が見つからないことを問い質しに出向いた。その際、館は、喧嘩相手の人相、着衣について春義の証言があいまいで、似顔絵もできないといったそうだ。

喧嘩した相手が見つからないと、春義のアリバイを証するものは、清美の目撃証言だけになる。警察官の証言。十分なものだ。

「春義氏がエナジーメテオを愛飲していることを知りました」

事情を聴きたいと捜査本部に呼ばれたあと、忠津らを相手に愚痴をいいながらポケットから取り出したのだ。

「清美さんは、嫌いだといった栄養ドリンクを三パックも買っていた。銘柄も同じエナジーメテオ。変だと思いました。そう思ったとき、少し前の出来事が思い出されました」

「前の?」

「はい、やはり事情聴取に呼ばれた春義氏を警視正が怒らせて、凄い勢いで庁舎を出て行こうとしたことがありました。覚えていますか? 出会い頭に清美さんとぶつかりそうになったのに、お互い顔を見合わせることをしなかった。事件の参考人でもある春義氏がいきり立って歩いているのに、清美さんは素早く避けると、まるでなにもなかったかのようにわたしに笑いかけた」

そのときはなんとも思わなかったけれど、エナジーメテオのことで不審を覚えると、清美のそのときの態度までもおかしく思えてきた。人は隠したいと思うとどうしても自然な動きができなくなる。わざと春義を無視しようとしたから、あんなふうになったのではと優月は考えた。清美は、ああ、と吐息のような呻きを上げた。

もし、春義のアリバイを疑うなら、それは清美の証言を疑うことでもある。

最近の清美さんは綺麗に化粧をすることが多かった。以前のように遅くまで一緒に遊んでくれることが少なくなった、と朱音がぽそりといった。

「女性の勘ね」と清美が寂しげに笑う。

優月と朱音は揃って首を振り、口を引き結んだ。清美が、お願い、と絞り出すような声を放った。

「どうか絶対、悔やんだりしないで。あなた達がしたことは正しいことだから。隠して嘘をつき続けたのはわたし。あなた達の友人であることに泥を塗った。なにより警察官として恥ずかしい真似をした」

「そんな」

「偽証したことは認めるんだな」

いきなり孔泉の容赦のない声が飛ぶ。テーブルを囲んでいた三人は、はっと身を硬くした。

清美が正座に変えて背筋を伸ばす。「はい、警視正。わたしは事件当日、春義氏を見かけてはいません。嘘の証言をしました。申し訳ありませんでした」

そういって額が膝につくまで頭を下げた。

朱音は泣きはらした顔をひとまず洗ってくると出て行った。

孔泉は先に捜査本部へ知らせに行った。残った優月に清美は、凄いな、と笑いかける。

「一課にいただけはあるよね」

「やめて、清美さん。わたしがたった八か月で出されたことは知っているでしょう」

「ごめん。でも、バレるとしたら優月ちゃんにかも、とは思っていた」と開き直ったように肩をすくめて笑う。それを目にした途端、怒りが湧き上がる。

清美は警察官の職責を忘れたことを悪びれない、少なくともそんなふりをして自嘲的な笑いを見せる人ではない。どんなときにも、どんな相手にも真摯に向き合ってきた筈なのだ。こみ上がる感情に押されて、優月の口が開く。

「尊敬していたのに。清美さんは生安の主任で、たくさんの少年少女らの面倒をみてきたベテランで、仕事には厳しいけれど、後輩には親切で、気遣いができて料理上手で。信じていたし、一緒に働けることが嬉しかった。それなのになんで、なんでこんな真似をしたんですか？　こんな愚かな真似を、清美さんらしくない」

清美は唇を震わせながらも、ぐっと赤い目で射てきた。

「わたしらしくない？　どう、らしくないの？　わたしは警察官としてはバカなことをした。でも、人として女として愚かだったとは思わない」

「清美さん？」

「年甲斐《としがい》もなくいうけど、好きなのよ」

彼のことを愛しているの、といって清美は唇を噛んだ。目は潤んではいるが、泣いたりしないのはわかっている。優月も懸命に堪える。

「傘見が警部交番になったあと、生安の係員として以前より頻繁に会議とかで顔を合わせるようになったわ。彼は東京からこんな辺鄙《へんぴ》な田舎にきても、腐るどころか傘見のためになにかできないかと一生懸命だった。地元に馴染もうと慣れない畑仕事を始めたり、独居のお年寄りを病院まで車で送ってあげたり。相談をもちかけられると、寝る間を惜しんで駆けずり回っていた。わたしも色々、相談されて手を貸すようになった。そのうち二人で話し合いをするようになって一緒にお酒を飲むようになっと一旦口を噤み、気力を振り絞るように顔をぐいと持ち上げた。「食事をして一緒にお酒を飲むようになって」た。個人的な話をするようになったときは、もう、わたしは彼しか見えなくなっていた」

震える声で、深い関係になっても、一緒になりたいとは思わなかったという。「彼も奥さんと別れる気はないと最初からいっていたしね」

「じゃあ、もう二年近く？」

「うん。絶対バレないようにと、それだけは気をつけていた」

「そう、なんだ。じゃあ、最近、お化粧が変わったとかは関係なかったんだ」

ううん、と清美は卑屈な笑みを浮かべる。

「奥さんが、実阿子さんが死んで、彼が独りになったことで、わたしのなかで変な欲が生まれた。もしかしたら、妻になれるかもしれない。もう誰の目も気にせず、堂々といつでも好きなときに会って愛し合えるかもしれない、そんな——薄汚れた欲望が」

優月は顔面を歪ませ、「やめてっ」と座ったまま身をよじる。清美にはそんなことい
って欲しくなかった。
「どうして？　わたしも普通の人間よ、どこにでもいる女よ。醜い嫉妬も欲もあるわ」
優月は唇を噛みしめる。
「でもね」
清美がきっと目を吊り上げて、優月を見つめた。
「春義さんは実阿子さんを殺してはいない。それだけは間違いないわ。だから偽証を引
き受けたの。わたしはこれでも警察官。殺人犯を庇うようなことだけはしない」
もっとも心証だけで、物証もなにもないんだけどね、とうなだれる。
清美は心の奥に濁った闇を抱えているが、ほのかに灯《とも》るものもあるのだ。そうでなけ
れば、こんなに容易く自供したりしない。それは警察官というより、ひとりの弱い人間
が切なく灯したもの。清美はそれをよすがにして、恋情と使命感の狭間《はざま》で揺れ、それで
も信じようと踏ん張っている。たとえ警察官の職務を放棄することになっても。
そんな清美を、優月に責める資格があるだろうか。
作倉春義が、栄養ドリンクのエナジーメテオを愛飲していると聞いて、優月は初めて
清美に疑いを抱いた。友人としてではなく、警察官として心を決めなくてはならなかっ
た。けれどそうすることには、自身の過去が立ち塞がる。清美を追い詰めるのなら、優

月の抱える濁った闇と向き合わなくてはならない。悶え苦しみ、ようやく心を決めて、三橋を訪ねたのだ。

ベテランの元刑事は、あの事故の真の顚末に薄々気づいているのではないかと思っていた。それは間違いなかったが、三橋はもう刑事ではないから告発しない、非情になれないといった。

けれど、南優月は今も警察官だ。

昨日、三橋家を辞した優月は電車に乗り、バスに揺られて傘見警部交番に戻った。土曜日の夕方は、一階に当直員だけがいる。だが、二階はずっと騒がしい。今も、犯人を追って刑事らが動いている。甘利の声が聞こえた。応じる声は遠藤だろうか。朱音相手に愚痴をいい、こき使われることに文句をいいながらも、事件が起きて以降、休みらしい休みを取っていない。遠藤は寮生ではないが同じ階の三〇五号室で、先輩や上司と一緒に休憩を取る。朝早く、髭《ひげ》を剃《そ》らないまま食堂でコンビニのパンをまずそうに口にしている姿があった。

優月は三階に上がって、三〇二号室の扉を叩いた。

少しして孔泉が出てきて、清美への疑念を伝えると細い目を軽く見開いた。日曜日の段取りを二人で決めた。

連絡がいったのだろう、清美の自供を知って、忠津は傘見に駆けつけてきた。一階で、優月が清美の述べた内容を直接説明すると、さすがに捜査本部の責任者だけあって、目尻を痙攣させるのみで黙って捜査本部へと上がって行った。

それから捜査本部のなかでなにが起きているのかはわからなかった。不気味なほどに静まりかえっていた。

深夜、捜査員が作倉春義を任意同行してきた。甘利の姿が見えたが声をかけることはできなかった。清美の様子を知りたかったが諦める。

15

「作倉春義が全てを話した」

月曜日の朝、忠津が自席に戻ってくるなり、教えてくれた。作倉春義は清美との関係を認め、偽証するよう頼んだことも白状したという。傘見警部交番は衝撃に震えた。清美の直属の上司である生安係長だけでなく、甲池署からも生活安全課長や副署長がやってきた。やがて本部監察課がやってくるという噂も聞こえた。

「おかしないい方だが、これで高村の不倫もぶっとんだな」

忠津が椅子を軋ませながら大きな体を揺すった。そうひと言いっただけで腕を組み、軽く目を瞑ると長いあいだ黙った。眠っているとは思わなかったが、一階の誰もが息を殺すようにして各自の仕事を続ける。

「南主任」

ふいに呼ばれて、優月は忠津の前に立つ。机の上で両手を組み合わせ、忠津は目を上げる。

「まだ裏取りはできていないが、春義はシロの可能性がある」

「えっ」

「偽証を頼んだのは、犯行時刻になにをしていたのか、義理の娘である那穂さんに知られたくなかったからだそうだ」

「どういうことですか？」

そういいながら視線だけで、斜め後ろの孔泉を見る。忠津は、優月に話すふりをして孔泉にも取り調べの状況を教えているのだ。一課のなかには孔泉を要注意人物と見る向きがあって、そのことは忠津も気づいている筈。

だが、今度のことは優月と孔泉のお陰だ。忠津はそういうところは筋を通したがる。

「那穂さんにって？」

「春義はあの夜、会社が引けるとそのまま佐々野に行き、那穂さんの行動を監視していたらしい」

「尾行したということですか？」

「まあ、そういうことだろう。那穂さんがまた阿きをに金をねだるのではないか、妙な借金をこさえるのではないか。知らないあいだに婚姻届を出すのではないか、ひょっとして同棲相手に酷い目に遭っているのではないかなどなど、ずっと気が気じゃなかったらしい。本人は言葉を濁したが、生前の実阿子さんから頼まれていたのだろう。だがもし、ストーカーまがいのことをしていることがバレれば、那穂さんとの関係は決定的なものになる。最悪、作倉の家を追い出される。仲を取り持ってくれる奥さんは殺害されてしまったしな」

「だけど、いくら那穂さんに恨まれたくないからといって、偽証まで頼みますか」

そのせいで清美は警察官でありながら、罪を犯すことになった。春義の勝手ないい草に怒りが湧く。

「まあ、普通ならそうだがな。あの作倉那穂って女性はなかなか気難しい感じだ。ちょっとしたことで激して、極端な言動を取らないとも限らない。春義にしてみれば自分が犯人ではないのはわかっているし、目の前で見張っていたのだから那穂も違う。それだけわかっていれば、よもや容疑者になることもないと高をくくったのだろう。それより那穂さんの機嫌をそこねることの方が問題だと考えた。だから、事情聴取を受けた際、疑われないためにちゃんとしたアリバイを作ろうと思案した。家に帰された春義はそんな不安を久慈主任に相談し、すがったということだ」

「春義氏がずっと那穂さんのあとを付け回していたというのは、間違いないんですね」

「うむ。今、総出で裏取りしている。春義が供述したことと、那穂さんが時間潰しに過ごした神社の境内の様子などは、概ね一致している。神社に他に人はいなかったが、那穂が手水鉢《ちょうずばち》のところで転びかけた事実を春義はちゃんと証言できた。近くで彼女を見ていたのは間違いないだろう。その時間はおよそ犯行時刻に重なる」

「佐々野ですしね」

「ああ、そうだ」

なんてこと。清美さんはそんなくだらない理由で全てを失うのか。少年係として長く務めた経歴も矜持《きょうじ》も、警察官という職務まで失《な》くしてしまうかもしれない。ただ、恋人である春義の、作倉という家への執着のせいで。五十男の身過ぎ世過ぎのために。そんなことのために。

「あーあ」思わず大きな声が出た。忠津だけでなく小日向も目を剝き、離れた席にいる戸倉らまでが振り返った。

あー、なんとバカらしいことか。悔しくて、情けなくて、清美さんが哀れで、そして可愛くて、涙も出ない。そして、そんな清美に自分が重なってゆく悍《おぞ》ましさに震えた。

ふと見ると、孔泉がスマホを取り出して操作している。キーを打つ淡々とした、感情のひと欠けらも見えない白い顔を見た途端、頭の奥が熱を帯びてゆくのを感じた。

土曜日の夜、清美が疑わしいと相談したとき、孔泉は動揺する素振りは微塵も見せなかった。気づいていたのですかと訊けば、タイミング良く女性警官がその場にいたということはずっと気になっていたと答えた。

『地域住民と親しくなり過ぎることには弊害もあるだろう、と前にもいった筈だ』

そのときはもっともだと思ったが、今、思い出してなぜか不快感がせり上がる。

「警視正は今回のことがいい教訓になるとお考えでしょうね」

「なんのことだ」と孔泉が目を上げる。忠津や小日向も怪訝そうに優月を見やる。

「警察と民間のあいだに厳然たる一線を引くべきとおっしゃっていました。清美さんがしたことで、高村主任のこともですけど、この傘見警部交番は警視正がいわれる弊害だらけの、警察の介入が必要とされないことにまで口を出す、単なる噂好きでお節介焼きのオバサンと同じ体でいる田舎警察だということが、露呈したとお思いでしょう」

「田舎警察などとはいっていない」

「でも、元はといえばこの傘見が、警察という立場を堅持せず、住民らと仲良し小良しで仕事をしていたから。いった通りだ、それ見たことかと思っていらっしゃる」

「なにがいいたい」

「お、おい、南主任」

「南くん、ちょっと」

忠津と小日向が腰を浮かす。

「ですが、わたしは住民に寄り添うこと、互いのあいだに線を引くのでなく、手を伸ばしたなら、摑んでもらえるような距離を維持することは大事だと思っています。そしていつでもどんなことでも、呼ばれたなら差し出す手を持っていなくてはいけないと思っています。偉そうにする必要なんかないし、親切を出し惜しみすることはないんです。警察官が強くあるべきは、犯罪者に対してだけですから、だから」

孔泉の頰が微かに赤らんだ気がする。気のせいかもしれないが。

「だったら、犯罪者には毅然と対処すべきだろう」

「な」

「誰でも彼でも手を伸べればいいというものではない。差し出す相手を間違えたとわかったなら、逆にその手を摑んで司直の下に引きずり出すべきだ。それができないで、なんの関係だ、なにが寄り添うだ。警察官の本分を忘れてどうする。決して誤ったことはしてはならない、それが法を執行する者の務めじゃないのか。違うか」

優月は喉を摑まれたかのように声を出せず、足元がぐにゃりと揺れるのを感じた。

ああ、やっぱり、警視正は全てをわかってここにきているのだ。そう思い知ったのだった。

食堂での夕食は陰気なものになった。夕方から雨が降り出し、暑さのなかに湿度も混じって更に不快感が増す。

調理場からいい匂いがするが、斜め向かいに座る朱音は食欲が湧かないといって箸を握ろうとしない。優月も冷凍食品を部屋から持ってきたが、レンジまで行く気にもなれない。孔泉が調理場にいるのを見て部屋に戻ろうとしたが、もうすぐできると声をかけられた。躊躇っていると朱音に腕を引っ張られ、渋々椅子に座る。

「今日も例によって遠藤が部屋にきてね」と朱音が気を遣ってか、無駄話を始めた。優月が孔泉に対して感情的にいい募ったことは既に耳にしているようだ。

「あいつ、口ではなんだかんだ不満をいってるけど、どんどん刑事らしくなってる」

「そりゃあそうでしょ。仮にも捜査本部の一員なんだもの」

朱音が、妙な目つきで見つめ返す。なに？ と訊くと、「悔しくないの」という。

なにが、という言葉を呑み込み、テーブルの上で組んだ両手に視線を落とした。

「本部一課の刑事なんて、望んでも簡単になれるもんじゃない。優月がどれほど頑張ったのか、少しはわかるつもり。女性の活躍が目覚ましいといっても、警察は男性の数が圧倒的に多い組織。いまだに女性を添え物扱いにする人もいるし、逆に男女平等だからとわざとらしく持ち上げようとする人もいる。だけど捜一はそんな半端な考えが通用するところじゃないでしょ？ 刑事として役に立つ人間しか、あそこにはいない。優月は優秀な刑事だと思う。今回のことで、わたしにはそれがよくわかった。そんな優月が、今は警務係でゴミ置き場を掃除したり、寮生の面倒をみたり、挙句に遠藤なんかに嫌みをいわれているのが、なんだかなぁって思うの」

「酷いなぁ」

「ごめん。いい過ぎた。でも」

「わかってる。ありがとう。朱音、わたしね」

そういって組んでいた手をほどき、優月は背筋を伸ばす。

「悔しい気持ちがないといえば嘘になる。今でもまだ刑事の感覚というのか見方がなかなか消えないし。でも、わたしはしくじった。警察でも一般会社でも、組織の一員として働く限りは、仕事でしくじったならきちんと責めを負わなくちゃいけない」

「だけどさ、挽回するチャンスくらいあっていいと思う」

「挽回」

「そうよ。そうでなきゃ、誰も思い切った仕事なんてできないんじゃないの？　失敗を恐れて、干されることを恐《こわ》がっていたらなにもできなくなる」

「それほど甘くないよ、警察組織は」

「だから、優月のそういうところが問題なのよ」

「なによ、問題って」

「がむしゃらで人一倍頑張る癖に、迷い出したら途端に気弱になって、手っ取り早いい訳を見つけて諦める」

「わたしだって自信をなくすし、迷うこともある」

「迷ったら、持ち前の頑張りで迷いのなかを突き進めばいいじゃない。なんで簡単に諦める方を選ぶのよ」

「だから簡単なことじゃないんだって」

「そうかもしれない。でも、やってみなくちゃわからないじゃない」

「朱音になんかわからない」

「わからないわよ、そんな……わっ」

いい合う二人のあいだにいきなり腕が下りてきた。テーブルの上に大ぶりの丼が置かれ、湯気がもわっと立ち上がる。白湯《パイタン》スープのなかに餃子《ギョーザ》がいくつも浮かんでいた。

優月と朱音ははっとすると、二人同時に顔を上げて孔泉を見つめる。そして再びテーブルの料理に視線を落とした。まさか餃子を手作りしたのだろうか。いつそんな暇があったのか。優月と朱音は揃って、いただきますと手を合わせた。

はふはふいいながら、水餃子《すいギョーザ》にかぶりつく朱音を見て思わず笑った。そんな優月に気づいて、朱音も苦笑いする。熱すぎて舌を火傷《やけど》した。

水餃子を半分ほど食べ進んだころ、食堂に館が顔を出した。優月と朱音は驚きつつも、すぐに席を立って室内の敬礼をする。

「前線の影響で、大雨になりそうだぞ」

そういいながら館は、よっこらしょと、優月の隣に座った。テーブルの丼に気づいてなかを覗くと、うまそうだなと呟く。朱音が器と箸をもってきて渡すと、餃子を口に放り込んだ。

咀嚼しながら、「少し前に帰ったぞ。処分が出るまで謹慎だそうだ」と天気の話の続きのようにいう。それが清美のことだとわかって、優月と朱音は目を伏せた。

「お手柄だったな」

前にいわれた言葉をまたいわれる。館は必ず部下の一人ひとりの功を面倒がらず労《ねぎら》う。良いところを見つけると褒め、しくじると、次挽回な、と励ます。捜一にいた八か月のうちに優月がかけられた言葉などいくつもなかったが、皮肉なことにここにきてもう二つ目だ。

「これで捜査がまた進む。助かった」

冷たいお茶を飲み、窓の外の雨の様子を窺いながら喋る。

「実阿子殺しに関しては、流しの強盗の線はひとまず消した」

「そうなんですか」

「うむ。これまであらゆる情報を集めて精査したが、強盗を疑う痕跡は見つからない。

これから性根を入れて実阿子の周辺をさらいまくることになる」

怨恨、金、愛情のもつれ。それが殺人の三大動機。

「最近は、激情のままに凶行に走る場合も多い」

「実阿子さんは冷静に物事を見、判断できる人でした。よく知らない人間をうかつに近づける真似はしないと思いますが」

鳥居にしても、斎藤にしてもきっと用心したに違いない。

「そうか。その線は薄いか」

館が考えるふうに、目を宙に向ける。優月は箸で餃子を摑んでは放す、行儀の悪い動作を繰り返した。事件のことを訊きたい気持ちがあった。館がここにきて優月の側に座ったのは、それを許している意味だとも思える。けれど、朱音といい合ったばかりのこのタイミングで、刑事の真似事をするのに躊躇いが生じる。諦めて餃子を口に入れ、咀嚼していると隣から声がした。

「蔵に入った理由はわかったのですか」

館が驚く様子もなく、いいえ警視正、と答える。

「あそこに金目の物はありません。あるのは作倉家代々の家系図とか家具とか、古い着物や道具類、食器に暖房器具、書類、アルバムなど。骨董品もありますが、それほど値打ちはないようですし。春義にも那穂にも確認しましたが、なくなったものはないといっています」

「実阿子は蔵に入ったところを後ろから殴られた」

「そうです」

「なら犯人は後ろにいたか、もしくは、蔵に入ったのを見届けて駆け寄り、襲った」

「ですね」

ふむ、と孔泉は箸を持ったまま、顎に手をやる。

「実阿子の第二の人生がどういうものか、わかったんでしたね」

「ええ」といって館はちらりと優月と朱音に目をやる。まあ、いってもいいかと思ったらしい。

「作倉実阿子は、不動産を処分して大金を得ていました。司法書士から話を聞いて調べたところ、前宮市駅前の不動産屋で物色していたことがわかりました。結局、そこでは気に入ったものはなかったようですが、担当者に隣県にも足を延ばして探すようなことをいっていたそうです。実阿子が見ていたのは、どれも居抜きの店舗でした」

「店舗ですか？　実阿子さんはなにかお店をやろうとしていたということですか」

思わず優月がいうと、館は頷いた。

「どういう店かは今となってはわからないが。ただ、そのことを春義は全く聞いていなかった」

「うむ。実阿子は春義と別れるつもりだったのかもしれない。もしかすると、久慈清美とのことを勘づいていた可能性がある」

「それって」

「そんな」

「そのことで容疑者の範囲が広がった。不動産を処分するため実阿子はホームへ阿きを訪ねた。ただ、春義には内緒のことなので一人で出向いた。実阿子が近々、仕事でなく個人的に大金を手に入れるらしいことは、あのホームのスタッフなら知っていた可能性がある」

優月は、案内してくれたベテランヘルパーの女性を思い出す。そのとき尋ねたことも。

『最後にこられたときも、春義氏と一緒に？』

『いえ、お仕事関係のことだったようですが、実阿子さんお一人でしたね』

しかも、那穂の同棲相手、斎藤晃の介護士仲間があの『みどりの苑』で働いている。実阿子が大金を持つことが斎藤の耳に入っていたなら、動機としては十分だ。居酒屋で友人と過ごしたというアリバイはどうなのだろう。

「斎藤のアリバイは今のところ崩れない。斎藤の介護士仲間も同じ。甘利さんと蒲池がどこかに抜け穴がないか調べているが結果は出ていない」

「別の線もあるんじゃないのか」と孔泉が割り込む。

館が珍しく眉間に皺を寄せた。「それはまたなんのことでしょう？」

孔泉は、ケール入りお手製ジュースをひと口飲む。

「久慈主任が偽証したお陰で、春義と那穂のアリバイはほぼ確実なものになった。だが逆に、久慈自身のアリバイは消えたことになる」

「なっ」

朱音が顔を真っ赤に染める。優月は唇を噛んで堪える。

「春義を目撃したという証言が嘘なら、その時間、久慈主任はどこにいたんだ？　実阿子が春義と別れて新たな人生を歩もうとしていたことから、二人の関係を知っていた可能性が出てきた。そのことで久慈は追い詰められていたのではないか」

「待ってください。清美さんは春義氏と一緒になるつもりはなかったといっています」

優月の顔をちらりと見て、孔泉はまたジュースを手に取った。

「本当の気持ちを君らにいったとどうしていい切れる？　もう隠し事をしていないとどうしてわかる？　実阿子さえいなければ彼女と春義は結婚できる。もしかすると、二人の関係を実阿子から責められ、別れなければ全てを職場に暴露すると脅されていたかもしれない」

だから春義からの偽証の依頼はもっけの幸いだった、というのだ。

「そんな」優月はひとつ深呼吸をする。「いいえ、まだ春義氏が那穂さんと口裏を合わせていないとも決まっていません」

春義と那穂が長年、不仲であったことは周囲の人間にも知られていたことで、二人が会っているところを目撃された話もない。苦し紛れの反論と思われぬよう、目に力を込める。

「だから？」と孔泉。

「え」

「そうだとしても、久慈清美にアリバイがないことは変わらない」

むしろ、春義と共謀したという可能性だって出てくる。孔泉の言葉に思わず血が昇った。

「そんなことをする人じゃありません」

朱音がたまらず叫んで椅子を蹴倒す勢いで立ち上がった。優月も腰を浮かす。隣に座る館は沈黙したまま動かない。

「そうなのかどうかは、これから館班長が調べることだろう」と孔泉は告げる。

その言葉に押し出されるように館が席を立った。

「ごちそうさま。失礼します」

優月は中腰のまま、館の背中を見送る。久しぶりに見るその姿に、突然、胸の奥が揺り動かされるのを感じた。唾をごくりと飲み下すと、誰とも視線を合わさずにテーブルを離れた。朱音は声をかけてこなかった。

廊下に出て人がいないのを見て、「班長」と呼びかけた。

大きな体がゆっくり振り返る。真っすぐ優月の目に視線を当て、「これ以上はいえんぞ」という。

優月は小さく首を振った。館は怪訝そうに半歩だけ近づく。

「班長、お訊きしたいことがあります」

「なんだ」

「あの」声が掠《かす》れないよう唾を飲む。「隅さんは、今も所轄の地域課に？」

館の目が細くなった。「辞めたという話は聞いていないから、そうだろう」

優月は目を伏せたが、次の言葉が続かない。察したように野太い声が上から降ってきた。

「どうした。訊きたいこととはそれだけか」

優月は意を決して、顔を上げた。

「ずっと、気になっていたことがありました。だから、あの事故のあとしばらくしてから一人で調べてみたんです」

返事はない。それでも強く大きく迫ってくる気配だけは感じられた。優月は腹に力を込めた。

「隅さんと逃亡した強傷の犯人には、過去に接点があったのではないでしょうか」

まだ返事はない。優月は続ける。

「過去を遡ってみました。コンビニの店長を襲った犯人は、小学生のころ大高《おおたか》市に住んでいました。隅巡査部長もお父さんの仕事の都合で一時、そこに住んでいたことがあります。同じ学区だったようです。そのころ、事件がありました。小学生の女子児童が変質者に襲われかけたというものです。たまたまそこに居合わせた同じクラスの男児が騒いだため、ことなきを得たということでした。もちろん詳しい住所氏名などは公表されませんでしたが、所轄の知り合いを頼って強引に聞き出しました」

そのときのことを今もはっきり覚えている。

当時、事件の担当をしていた刑事はもちろんいなかったが、記録は残っている。大高署には優月が新人警官として赴任したとき指導してくれた先輩が、係長としていた。優月が事故を起こしたことは気の毒がってくれたが、昔の事件記録を見せるわけにはいかないと突っぱねられた。

『係長、わたしが拳銃の保管庫に鍵をかけ忘れたときのこと、覚えておられますか。保管庫はなにもなかったし、拳銃も無事だった。誰も気づいていないし、問題がなかった、なのに当時主任だった係長は、ご自身も責めを負うのを承知で上司に報告して始末書を上げるようにいわれた』

『お前は不服そうな顔をしたな』

はい、と優月は頷き、声を強くした。

『あのとき、係長は、誰も知らないことだからと、なかったことにしてはいけないといわれた』

ふうむ、と腕を組んで係長は眉根を寄せた。『それが今回のことだというのか。お前の事故のことで、誰も知らないことがあるというのか』

優月は、わからないと首を振り、もう一度頭を下げた。

『お願いします。どうかお願いします』

すがるように頼み込んで無理をいって教えてもらった。

「最初に襲われかけた女児は隅さんの妹でした。そして救った男児は強傷の逃亡犯」

館はじっと見つめたままだ。それだけではないだろうと、目がいっている。優月は頷いた。

「その事件には続きがありました。邪魔された変質者は、腹いせにその男児を襲ったのです。発見されたときは、とても、気の毒な状態であったと聞きました。それからずっと逃亡犯は心に深い傷を負ったまま生きてきて、辛い人生を歩まねばならなかったのではないかと、わたしは想像します。だから」

「だから？」

館がようやく口を開いた。今度は優月が口を噤み、視線だけを返す。

「恩と負い目を感じた隅がわざと逃がしたと、そういいたいのか。それが正解かとわしに訊きたいのか。訊いて、そうだといったらお前は、どうするつもりなんだ」

優月は力なく体を揺らした。館の声が冷たく響く。

「もう結論は出ているのじゃないか」

「え？」

「お前は、今、わしに話した。今、やっとだ。捜査本部でわしがここにきて、たまたま顔を合わせたからだ。もし、ここにこなかったらどうしていた？」

優月は全身を硬直させた。

「お前は既に答えを出している」

違うか？　館は柔らかに、そして慈しむような目で優月を見つめる。

「それでいい」

そういって館はゆっくり背を向けた。優月は茫然《ぼうぜん》と立ち尽くすしかなかった。

16

八月一日は朝から雨だった。

時間と共に雨脚が強まり、窓の暗さが増すほどに部屋の灯りは強まってゆく。さすがにこの雨では、アライグマもゴミを漁《あさ》りにくることはないだろう。ぼんやり窓から駐車場を眺めていると、忠津が階段を下りてきたのがガラスに映った。捜査本部から戻ってきたのだ。

忠津はカウンターを回って自席に向かうと、孔泉に軽く会釈して団扇を取り出す。雨のせいで気温はそれほど上がってはいないが、湿度が半端ない。少し動いただけで、口になにかを押し当てられたような息苦しさを感じる。水を飲むたび、こめかみに汗が滲む。

疲れた様子をしているのを承知で、優月は忠津に声をかけた。

「なんだ？」

暑さのせいか、単に機嫌が悪いのか、忠津は短く問うだけで目も向けない。今、二階には清美がいる。朝から捜査本部に呼び出され、取り調べを受けていた。会議室などではなく、刑事課が被疑者相手に使う本来の取調室でだ。そこに閉じ込められ、本部刑事から執拗な尋問を受けている。一課の取り調べの様子は数多く目にしてきたし、実際にその場にいたこともある。怒声こそ上げないが、何度も同じことを繰り返し尋ね、上げ足を取り、逃げ道を塞ぐ。ときに相手の身上、経歴、家族のことまで話題にし、油断したところを見計らっていきなり事件の核心に触れ、反応を見る。瞳孔が開くのを見定めるかのように、目の奥をじっと覗き続ける。清美がそんな仕打ちを受けていると想像するだけで、胸の辺りがぎゅっと詰まる。

「久慈主任のアリバイは証明されないのですか」

忠津は一瞬だけ団扇を扇ぐ手を止め、軽く首を振った。優月は天井を振り仰ぐ。外は風が吹いているのか、なぎ払われたかのように雨が塊となって庁舎全体にぶつかってくる。サッシが揺れ、小日向や孔泉、地域係員までもが思わず外を見やる。アスファルトを叩きつけ、飛沫《ひまつ》が跳ね上がって白煙を起こす。視界が悪くなって今、駐車場に誰がいるのか、車があるのかさえわからない。

優月は窓から忠津へと顔を戻す。自分の考え方が刑事らしくないのはわかっている。だが、清美がどういう人間であるのか、信じるに足りる人間であるのか、そうでないかの判断ができるだけの自信と覚悟は持っているつもりだ。忠津にそのことだけでも伝えたい、そう思ったとき、「南主任」と小日向に呼ばれる。顔を向けると、玄関の方を指差していた。

「来庁者」

カウンター越しに中年の男女が見えた。傘を持っているが、この降りでは意味がない。全身、頭までずぶ濡《ぬ》れだ。優月は慌てて駆け寄り、カウンターを挟んで応対する。

「どうしました？　大丈夫ですか？」

二人は苦笑いしながら、互いの様子を見合う。

「思った以上に酷い降りだ。表に車を停めたんだが、そこから玄関に入るまででぐっしょりですよ」

「タオルありますか？」

女性の方が、手に持つ鞄からタオル地のハンカチを取り出し、大丈夫ですと頷く。

「なにか急ぎの用でも」といいかけて、優月ははっと口を閉じた。二人の顔を見て、思い出した。『たまおクリーニング』の経営者夫妻だ。

孔泉が赴任してすぐ、通所介護施設『フランチェスカ』で詐欺が行われていることに気づき、事件となった。実際にはやってもいないクリーニング代を利用者へ請求し、介護施設の責任者と『たまおクリーニング』の両名が結託して詐取していた。被害額がさほどではなかったことと、弁済がなされ、利用者からの嘆願書もあったことで双方、不起訴となっている。

その事件の当事者である夫婦が揃って顔を出すなど、どういうことだろう。優月だけでなく、後ろに控える小日向や忠津、孔泉も注視している筈だ。

「あの、なにか」声が掠れて、思わず咳払いした。「えっと、なにかありましたか」

「いえね」と店主の玉尾《たまお》が、頬を弛めた。隣で妻がハンカチで夫の横顔を拭っている。

「ちょっとご挨拶をと思いまして」

思わず息を呑む。一歩下がって、構えをとろうとしたが、先にいわれる。

「お礼はいらないといわれましたが、今日、ここを離れるのでせめてご挨拶だけでもと寄らせていただいたんです」

そういって、なぜか店主は優月の頭越しに奥を窺う。

「その節は大変ご迷惑をおかけして申し訳ありませんでした」

夫婦は揃って深く腰を折った。体を起こした店主はなおも、優月の向こうを見ながら、

「この夏から甲池で働かせていただけることになり、今日のうちに引っ越すことにしました」と笑いかける。隣の妻が、「こんな天気だから様子を見ようといったんですが、決めたならさっさと動こうと主人がいうもので」とこちらも穏やかな笑みを浮かべる。

優月は二人の視線を追って振り返る。

忠津と小日向も同じように振り返っていた。榎木孔泉が細い目をこちらに向けて小さく頷いているのが見えた。

「え」と思わず声が出た。

店主の妻が、その様子に気づいて身を寄せてくる。

「あんな事件を起こしてクリーニング店を続けられなくなりましたでしょ。どうしようかと途方に暮れていたんですが、あちらの方が甲池のコインランドリー店で人を捜して

いると教えてくださったんですのよ」

「わりかし大きな店舗でね、大手クリーニング店も併設されているから、そちらの取次も受け持ちます。駅近くなので大層忙しいようで、早くきてもらいたいといわれまして」と夫も目を細める。

どうやら孔泉の口利きで、紹介、面接と進み、すんなり受け入れてもらえたようだ。三人の視線を浴びて、孔泉は白い顔を微かに赤らめる。そのことに自分で気づいたのか、ふいと顔を背け、自前のコップでお茶を飲み干した。

店主夫妻は何度も頭を下げ、激しい雨礫《あめつぶて》のなか、ひとつ傘に身を寄せ合って出て行った。

「いつの間にそんなことをされていたんですか」

怒ることではないけれど、どうにも口調が尖るのが抑えられない。忠津も興味深そうにいう。

「気になさっていたのですか、あの店のこと」

「『たまおクリーニング』は、この傘見地区で唯一のクリーニング店と聞いた。なくなることで本人らはもとより住民が困るという話を教えてくれたのは南主任だ」

確かに。寮で三人が集まったとき、そんな話をしていたことを思い出す。気になっていたから口にしただけで、別に孔泉を責めるつもりは全くなかったのだが、いい方に棘《とげ》があったかもしれない。

「一応、甲池署の署長補佐なのでね。それなりに地元には顔が利く」

まるで子どものような嘯《うそぶ》き方だ。忠津と小日向が笑いを噛み殺している。

身分は甲池署の署員なので、毎朝、優月らは甲池署に出署する。孔泉は一緒に行くときもあれば、そうでないときもあった。ただ、甲池に出向いたときは、いつもなにがしかの用事があるらしく居残って、先に優月らだけが警部交番に向かうことが多かった。午後になってから傘見に出署することもあった。優月は側にいながらなにも気づかず、あえてなにをしていたのか孔泉に訊くこともしなかった。額の汗を手の甲で拭い、奥歯を噛みしめる。

「地元にクリーニング店がなくなることだが、『アイラ自動車部品工場』が自分のところで使っている洗濯業者を紹介してくれるそうだ」と孔泉が付け足した。

実習生が襲われ、鳥居が逮捕されたことでアイラ本社からも担当者が警部交番を訪れた。その際、甘利に口を利いてもらったと孔泉はいう。見返りにチャーハンを作ったらしい。

「ほお。それは助かりますな」と忠津は機嫌を良くする。

「そうだったんですか」

優月はかろうじてひと言口にした。

孔泉のことを情に薄い、杓子定規な人間だと思っていた。けれど、思い返してみれば、料理を多めに作って振舞ってくれたり、車でなく自転車での移動で十分だといったり、高村の一件でさえ、寮に連れ込んだ愛奈のことで騒ぎ立てはしなかった。

ルールに則ること、そして『非情の情』。この二つの言葉の根はひとつで、目指すのも同じ。そのことがようやくわかった気がする。それに比べ、自分はただ情けをかけ、労《いたわ》ることが一番と思い込み、果ては仲間というだけで静観という逃げを打っている。

久々の明るい話題で、いっとき一階は部屋の薄暗さが消えた。

夕方になって少し雨脚が弛んだ。忠津が団扇を握りながら窓辺に立つ。

「上がりそうですね」と小日向がいう。

「いや、雲はまだ厚い。こういうときは要注意だ」と忠津が空を見上げた。

孔泉が、「明日もまた雨になり、線状降水帯が県上を横切るようだ」といったので、優月は手元のパソコンで気象情報を検索した。小日向も同じものを見ているらしく、画面を睨んでいる。

「雨量が今日以上になるようだと、河川や土砂の警報が出るな。傘見は山に囲まれているから厄介なんだ」という忠津の声を聞いて、彼の汗じみのある背中に目を向けた。

警備部門の職掌として、公安、外事があるが、災害警備も大事な職務だ。忠津はため息を呑み込むようにして窓から目を離す。体を戻すと奥に目を向けたまま、顎を階段の方へと振った。優月は視線を追って振り返る。

解放されたらしい清美の姿があった。一課の女性刑事と男性刑事に付き添われ、カウンターの前を通ってゆく。思わず駆け寄るが、清美に首を振られる。三人が裏口から出て行き、車に乗り込むのを窓から見送った。

一旦は帰されるが、明日もまた尋問は続くだろう、と忠津が呟いた。

食堂には誰もいなかった。てっきり朱音が先にきていると思ったが、どうしたのだろうと戻りかけると孔泉と鉢合わせした。

「もう夕食を摂ったのか？」怪訝そうに見るのに、首を振る。

「いえ、朱音を呼んでこようと思っただけです」

そうか、と孔泉は脇をすり抜け、奥の調理場へと向かう。

「警視正」

「なんだ」と背中で応える。

「どうして玉尾さんのことを気にかけられたのですか」

鼻息を吐いたのが聞こえた。「妙な質問の仕方だな」

「あの、警視正がそういうことをされる方とは思っていなかったので。申し訳ありません」

重ねて、失礼ないいようも詫《わ》びる。孔泉は気にした様子もなく、材料を取り出し、料理に取りかかる。

「罪を償い、反省し、更生を目指す者は普通の人々と同じ待遇を受ける権利があると思っている。あくまでもわたし個人の考えだが」

「待遇？　権利ですか」

「資格といってもいい。人に気遣われる資格、親切を受ける資格、そして仲間として一緒に生きてゆく資格」

「確かに、前科があることでいわれのない差別や不利益を被ることが多いでしょう。ですが、だからといって誰でも同じように遇することはできないと思います」

「できる者はすればいいと思っている。わたしは甲池の署長補佐で、地元のコインランドリー店の話を聞ける立場にあった。それだけだ」

甲池署の人間だけでなく、警察署協議会、役所、自治会などにそれとなく尋ね、情報を集めたのかもしれない。

孔泉のいうことはわかる。それが理想だろう。だが、果たして更生に手を貸して、本当に立ち直ってくれる受刑者はいったいどれほどいるのか。再犯率を見る限り、刑事の多くが、元受刑者に疑いの目を向けることは非難できないのではないか。

「わたしは刑事ではないからな」

孔泉は優月の不満に気づいたのか、わざわざ念を押す。そして付け足した。

「あくまでも罪を償った者の話だがな。司直の手を逃れ、罪を償わない者は論外だし、そんな者には一片の同情も親切も与える気はない。この世界で一緒に生きる資格もないと思っているくらいだ。たとえ心のうちで深く悔いていたにしても、だ」

優月は息を止めた。

「犯罪者と一緒に仕事をするなど、虫唾《むしず》が走る」

吐き捨てるようにいって孔泉は、ゆっくり振り返る。硬直した優月に視線を当て、なおもいいかけようとした。そこに朱音が、疲れた疲れた、といって食堂に入ってきた。

「どうしたの？　ご飯はまだ？」と優月に声をかけると、当たり前のように身を屈めて差出口から調理場を覗いた。孔泉が鍋を振っているのを見つけると、安堵した顔でテーブルに着く。

「優月、座んないの？」

「あ、ああ、うん。朱音、遅かったじゃない」

「うん。先にシャワー浴びてた。地域の戸倉さん共々、びしょ濡れだったから」

「そうか。外に出ていたんだ。雨凄かったでしょ」

「うん。どうもヤバい感じなのよ。アイラの工場側に小さな川があるでしょ。結構増水していた。工場は今日から休みにするとかいっていたから、人的被害は回避できると思うけど。戸倉さんは山沿いの民家を駐在員と一緒に回っていた。一人暮らしの高齢者に早めに公民館に移動するように促しているって」

「警報が出るわね」

「うん。未明にはまた雨が激しくなるって。わたしや駐在員の話を聞いた係長が、忠津交番長を通して甲池署に応援を派遣してもらうと決めたよ」

「そうか」

「全署員警戒体制を取ることになるから、非番も日勤もなくなったって戸倉さんが嘆いていたな」

　優月は窓の外に目を向ける。まだ夜といっても七時過ぎなのに、外は真っ暗でガラスには朱音の横顔がはっきり映る。こんな雨でも、明日もまた清美は連行され、尋問を受けるのだろうか。

　孔泉の言葉が頭のなかで渦巻く。

『罪を償わない者は論外だ』

17

　朝には一旦雨が上がった。

ただ気象庁では、線状降水帯が近づいていて県を横切るだろうといっていたから、警戒は緩められない。

昨日の時点で既に、甲池市における過去に観測された記録的短時間大雨の量を更新していた。市内を流れる河川の増水は顕著で、冠水も時間の問題と思われる。

甲池署での朝礼後、副署長、警備課長の下、優月ら警部交番のメンバーも加わって署員全員で警報が出たときの対処について打ち合わせを行った。事案ごとの対策、段取り、手順、そのための備品整備、資材の確保などがなされ、傘見地区では警備担当として忠津が陣頭指揮を執ることになる。

一方の捜査本部はまだ膠着《こうちゃく》状態だった。

清美は自宅に真っすぐ戻ったためにアリバイを証明することができず、今日も朝からずっと取り調べを受けている。本部から監察課がやってきて、尋問の合間を縫って、刑事案件を含め、作倉春義についての説明を求めた。

春義も午後には呼び出され、実阿子が家を離れて店をやろうとしていたことについて問い質されることになった。

「本人は全く知らなかったといっている」

甘利が遠藤と一緒に、休憩を取ろうと一階受付に下りてきた。外は再び激しい雨となっていた。予報通り、線状降水帯が上空に差しかかり、降雨量がどんどん増してゆく。

県では機動隊員が出動し、県内各地に派遣されていた。

甘利が窓を叩きつける雨に目をやりながらいう。

「離婚を迫られていたんじゃないのかと訊いても、春義は首を振る。まあ、夫婦のことだから多少の喧嘩くらいはするだろうが、仲がこじれ切っていたようなことは噂でも聞かないしな」

「ですが、離婚されたら春義だって鳥居勇一と同じ無一文になりますよ。思いとどまるよう説得したが応じず、かっとなって思わず殴ったんじゃないのかなぁ」遠藤が足を組みながら缶コーヒーを啜る。

「那穂を見張っていたというアリバイはどうなる」と甘利は遠藤を睨む。

「そんなもん、あとから本人に聞いただけじゃないすか。那穂自身は春義に一方的に付け回されただけでなにも知らなかったということになるんですから、なんとでもいい逃れられますよ」

「那穂が素直に自分のアリバイを教えると思うか？　どこでなにしていたかなんて春義に訊かれたら、どういうことだって騒ぐだろうし、とっくにわしらにチクっているだろう」

「うーん、なんか弱味でも握られているとか」

「那穂が春義にか？　どんな。母親殺しを庇うほどの弱味ってなんだ」

「うう、それはまだ、これから、探せば」

ふん、と甘利は相手をするのをやめて横を向く。

優月は二人のやり取りを聞きながら、黙って待っていた。いずれ清美の話になる。疑うに足りる人物にはだいたいアリバイが成立している。全くないのは清美だけだ。

「となったら、やっぱ怪しいのは久慈主任になるよなぁ」

先に遠藤が口にした。甘利は嫌な顔をしたがなにもいわない。

「夫の不倫相手といっても警察官だから、実阿子は油断するでしょう」

誰もなにもいわない。さすがにそれ以上はマズイと感じたのか、遠藤も缶コーヒーに集中する。

「久慈主任は春義氏のことをどういっているんだ？」

「え？」遠藤がきょとんとした顔で孔泉を見返る。甘利が答えた。

「信用しているようですな。アリバイ工作を頼まれたが、実阿子殺しに春義が関わっていないと信じていた。だから偽証も躊躇わなかったという久慈主任なりの理屈でしょう」

「老人ホームの方は？」

「ああ、そっちはまだ確認できてないです」と遠藤が口を挟む。甘利が舌打ちし、捕捉する。

「あのホームで怪しむべき人物はまだ浮かんでいませんな。実阿子が阿きを訪れて金の話をしていたことを耳にする可能性はスタッフなら全員ある。だが、殺害現場に物色した形跡がない以上、金銭目的というのも疑問符が付く。捜査本部はいまだ責めあぐねている感じですわ」

「ふん。たとえ証拠があったとしてもこの雨で消えてなくなるだろう」

「どういうことです」

「犯人なら、この大雨に紛れてなにか証拠となるものを捨てる可能性がある。ヘタにゴミ箱に捨てたり、焼いたりするよりよほど確実だ」

「まあ、人に見られたくないことをするには、こういう天候のときがうってつけでしょうな。誰も外に出ない」

　優月の方を見ている者はいない。知らず知らずのうちに、手が制服のポケットへと動く。三橋の家を訪ねて以降、優月はずっと手錠の鍵をポケットに入れて持ち歩いていた。この鍵を、災害警戒に出た際にでも増水した川に放れば、もう二度と見つからないだろう。湿度が高いせいか、額の生え際に汗が噴き出す。慌ててハンカチを取り出して拭った。

　小さな鍵には乾いた血痕が僅かにあった。乾いて変色しているから、ただの汚れにしか見えないが、調べればわかる。おそらく事故で怪我を負った際に付着したもの。隅のものか、逃走した強盗傷害犯のものだろう。これに血痕が付いているということは、あの事故の際、鍵を取り出したという証《あかし》でもある。

実際、優月はそれを目撃している。

「実習生はどうです」

いきなり遠藤がいい、優月ははっと意識を戻した。全員が、うん？　という表情を浮かべている。どういうことだ、と甘利が訊く。

「ですから、アイラ工場にいる外国人実習生。あのなかの誰かが、仕事に不満を持っていて逃げようと考えた、だが、金がないから作倉家に忍び込んで金目のものを持ち去ろうとした。あの大きな蔵になにかあるだろうと、よく知らない外国人は考えるんじゃないっすか。忍び込んだところを実阿子に見つかり、思わず殴りつけた」

「実阿子は後ろから殴られているんだぞ」

「だから逃げようとしたところを襲われて」

「忘れたのか。実阿子は蔵のなかを向いて倒れていたんだぞ。逃げようとしたなら逆だろうが」

「いや、だからそれは蔵の前で倒れたから、実習生が逃げるのに邪魔と動かしたんじゃ」

「そんな痕跡はいっさいなかった。わしが一番乗りして確かめている。動かしたとか、痕跡を消そうとした様子はない」

「そうですか。でもなぁ、タイミング良く鳥居が実習生を襲っているのも引っかかるし。二人はグルだとか」

「どんなメリットがあるんだ」と、さすがの甘利も相手をするのが疲れたように肩を落とす。

うーん、と遠藤がうなっていると、バタバタと階段から忙しない足音が聞こえてきた。一階にいる全員が目を向けていると忠津が巨体を揺らし、息せき切って駆け寄ってくる。甘利と遠藤は反射的に飛び上がった。

だが、忠津は手を振り、「違う。捜査本部のことじゃない」と叫ぶ。見ていると、後ろから迫田も同じように下りてくる。

「警戒レベルが上がった。今、市役所から連絡が入った。住民の避難を始めるぞ」

待機していた甲池からの応援署員も立ち上がる。優月や小日向もすぐにレインコートを取り出し、支度を始めた。

一階受付スペースを臨時の災害対策本部として設えているが、いよいよそれが本格的に稼働するのだ。忠津の席の横に置いた無線受信機からは、やり取りする署活系からの声が聞こえる。ホワイトボードに傘見地区の地図と一人暮らしの高齢者リスト。河川や側溝は赤でなぞられている。

一階の机の上や床には懐中電灯、ロープ、カラーコーンなど必要な資材が並ぶ。迫田のかけ声で、刑事係以外の傘見の署員全員と甲池からの応援署員、直轄警察隊らがカウンターの向こうに顔を揃え、整列する。忠津が簡単に状況を述べ、迫田が細かな配置の指示を飛ばす。各エリアを割り振り、甲池市役所傘見支所と連絡を取り合いながら消防と共に避難誘導を始める。傘見には高齢者が多い。一人暮らしの人も体が不自由な人もいる。各地域に人を派遣し、所在確認し、避難場所への移動を促し、補助する。

優月は孔泉がレインコートを着ようとするのを見て声をかける。

「警視正は対策本部で情報収集を」

だが、孔泉は聞こえないふりをしているのか無視したまま支度し、自転車の鍵を手にした。

「警視正っ」

机の上の電話が鳴った。優月は孔泉の背に目をやりながら、受話器を取る。朱音からだった。

『優月？　今、椎野交差点にいる。笠高山の南側が崩れかけている』

「交番長っ」

朱音からの知らせを伝えると、忠津は顔色を変えた。迫田が代わっていう。

「南側の麓には老人ホーム『みどりの苑』があるぞ」

忠津が迫田に、現地へ向かえと叫んだ。迫田は素早く雨具を身に着けると、直轄隊の屈強そうなのを何名か引き連れ、飛び出した。甲池署から小型バスを借り受けている。甲高いサイレン音が響き、赤灯の残光を残してあっという間に消えた。優月も自転車の鍵を持って飛び出す。後ろから小日向の呼ぶ声がしたが、孔泉を見失うわけにはいかない。

外に出るとまだ三時にもなっていないのに、空は厚い雨雲に覆われ、既に不穏な夜の気配を滲ませていた。

18

「朱音っ」

白いレインコートが振り返る。フードのなかにある筈の顔は、殴りつけるような雨のせいでほとんど見えない。応答する声で、かろうじてこちらを見ているのだと知れる。先着した迫田らは、直轄隊員と共に地盤の具合を確かめに『みどりの苑』の裏手に回ったようだ。

「どんな具合?」

「うん、苑の北側フェンスの向こうの斜面が地割れしている。役所の人もさっききて、危険区域に指定して誰も入れないようにはしたけど」

「けど?」

「わたしが見た限りでは、結構な広範囲で地盤が緩んでいる。奥の竹林の方は大丈夫そうだけど、手前側は木々を伐採したばかりだから」

「そうか、あ」

孔泉が施設の玄関へと向かう姿が見えた。朱音が利用者の避難誘導のための経路を確保しに行くといって、表側へ走り出す。優月は、真っすぐ孔泉を追った。

なにをする気なのか。救援に向かっているとは思えない。優月の脳裏に甘利の言葉が蘇る。

『まあ、人に見られたくないことをするには、こういう天候のときがうってつけでしょうな』

人の目を気にする行為。今、この施設には、作倉家の財産を握る女性がいる。

施設のなかの電灯は半分以上落ちていて薄暗い。以前きたときの綺麗な廊下は今、水に濡れ、土足の跡が散らばって清潔さは微塵もない。廊下の手すりを伝って高齢者が何人か歩いていた。奥からもスタッフに抱えられた利用者が出てくるのが見えた。

「大丈夫ですか」

ああ、と車椅子を押している女性スタッフが半泣きの顔を浮かべる。前回、ここを訪ねたとき案内してくれた作倉阿きをを担当するヘルパーの人だ。

「順次、みなさんに避難所へ移動してもらうところです」

次から次へとスタッフに手を取られた高齢者が廊下に姿を現す。やがて玄関から、消防隊員も入ってきた。

「お願いします」

優月も手伝う。個室は三十ほどだが、半数近くが足腰の不自由な人らしい。見た限り、スタッフの手が全然足りていない。自立歩行できる人はいいが、それでも突然の事態に動転して、足元がふらついている。慌ただしい周囲の様子が恐怖を生み、不安で体が動かなくなっているのだ。更に寝たきりの利用者だと一人二人では運べないから、あと回しになってしまう。

「お願いします、こちらを」と優月はそんな部屋へと消防隊員を呼び寄せる。

ストレッチャーに移す手伝いをしながら、隊員に、まだ応援はきますか、と尋ねると、首を振られた。甲池市で床上浸水が始まっていて、道路も不通になっているという。消防も市役所もほとんどがそちらに出払っていて、これ以上は無理だろうと唇を引き結んだ。

優月は愕然とする気持ちを堪え、とにかく廊下を駆ける。ベッドから起き上がろうとする女性を見つけ、身支度をさせ、車椅子を寄せた。怖いと泣き出す利用者を抱きかかえ、大丈夫ですよ、と繰り返した。

顔見知りのヘルパーを捉まえて、作倉阿きをさんはどなたが？　と叫ぶように尋ねる。

「少し前にモルヒネを投与したので朦朧《もうろう》としている筈です。ストレッチャーが空いたら運びます」

「わたしが見てきます」

そういって玄関先でストレッチャーを確保し、廊下を奥へと走りかけた。

ふいに地面が揺れた。地震かと思ったが、地の底から獣が唸るような音が聞こえた。まるで機関車が向かってくるかのような太い響きが聞こえ、それはどんどん大きくなってゆく。建物が電気を浴びたように震え、柱が鳴った。一瞬、天井が落ちてくる錯覚を覚え、思わず頭に両手を乗せて屈みかけた。あちこちから悲鳴が上がる。電灯が点滅し、窓は閉まっている筈なのに激しい雨音が聞こえた。どこの窓が開いているのだろうと思ったとき、暑さと湿気で汗《あせ》まみれなのに全身に寒気が走った。

その瞬間、形容のできない、いまだかつて耳にしたことのない凄まじい音がして、同時に壁や天井が外から押されて縮むような圧を感じた。施設の北側にある窓が破裂したのが見えた。まさに破裂としかいいようのない有様で、飛び散るガラス片に混じって黒い色の土砂が飛び込んでくる。そして周囲の壁に亀裂が走った。

「逃げてぇーっ」

優月は叫ぶ。早く早く、走れ走れ、と消防隊員の声も飛び交う。電灯がぱちんと音を立てて完全に消えた。かろうじて外のぼんやりした白さが差し込む。壁がまるで戸を開けたかのように崩れ落ち、真っ黒な獣がなだれ込んできた。

土砂だっ、と誰かが叫んだ。目の端に高齢者が倒れたのが見え、優月は飛びついて抱え起こすとそのまま玄関側へと走る。あと少しのところで躓《つまず》き、転びかけるのを誰かに腕を摑まれた。目を上げると迫田係長で、優月ごと高齢者を引き上げてくれる。

「東側の広場へ向かえ。土砂はまだ北の一部にしか流れ込んでいないから、広い敷地に出ればしばらくはもつ。今、直轄の車がこっちに向かっている」

急げっ、と迫田が怒鳴る。

「係長、まだ利用者がいます」

「わかった」といって、迫田が直轄隊員と一緒になかに入って行くのを見送る。優月は噴水のある広場まで高齢者を運び、そこにいたスタッフに託した。風が凄まじく、雨はほぼ横殴り。まるで細い棒で殴られているかのような痛みが走る。雨の音とは違う、なにかわからない異音も聞こえて身がすくみそうになる。窓からなだれ込んだ土砂の光景が蘇り、足が止まった。手で庇《ひさし》を作って見渡せば、スタッフに取り囲まれ、高齢者らが身を寄せ合っているのが見える。不安そうな顔で震えている。

ここで、この場で救助を手伝うべきだ――。そんな当たり前のことに、なぜか自分を偽っているという感覚が抜けない。どうしてまた、あの危険な屋内に戻らなくてはならない？　いつ土砂が建物全てを呑み込むかわからないのだ。わたしはもう刑事ではない。榎木警視正が勝手をしているに過ぎない。いくら世話係とはいえ、そこまで付き合う必要はあるのか。こんな非常事態なのだから、もう優月は本来の仕事に戻るべきだ。

そういい聞かせているつもりなのに、なぜか、吹き寄せる風雨を押し返すように一歩を踏み出していた。

遠くでサイレンの音がして、朱音が、もう大丈夫ですよ、と叫んでいる声が雨音に混じってはっきり聞こえた。優月は大きく息を吐くと走り出した。

「南主任、待てっ」と叫ぶ声が聞こえたが、足は止まらなかった。

なかにまだ孔泉がいる。

東側の通用口から入る。このあいだ訪ねたことが役に立った。およその部屋の配置や窓の位置などを覚えているから、この先を行けば阿きをの部屋に辿り着ける。孔泉はそこにいる気がした。

あと少しのところまできたとき、阿きをの部屋から廊下へ誰かが転げるように飛び出してきたのが見えた。救援者かと思ったが、見覚えのある顔に驚く。

「作倉さん？」

作倉春義だ。

どういうことだ。心配して阿きをの様子を見にきたのか。だが、側には救助するべき阿きをの姿はなく、一人だけで唇をわなわなと震わせている。まさか、この嵐のなか、阿きをになにかするつもりだったのか。やはり作倉春義が犯人？

優月は身を屈めて構える。武器になるものはなにもないが、せめてもと近くに落ちていたスリッパを拾って向き合った。

「なにをしているんです、作倉さん」

「え、わたしはただ気になって」

「阿きをさんになにをしようとしたんですか。あなただったんですか、実阿子さんを殺害し」といいかけたとき、部屋のなかで声がした。瞬時に誰の声かわかって、優月は駆け出し、春義を押しのけてなかに飛び込んだ。

作倉阿きをはベッドに横たわって目を閉じていた。

そしてその側にいたのは――作倉那穂だ。那穂は明らかに正常な状態ではなく、激しく暴れ、甲高い叫び声を上げ続けていた。そして孔泉がそんな那穂の両手を摑んで押さえ込もうとしている。

「警視正っ」

優月は、そのまま勢いをつけて那穂に体当たりした。那穂がベッドの柵に背をしたたか打ちつけ、その反動で床に転がる。痛みのせいか掠れた呻き声を上げた。手を床に突いて膝を立て、よろよろと上半身を起こす。

真っ赤に染まった目を優月に向けながら、ぎりぎり歯嚙みする。その形相を見て、全てを理解した。

「あなたが実阿子さんを殺した」

母親である実阿子を殺害し、そして今また、祖母である阿きをに襲いかかった。早く死んでもらい、財産を手にしたいと思ったからだ。この非常事態の混乱がまたとないチャンスと考えた。

「急げっ」孔泉が肩で息を吐きながら叫ぶ。そうだ、那穂に構っている暇はない。今は一刻を争う。ベッドに走り寄り、シーツをめくって阿きをを包み込む。孔泉が足元に回って、優月が頭の方を持ち上げようとした。さすがに重くてふらつく。振り返ると、開いたドアから春義が不安そうに見ている。その表情から、阿きをを手にかけようとしたのではないと判断した。

「作倉さん、手を貸してください」

優月が怒鳴ると、春義ははっと目を見開き、震えるように小刻みに頷いた。点滴をスタンドから外し、孔泉と春義がシーツを担架のようにして前後で握る。

「せいのっ」

孔泉と春義が阿きををシーツごと抱えて部屋を出た。廊下側の窓は雨と泥でなにも見えず、なぜか雨粒が当たる気配もない。すぐそこまで猛《たけ》り狂った土砂がきていて、窓を押し破ろうとしているのではという考えが離れず、気がおかしくなりそうだ。廊下の灯りは点いたり消えたりしていて、暗いガラスに孔泉の真っ青な顔と春義の引きつった顔、そして優月自身の顔が映る。消えて、点いて、また消えて。そしてまた点いた。そのとき窓ガラスに三人以外の顔が現れた。

暗い闇から抜け出てきた、得体のしれない生き物の顔だ。優月は思わずひっと体を強張らせるが、怒声混じりの雄たけびを聞いて、瞬時に全身に力を込めた。作倉那穂が凄まじい形相でシーツの端を握る春義に飛びかかろうとした。優月は反射的に床を蹴り、那穂の後ろへ素早く回ると首に腕をかけた。そのまま力いっぱい仰け反らせる。ぐえっ、という声が聞こえ、那穂の手が春義から離れたのを見て、体ごと回転した。二人一緒に床に倒れ込む。

「南主任っ」

孔泉の声に、「早く行って」と叫び返した。少しの躊躇いのあと、二人が背を向けて廊下を進む。その姿を見てほっと安堵した途端、那穂が両足で床を蹴って優月を跳ねのけた。

「那穂さんっ」

立ち上がった那穂の顔は、憤怒《ふんぬ》で真っ赤に染まっている。唇を嚙み切ったらしく、血がひと筋流れていた。優月を睨みつけたあと、くるりと体を返して廊下を奥へと走り出した。

「待ちなさいっ」

どこへ行く気だ。どこへ逃げる気だ。どこにも逃げる場所などない。罪を犯した者に逃げる場所など、どこにも。

「そっちは危ない」

那穂に聞こえているとは思えなかった。行きついた先が北側エリアで、既に土砂に埋もれているのを見てさすがに足を止める。だが、それも一瞬のことで、横手の階段を見つけると駆け上った。この『みどりの苑』は二階建てで、屋上に上がったとしても、山から流れ落ちる土砂を防げるとは思えない。

「那穂さん、駄目よ。戻って、山が崩れる」

階段を走り、誰もいない廊下を駆ける。祖母を見舞うために、何度もここを訪れている那穂にとってはよく知った場所なのだ。迷うことなく廊下を曲がると西側の通路の突き当たりにある非常出口を目指した。すぐにドアを押し開けようとしたが開かない。鍵は内から掛けるものだから壊れたのか、外からの圧力に阻まれたのか。那穂はヒステリックに叫び、罵声を上げてドアを叩き、足で蹴る。だが、びくともしない。

優月はその様子を黙って見ていた。やがて那穂が全身で呼吸しながら、こちらを向く。

「那穂さん、どうして」

那穂が血走った目で優月を睨む。

「なによ、あんた、刑事？」

「いいえ。傘見警部交番の警務主任の南です」

「傘見？　ああ、じゃあ、あの春義の女が勤めているとこか」

清美のことは知っているらしい。優月は湧き上がる怒りを堪え、どうして母親である実阿子を殺したのかと訊いた。

那穂はまるで目から血を出しそうなほどにぎりぎり力を込めて、憎々しげに吐いた。

「母親面して、あたしを思い通りにしようとしたからよ。自分は年下の男に騙されて作倉の財産をいいようにされているのにも気づかないで」

「だから殺したというの？　自分の母親を？」

「そうよ。あたしはね、お金が欲しかった。それだけ」

今さら母親の説教なんかいらないんだよっ、と唾を吐いた。

そうか、那穂というのはこういう女だったのか。優月は両手を拳に変え、口を引き結んだ。なんとしてもこの女を捕縛する。奥歯に力を入れて一歩踏み出そうとしたとき、建物全体が小刻みに揺れ出し、軋む音がした。

「南主任――」

割れた窓の向こうから叫ぶ声が聞こえた。あれは孔泉か、朱音の声か。風の唸りに混じっているから、人であることしかわからない。

はっと那穂が振り返る。窓ガラスが痙攣したように震えた。優月は咄嗟に那穂の腕を掴み、「走って!」と叫んだ。状況がわからなくとも、じっとしていては危険だということは本能的に感じたらしい。那穂も懸命に走り出す。

階段を下りかけるが、踊り場を回ったところで足がすくんだ。階段が消えている。土砂が水のように流れ込んでいて、階段口を完全に封じてしまっていた。

「な、なんなの」

うろたえ始めた那穂の腕を引き、再び駆け上がる。二階から更に上を目指す。勢いよく駆け上って屋上への扉を見つけると、鍵を回して外に飛び出した。吹きさらしの開けた場所で、塞ぐものがないから風雨がまともに襲いかかる。目を開けることもままならない。手で庇を作って薄目を開き周囲を見渡すと、利用者が使う横長のベンチや物干し竿《ざお》が軒並み倒れている。鉢植えの植物も散らばり、誰かの忘れ物らしい小型の扇風機がバラバラになって転がっていた。周囲は二メートルほどの高さのフェンスで囲われている。一番山から遠い、南の玄関側へと走り寄り、フェンスをよじ登る。那穂も同じように手と足をかける。

背後から樹々がなぎ倒される音が聞こえた。なにかとてつもなく大きなものが迫りくる気配を感じる。異臭がした。魚が腐ったような、どぶの底のような臭い。

フェンスのてっぺんまで登り、向こう側へ足を回して跨る形になる。そこから下を見た途端、ぎゅっと心臓を摑まれたような苦しさを感じた。ここからだと二階以上の高さがある。いや、贅《ぜい》を尽くして建てられた施設なので通常の家屋よりも天井は高い。三階か、もしかすると四階分はあるかもしれない。那穂もさすがに怯《ひる》んで、弱々しい声を出した。

「ど、どうすんのよ」

どうしよう。フェンスに跨ったまま、激しい風に揺さぶられる。きゃあと、振り落とされかけた那穂が悲鳴を上げる。手を伸ばして強く引き寄せ、「屈んで、しっかり摑まっていて」と叫び、自身も必死でしがみつく。

「フェンスから手を離したら落ちるわよ」

「そ、そんなこといったって」

風にあおられ、わあぁっ、と優月も思わず声を上げる。

「南主任ー」

どこからか呼ぶ声がした。懸命に目を見開いて周囲を見、下へ視線を向けた。雨礫が邪魔をしてよくは見えない。ただ、地上で赤灯が強い光を放っているのだけはわかる。パトカーか消防の車だろう。

「南主任、聞こえるかぁ」

今度は大きくはっきり聞こえた。高村の声だ。トランジスターメガホンか車載のマイクを使ったのだろう。

「飛び降りろ」と無責任な言葉が続いて、力が抜けそうになる。

「なにバカいってんのよ。どんだけ高いと思ってんのさ」と那穂が唾を吐くようにいう。実際は喉も口のなかも乾き切って、声も満足に出せないほどだが。

「よく見てみろぉ。一階の車寄せの屋根がある」

真下を覗くと、確かにそれほど高くない場所に庇が見える。だが、それでも二階分近くはある。

そうか、もう少しフェンスを下りればいいんだ。そうすれば、ほぼ一階分、通常の住宅よりは高さがあるかもしれないが、二階よりはマシだ。

「こっち側にフェンスを下りて、少しでも高さを解消するのよ」

那穂に向かってそう叫び、優月自身、両手でフェンスをしっかり握る。ゆっくりしていられない状況だが、うっかり手を離して、庇の上に変なふうに落下すれば大きな怪我を負う。死ぬことはない気がするが、三橋のように警察官を続けられないほどの障害が残るかもしれない。優月はこんな状況下にあっても、まだ警察という仕事に拘っている。いや、こんな状況だからか。

警察官でいたい――。

そんな滾《たぎ》る気持ちがふいに湧いて戸惑う。雨と冷や汗でぐっしょり濡れているのに、体の隅々が熱く火照《ほて》ってゆく。もう少しだけ、警察官として働きたい。挽回するチャンスを。その言葉を噛みしめ、フェンスを握る手に力を入れた。慌てるな慌てるなといい聞かせ、足をそろそろ運ぶ。フェンスが大きく揺れ、那穂の金切り声がした。

「飛び下りる気？　無理よ、そんなの無理」

優月はフェンスの途中でしがみついたまま、きっと睨み上げる。

「だったらそのまま土砂に流されなさいっ。わたしはご免よ」

「なっ、なによ、警官のくせになんてことというのよ、お巡りなんだからなんとかしなさいよっ」と那穂が歯を剝く。そのときフェンスが激しい風に揺さぶられ、悲鳴が上がる。那穂は体を丸めて落とされないようしがみついたが、優月の足はフェンスから離れ、両手だけでぶら下がる。

「くっ」

握った両手に力を込め、歯を食いしばる。洗濯物のように体が揺さぶられるが、懸命に足場を探した。ようやく片足をフェンスに引っかけると、気合を発して腕の力だけで体を引き寄せる。なんとかしがみつくと、再び顔を上げた。元々、吊り気味の目だから、いっそう尖って見えただろう。出せるだけの大声を出して怒鳴りつける。

「うるさいっ。文句があるなら罪を償ってからにしなさいっ。殺人犯にかける情けなんかこの雨粒ひとつだってないっ」

優月は、フェンスから屋上の縁になんとか足を下ろした。そこから二階の窓庇へと足をかける。その先はもうない。

目を上げると那穂はまだフェンスに跨ったままで、顔だけを山側へと向けていた。白く能面のように固まって、目が恐怖で大きく見開かれている。ひぃぃぃ、と笛を鳴らすような声を出した。

優月も、フェンス越しに黒い山津波が動き出したのを見た。地面が割れ、雪崩のようになって山を滑り落ちてくる。逆巻く渦が樹々をなぎ倒し、巨石を泡のように砕く。土の礫が四方八方に飛び散り、まるで大きな生き物が地中から生まれ出ようとしているようだ。竜の咆哮《ほうこう》と共に土石流が大きく口を開けて襲いかかってくる。圧倒的な恐怖で、息も体も心臓までもが止まった。

その躊躇いのない容赦のない攻撃に、優月は自身の小ささを思い知った。余りにも弱く、臆病な存在。自分はこんなにもちっぽけな生き物なのに、いったいなにに拘っていたのか。思い悩む全てのことが、他愛ないものに思えた。

自然の驚異に巻かれて流されるのは所詮、南優月という小さなもの。どうでもいいことなのではないのか。今、ここで消えたところで、なにも変わらない。むしろ、これもひとつの罰の形といえる。強張った唇を閉じ、ゆっくり目を瞑った。

嵐に負けない声が聞こえてきた。高村とは違う声。

「こらぁー、諦めるなぁー、警察官が諦めるなー」

はっと意識が戻った。優月は殴りつけてくる雨のなかで大きく目を開く。そして荒れ狂う山から視線を真上へ動かした。そこに蒼白な顔で震え、命を失いかけている人間の姿を見た。

優月は奥歯を強く噛んで、手足に力を込める。飛び上がると同時に両手を上に伸ばし、フェンスを跨《また》いだままましがみついている那穂の足首を摑んだ。体重をかけてぶら下がると、那穂は悲鳴を上げてこちら側にずり落ちてきた。

そのまま優月は、両足で一気にフェンスの網を蹴り、後ろへと跳ねた。

一瞬の間のあと、凄まじい痛みが全身を貫いた。息ができずに目を開けることもできない。死ぬのかと思いかけたとき、強く引っ張られるのを感じた。腕が抜けそうな痛みに声を出したくとも口はもう開かない。土砂が覆いかぶさってきたのだろうか、それはこんな感覚なのかと、恐怖よりも妙な疑惑が脳裏を過る。

声がした。何人かがいい合う声。

「乗せたか」

「落とすな」

「みんな車に摑まれ」

「手を離すなよ」

「早く出せ」

「急げ」

「くるぞっ」

「早く、早く」

「早く出せ、出せぇーっ」

耳のすぐ側でサイレンの爆発するような音が聞こえた。これはパトカーのじゃない。

たぶん――。

19

ニュース速報が流れた。

これで県内に発令された警報、注意報はほぼ全て解除されることになる。交通機関は順次復旧し、被害の状況については判明したものから発表されてゆく。

雨が止み、風が収まり、一夜明けて青い空に夏の陽が輝く。それが、災害の爪痕の悲惨さをむしろ極立たせた。

傘見警部交番では、忠津警部を中心に被災者の救護、危険区域の設営、交通網の確保、壊れた建物の一部や流された障害物の撤去などを始めた。甲池署だけでなく、県内各地で同じように多くの警察官や消防隊員が出動し、対応に追われている。

優月はテレビでニュースをひと通り見たあと、スイッチを切った。上半身を動かし、ベッドから車椅子に移りたいといって、朱音に睨まれる。

「左上腕部の骨折、右足首の捻挫《ねんざ》、後頭部の裂傷、首から背中にかけての激しい打ち身、この程度ですんだから良かったものの、これ以上なにをしたいわけ？」

一センチ動くにも、体のどこかが痛む。半身を起こしてもらうのにも手を貸してもらわないといけない。辛いし情けないと思うが、かといって病院にじっとしている気にもなれなかった。

看護師と朱音の手を借りて車椅子に乗り、外の見える場所まで運んでもらう。

「じゃ、わたしはもう行くから」

「うん、ありがとう。気をつけてね」

「またくる」

そういって機動隊服に身を包み、ヘルメットを片手に提げた朱音は、廊下を小走りに一階へと向かう。その背を見送り、窓の外へと視線を移した。

ここから傘見地区の一部が見える。右手奥に笠高山があった。強い陽射しのなかで、山の斜面が大きくえぐれているのがはっきりわかる。巨大な怪物に齧《かじ》り取られたような無残な姿だ。その麓にある『みどりの苑』は、全壊だけは免れたものの見る影もないと、朱音は淡々と告げた。

あのとき、玄関車寄せの庇の上に落下した優月と那穂を引き下ろしたのは、災害救助隊員と高村だった。苑の利用者を安全な場所まで避難させたあと、最後に残っていた災害工作車の上で待ち受け、落ちてきた優月と那穂を素早く車に乗せた。

屋上のフェンスにしがみつく優月を見つけたのは孔泉で、すぐに工作車を使おうとい い、高村らに指示を出した。優月らを回収すると、全員が車にしがみつくように乗り込み、現場を離れた。背後に迫りくる土砂の気配に怯えながら、あと僅かのところで巻き込まれず、無事、逃げおおせたのだった。

本当に間一髪のところでしたと、若い巡査が涙目になりながら語るのを聞いた。

午後には、忠津と小日向がやってきた。

「どうだ調子は」と忠津は明るい顔で腹を揺する。

「生きていてくれて良かったよ」

小日向は、自分の部下から殉職者を出すのではと、ぞっとしたそうだ。

「ご心配おかけしてすみません」

「うん。あとはきっちり養生してくれればいいんだ。こちらのことは気にしなくていい、といっても、まあ、気になるだろうなぁ。追い追い暇を見つけては話をしにくるから、とにかく大人しくしているんだな」

「はい。すみません」

　病室を出ようとしたとき、忠津が振り返った。

「ああ、そうそう。一応、いっておこうか。捜査一課の連中だが、ここにはこないよ。誰も近づくなと、榎木警視正が命令を出したから」という。なんだかストーカーに対する、接近禁止命令みたいないい方だったな、と口角を弛めた。

「交番長、それはどういう？」と戸惑う声を上げたが、聞こえなかったかのように出て行く。閉じかけたドアのあいだから、制服警官が両手を後ろ手に組んで立哨している姿が見えた。優月の視線を感じたのか、さっと振り返ると戸倉は親指を立てて、軽く頷いた。

　忠津は小日向の手前もあったせいか、肝心なことはなにもいわなかった。だが、孔泉の命令に従ったことからも、それとなく感じ取っていたのだと気づく。孔泉が捜査一課から快く思われていないこと、その理由がこの傘見にきたせいだということを。傘見警部交番の長なのだから、当然か、と今になって思う。

　夜、夕食がすんだあと、孔泉が甘利と共にやってきた。

「主任、捜査の方はいいんですか」

遠藤が一緒にきていないのを見て、忙しいのではないかと尋ねる。

「実阿子殺しは一課さんが片付けてくれるよ。遠藤は今後のためにと残してきた」

そういってパイプ椅子を広げると、深く腰かけて背にもたれかかる。

「あの作倉那穂って女だがな。大した悪党だよ。わしも長く刑事をしているが、あれほど心の奥底が計り知れないヤツは見たことがない」

優月が下になって落ちたため、那穂は捻挫と打ち身程度ですんでいる。そのため、病院で手当てを受け終わると、すぐに取り調べが始まった。ベテラン刑事に囲まれても萎縮するどころか、激した感情のまま悪口雑言いいたい放題だという。甘利は疲れた表情を浮かべながら、話してくれた。

「殺すつもりはなかった、単なるはずみで起きたことだなんて那穂はいっているがな。施設に阿きをを見舞った際、実阿子が土地を売ってまとまったお金を手にしたことを知って、その金を奪おうと家に忍び込んだんだ」

那穂なら裏から入れば、カメラにも映らず、訪ねたことも誰にも気づかれないと知っていた。あの晩は、斎藤晃が遅くなるとわかっていたから、車も自由にできて都合が良かったのだ。

「そこにタイミング悪く、実阿子さんが戻ってきたということですか」

「ああ。普段はカルチャー教室や自治会議だとかで遅いのが、たまたまあの夜に限って早く帰った。だから那穂も驚いたそうだ」

那穂はべったりと赤く染まった目でいったらしい。

『あの女、あたしのことを泥棒だと罵ったんだ。あそこはあたしの家でもあるのにさ。それで大喧嘩。いつもなら出て行けっていわれて終わりなんだけど、あの日に限っては、偉そうに私生活のこととか意見し出した。晃のことは大丈夫なのか、まともな人間なのかとか、ちゃんとした仕事をする気はないのか、とこれまでも散々いわれたことだけど、あの日はしつこかった。急に母親ぶったことをいい出してさ。おまけに子どものころの那穂は素直で優しい娘だったとか、母親の誕生日に手作りで色んなものを作ってくれたとか。乱暴する父親から庇ってくれた、二人で一緒に耐えた、そのときのことを思い出して欲しいと、そんな泣きごとをダラダラいい出した。バッカみたい。挙句にあのころを思い出して、とかなんとかいって、古い写真を一緒に探そうと、あたしを蔵へ引っ張って行ったんだ』

ああ、と優月は呻く。

実阿子は、蔵にある思い出のアルバムを探そうとしたのだ。たった一人の娘だから。こんな歪《いびつ》な関係を解消して、昔のように仲の良い親子に戻りたいと願って。

だが、その娘は、実阿子のそんな態度に苛立ち、逆上した。無理やり蔵に引きずり込もうとする実阿子の後ろ姿が、一円のお金もくれようとしない冷酷非道な母親に見えたのか。今、実阿子がいなくなれば、阿きを名義の遺産は全て自分の手に入る。もうぐだぐだと母親面して説教されずにすむ。憎しみと我欲が殺意へと凝縮され、感情が暴発する。

優月はその光景を想像して顔を歪めた。

「そこに春義氏が登場したわけだ」と甘利は淡々という。「那穂はてっきり通報されると思ったそうだ。だが、しなかった。春義は那穂を庇うことにしたんだ」

「それって、つまり」

そうだ、と甘利は頷く。「所詮は金さ」

自分の妻が血を流して死んでいるのを見て、最初こそ驚き慄《おのの》いたそうだが、やがて春義は考えを巡らした。阿きをより先に実阿子が死ねば、財産は全て那穂に行く。その那穂が実阿子殺しで捕まれば、もしかすると相続人から排除され、誰も受け取れなくなって作倉家の財産は全て国に帰すことになるのではと思った。そうなれば自分は、無一文で追い出されることになる。実阿子のために田舎に籠り、五年も傘見のために尽くしてきたのだ。せめてその分くらいの見返りがあっていい、自分にはその権利があると。

結句、仲の悪い二人は手を組むことにした。春義は那穂を告発せず、その代わり、いずれ那穂が財産を相続したなら、分け前を春義がもらうという約束。そのため犯行時刻、那穂は神社で時間を潰していたことにして、アリバイまでも作ってやった。

春義が最初、捜査本部に告げたのは、自身の本当のアリバイだった。ただ、時間が少し違った。六時半過ぎ会社を出て、甲池駅付近で食事をしたあと車で戻ったのは、那穂が実阿子を殺害した直後の八時少し前。那穂を説得し、那穂と自身のアリバイを確かなものにするため思案した。

そこで清美を利用することを思いつく。春義は一旦、家を出てわざと九時ごろ防犯カメラに映るように車を走らせた。実阿子が家に戻る映像がなかったことから、普段からカメラのないルートを使っていたと思われる。そのことを春義は逆手に取った。

清美にアリバイを偽証させ、二人の関係がバレて嘘であることが露見するという段取りだ。二転三転させることで真実味を深めようとした。清美との関係を優月が看破しなければ、いずれ春義がなんらかの方法で捜査本部に気づかせただろう。更には、その偽証のせいで捜査本部の疑いの目は、アリバイの消えた清美へと向いてしまった。

「なんてこと」

清美は警察官として身の置き所を失っても、春義を信じて捜査本部の尋問に耐えている。そんな気持ちを金のために利用した。

悔しさに体が強張り、怪我をしたところがうずいて思わず顔をしかめた。

「大丈夫か、南主任」甘利が心配そうに声をかけてくれる。小さく息を吐いて、「大丈夫です。それで作倉那穂の罪は立件できそうですか」と尋ねる。

か」
「ああ。春義の証言があるから問題ないだろう」
作倉春義はすっかり観念し、素直に聴取に応じているらしい。
「ただ一点、グレーな箇所があるがな」
優月は少し思案して、甘利に目を向けた。「それは、阿きをさん殺害未遂のことです
か」
そうだ、と甘利は神妙な顔で頷く。
「捜査本部は、春義が那穂と組んで阿きをを殺害しようとしたと、当初は考えた。だが
当の春義は、那穂に『みどりの苑』にこいと電話で呼び出されただけで、なにを企《たくら》んで
いたかなどまるで知らなかった、といった。しかし、あの那穂がこの豪雨のさなかにわ
ざわざ傘見まで出向いてきたんだ、阿きをの殺害を意図したのは明白だろう」
それなのに春義は、『祖母の身を案じて駆けつけたくらいにしか思わなかった。まさ
か殺そうと図っていたなど想像すらしなかった』などと証言した。
「そこに一課の班長さんがお出ましになってな、その凄まじい尋問にあって、春義は呆
気なく白状した」と甘利が苦笑いを浮かべた。
「館班長が直に尋問されたんですか」とちょっと驚く。
「ああ。怒鳴るわけでなく淡々と、逃げ道を順々に塞ぎながら、じわじわと追い詰めて
行く。まるで土砂のなかに埋められているような息苦しさがあったな」

春義はうなだれるようにしていったらしい。

『那穂が祖母の身を案じる健気《けなげ》な孫とはこれっぽっちも思っていない。そんな那穂がこんな嵐の日にわざわざ出向くのは、おそらく邪《よこしま》な、口にするのも恐ろしい考えがあってのことだと察した。それで慌てて駆けつけたんだ』と。

春義は実阿子から、それとなく娘の様子を見ていてやって欲しいと頼まれていた。那穂の様子を時折見張っていたのは本当だったのだ。那穂の行動や暮らしぶりを眺めていた春義には、那穂という女の正体というか、危うさが感じ取れていたのではないか。

「そうですか。春義氏は気づいていたんですね」

優月は避難している最中、春義が怯えたように病室から転がり出てきたのを思い出す。阿きをの病室で那穂と合流した春義は、なにをしようとしていたのだろう。那穂を諌めようとしていたのか、それとも手を貸そうとしていたのか。

実阿子が死んだとわかって、春義は確かに作倉家の財産を手に入れようと画策した。だが、そのために余命僅かの阿きをまでをも手にかけることはないのではないか、と優月は思う。甘利もそんなふうに感じているらしく、腕を組んで首を傾げる。

「春義が殺人までするとは思えん。ただ、実阿子殺しで那穂を庇った手前、いいなりにならざるを得ないところはあった」

そういって甘利はちらりと孔泉を振り返る。

二人がいる阿きをの病室へ、一番に飛び込んだのは孔泉だ。

「わたしが見た限り、直接手をかけようとしていたのは那穂だった。春義はベッドの脇で、土偶のように立ちすくんでいた」と孔泉がいう。

だからといって罪がないわけではない。なにもせずに見ているだけでも犯罪だと、容赦なく断じる。甘利も素直に頷き、「警視正の証言で共犯、情状ありという線に落ち着くだろう」と告げた。

では主犯格となる作倉那穂の心境は、いったいどういうものだったのだろう。放っておいてもいずれ遺産は手に入るのに、このタイミングで祖母の命を狙った。どんな変化があったのか。

実阿子殺しの捜査が始まって尋問を受けるたび、不安を募らせていったのは間違いない。なにせ自分の生殺与奪を握っているのは、これまで嫌い通してきた春義だ。いつ暴露されるかわからない。脅迫されて作倉の金をもぎ取られるかもしれない。一刻も早く、まとまった金を手に入れてこの土地を離れたいと思っただろう。余命があと僅かだとわかっていたとはいえ、祖母はいつ逝くかわからない。そんなときに豪雨の予報。甚大な被害を招く恐れがあると予想され、多くの住民が避難する。傘見は大混乱となる。

この大雨に紛れてなにか証拠となるものを捨てる――。

『人に見られたくないことをするには、こういう天候のときがうってつけでしょうな』

そういったのは甘利であり、孔泉も示唆していた。那穂も同じように思った。そして阿きをの部屋で那穂と春義、孔泉が鉢合わせした。

「こういう犯罪者は、わしは苦手なんだ」と甘利は弱音を吐く。「偉そうにされて頭にきたからと母親を殺し、遺産欲しさに嫌っていた義父と手を組むと、今度は、早く遺産が欲しいからと豪雨に紛れて可愛がってくれた祖母を殺そうとする。いったい、あの女の頭のなかはどうなってんだか」

祖母の阿きをも、まさか孫に殺されそうになるとは思わなかっただろう。できれば知らないまま逝ければいいのにと思う。

「実阿子さんも、自分の娘がそんな人間だとは思わなかった。いつの間にか、そんな人間になっていたことに、気づけていなかった」と優月は呟いた。

甘利らの裏取りのなかで、隣県にある不動産会社から証言が得られた。実阿子が店舗を探していたのは、那穂のためだった。実阿子は店舗の内見をしながら、担当者にいっていたそうだ。

『こういうお店を持って働けば、それなりに落ち着いてくれるかしらね。新しい人生と思って頑張ってくれるかしら』

母親の娘を思う気持ち、その切なさに胸を突かれた。実阿子はちゃんと那穂の将来のために、金を出す気でいたのだ。ただ、二人のあいだにあったわだかまりのせいで、うまくそのことを伝えられずにいた。そして母親の気持ちを知ろうともしなかった娘は、春義の証言があるにも拘わらず、いまだ抵抗を続けている。同居人の斎藤晃は那穂の逮捕を聞くと、関係ないといい、まだ夫婦でなかったことに心底安堵したらしい。そのことを聞かされた那穂は、無表情だったようだ。

「でも、傘見の事件なのに。甘利主任、一課に全部任せて、本当にいいんですか」

「いいさ。事件なんてのは、犯人がちゃんと逮捕されればいいことで、刑事にとってはそれで十分なんだ。第一、今は被災者の救援こそが急務だしな」

久慈主任も今は、そっちの応援に忙しくしているよ、と口元を弛めた。

「そうですか」

「まあ、落ち着いたら色々、本部から処分なんかがあるだろうけど」と頭をずるりと撫でる。そしてちらりと孔泉を見て、「じゃあ、わしはお先に」と立ち上がった。

孔泉が頷く。ドアが閉まるのを待って、優月は電動ベッドの半身を起こして視線を孔泉に合わせた。

「館班に、ここにこないよう命令されたと伺いました」

下ろしたてなのか、孔泉の青い制服のシャツはまだ折り目が付いていた。きちんと制帽も手にしている。外に出る際には着帽が基本だ。

ふん、と鼻息を吐き、帽子を床頭台に置くと腕を組んだ。

「そうしないと、また余計な圧をかけてくる可能性があるからな」

　優月は軽く目を瞑り、小さく顎を引いた。「お気遣いくださって、ありがとうございます。でも」

「うん？」

「わたしなら、大丈夫です」

　首を傾げて不審そうに見つめてくる孔泉を無視し、優月は床頭台の引き出しを開けてなかにあるものを取り出す。握った手を開き、小さなものを差し出した。孔泉は受け取ると、「手錠の鍵か」といった。

「はい。あの事故のとき、隅巡査部長は被疑者に対し、この鍵を渡そうとしました。そこに」

　優月は指を差す。「汚れがありますが、血痕です。隅主任か被疑者のかはわかりませんが、事故直後にこの鍵が外に出されていたことの証になるかと思います」

　孔泉は、ふん、といってそれを床頭台に置いた。

「わたしが探していたものは証拠でなく、真実の証言だった」

　優月はぐっと喉を鳴らし、一拍置いて、はい、と返事した。

　孔泉は立ち上がり、窓から夕闇の迫る傘見を見つめた。

「わたしはこの県警に地域部長として着任した。捜査車両が事故を起こして、その際、強盗傷害の被疑者が逃亡した案件は、赴任してから知った。そのときは特に興味を引かれたわけではなかった。被疑者を連行するのに後部座席に刑事が一人だけだったということは気にはなったが。それから、その事故の関係者の一人が所轄の地域に希望して異動していたことを知った。わたしは地域部長として、隅巡査部長と会う機会を得た」

ああ、と優月は声なき声を放った。

榎木孔泉は特別な意識を持って隅を見、話をしたのだ。隅は、どうせ二年程度で県警を出てゆくキャリアだからと、高をくくったのではないか。当時の事故のことを問われて無難に説明し、猛省する態度を見せ、それで終わったと思った。

「隅主任が事件について説明していたとき、たった一度だけ、被疑者のことを、くん、と呼んだ」孔泉は窓を背にして優月を見つめると、そういった。

優月は僅かの間、眉根を寄せる。くん？　そうか、君か。

「もう一年も経っていたから気が弛んだのだろうな。わたしはそれを聞いて、当時の事件の記録を読み返すことにした。コンビニ強盗の一報が入り、被疑者は店長をナイフで傷つけ逃走。その後、捜査本部が立って捜査が始まると、すぐに容疑者が浮かび、地取りが行われた。隅は所轄の刑事と組んでいた筈だが、そのときに限って単独で被疑者を追っていた。偶然、三橋主任と南主任が出くわしたため捕縛できたが、二人が行き合わなかったら、どうなっていたのか。なぜ、隅は一人で動いていたのかと気になった。そして後部座席に自分だけが乗り、事故が起きた。確かに隅は大きな怪我を負ったが、本当に手錠を嵌めた被疑者が逃げようとするのに、なすすべもなかったのか」

隅は刑事になって八年、一課に入って五年半。署長賞を二度、刑事部長賞を二度、本部長賞を一度、授与されている優秀な刑事だったのだ。

「被疑者の歳は当時、隅主任の三つ下で三十一歳。襲ったコンビニの店主は昔、被疑者を苛めたグループの首謀者だったそうだが、隅との接点はなかった」

「警視正が調べられたのですか」

「もちろん、わたしの部下を使ってだが」

すぐにいつもの能面のような表情になる。「もっともすぐに知られて、刑事部から突き上げをくらった。地域部長ごときがなにをしているんだってな」

県警本部の部長クラス以上はほとんどキャリアだ。そのなかでも地域部長は一番若く、いってみれば新米が就く役職だ。本部長以下、経験のあるキャリアを敵にして歯向かえる筈もない。

「では、ここにはやはり処分されて」

ははっ、と笑う。

「まさか。いくらなんでも警部交番に左遷はなかろう。警察庁に掛け合い、自らここに志願してきた」

「それは」

「もちろん、南優月主任がここにいたからだ」

息を止める。そうだろうと予測していても、はっきりいわれるとやはりショックだった。最初から、榎木警視正にとって自分は事件の参考人、いや被疑者として扱われていた。

「本部長以下、みな嫌そうな顔をしたが、新米キャリアに大したことはできまいと思うたのだ。

気持ちもあったのだろう。ただ、捜査一課はそうはいかない」

ああ、と優月は目を瞑る。

その様子をじっと見ていた孔泉が、淡々という。

「語弊のあるいい方をする。わたしは気を遣って言葉を選ぶような器用なことはできない」

優月は目を開け、わかっているというふうに頷いた。

「口止めされたのか。上司、先輩の立場を笠《かさ》にきた連中に」

ふっと口元が和らいだ。笑うつもりはなかったが、本当に気遣いのないいい方だと思った。そんな優月を見て、さすがの孔泉も気を悪くした表情を浮かべる。

「ふん、どうせ遠慮のない物言いだというのだろう」

「いえ」

「いい。そういう人間だということは自分が一番承知している。わたしは、人の気持ちを思いやったり、自分の感情や考えをオブラートに包んでいったり、遠回しに告げたりするのが苦手だ。いい換えれば正直だということになるのだろうが、度が過ぎるらしい。社会に出れば、そういう人間はいずれ反発され、多くの敵を作ることになる。だから、自分なりに考えた。敵を作って世の中から弾き出されないために、なるたけ人の上に立っていようと思った」

なるほど、と優月は内心大きく頷いた。パワハラはいけないが、キャリアなら突拍子もない物言いや行動も、ある程度仕方がないと諦めてもらえる。僅かな付き合いではあったが、優月なりに孔泉を見ていた。キャリア警視正榎木孔泉は、ただ真っすぐなのだ。社会から弾き飛ばされないためにはキャリアを目指すしかないと思い定め、一心に励んでここまできたのだ。そして、料理を作っては、不器用な態度で振舞った。おいしいと思ってもらえれば、それだけ人付き合いの垣根は低くなる。そう考えたのかもしれない。

「なにがおかしい」

「いいえ、すみません。本当に直截ないい方だなと思っただけです」

「そうか、悪いな」と拗ねたようにいう。

「では、わたしもはっきり申し上げます。黙っていろと、いわれたわけではありません。

わたしが勝手にそう受け取ったのです」

「それは違う」

一刀両断だ。優月は目を瞠る。

「南主任のような立場の人間になにをどういったところで、圧になる。捜査一課では、当時、一番新米だったのだろう。そして」

珍しくいいよどむ。だがすぐに強い目で優月を見た。

「隅主任とは特別な間柄だった。そのことは、館警部以下の班員はみな知っていた」

軽く仰け反り、優月はうなだれるように首を振った。だから、いいくるめるのは容易い、隅のためなら多少のことは目を瞑るだろうと思われた。

「調書を読んだが、事故については最低限の状況しか記載されていなかった。隅主任の供述はあったが、回復後の南主任に詳細を問い質すこともなく、追跡調査することも指示していない」

「それは逃亡した被疑者を追うことが優先されていたからで」

「だとしても、事故が起きた原因調査に誰も手をつけようとしないのはおかしい」

身内が起こした事故だから、関わった捜査員はみな処分を受けたから。刑事の一人は後遺症を負い、退職を余儀なくされたから。これ以上、責め立てるのは酷だと、関係者はみなそう思わされた。

「思わされた？」さすがに鼻白んだ。

入院していた優月を館は何度も見舞ってくれた。事故を起こしたショックで精神的に疲弊していた優月に、お前ひとりの責任ではないと断言し、しっかりしろと励ましてくれた。

そして――。もう気にするな。全ては隅が責任を取る形で収める。隅の気持ちを無下にするな。

「そのこと自体が圧力だ。南主任の弱い立場を利用した」

優月はぐっと唇を嚙む。その通りだということが今ならわかる。館も小津江も事故の原因を掘り下げようとはしなかった。当時は、優月のことを慮《おもんぱか》ってのことと思い、感謝すらした。そして、隅が所轄の地域課へ出ると知らされて、優月は退職したいと願い出た。そのとき、館からいわれた。

『辞めることよりも、全てを忘れて一から出直せ。隅もそのつもりだ』

隅は二度と刑事に戻ることはないだろうといった。言葉通りの意味と受け取ったが、あとから考えて、もしや館班は逃走した被疑者を捜す過程において、優月が調べ出したように隅との繋がりを見つけたのではないか。そして、優月が入院しているあいだ、隅となんらかの話し合いが行われたのではないか。警察官を続けさせることで真実は漏れ出ないようにする。そんなことがどこかの時点で、誰かの判断でなされたのではないかと考えるようになった。

事故直後の朦朧とした意識のなかで見た、被疑者がドアを開けて逃亡しようとした姿、そして隅が手錠の鍵を取り出したことなどが改めて蘇り、隅や館への疑いが派生したことで、見間違いではなかったとの確信に変わっていった。

「だが沈黙したな」

孔泉に睨まれ、頷いた。

「館班長は優秀な方です。刑事捜査の頂点に立つ人で、県警になくてはならない方です。館班が被疑者を見つけられないのなら、それは他の誰にもできないことだと思っています。わたしが隅主任を怪しいと訴え、館班がなにかを隠蔽しようとしているといったところで、なんのメリットもない。館班を窮地へ追いやることにデメリットしかない。そう考えました。事故を起こしたのはわたしで、そんなわたしがいうべきことではないと」

「事故自体、疑ってみなかったのか」

「はい？」

「事故そのものだ。緊急執行中、被疑者が暴れ出して運転を妨害した。そんなこと起こり得るだろうか」

「まさか。わざとだと？　あり得ません。重大な事故になるかもしれなかったんです。

誰かが、全員が死亡する可能性だってありました」

「だが、死ななかった。わたしが事故について疑問を抱いたとき、ドライブレコーダーの一部が消されているのがわかった」

車内を映しているものもあったから、もしかするとそこに疑わしい映像があったのかもしれない。

「わたしはすぐに監察に告げて善処するようにいった」

三橋がいっていたことを思い出す。

『いつでもどこでも気を回し過ぎるヤツってのはいるもんだ』

そのせいで、逆にキャリアの興味を引いた。だが、と孔泉は大仰なほどに眉を顰《ひそ》める。

「管理不十分ということで関係者らが軽い処分を受けただけで、ドライブレコーダーの内容について追及されることはなかった。上層部がこの件を終わりにしたがっていることに気づいた。ほじくり返しても碌なことにはならないだろうからな」

「それで警視正は傘見警部交番にこられた」

孔泉は床頭台の制帽を手に取った。

「証拠がない以上、証言と自白を手に入れるしかない」

庇をなぞりながら、「館警部は、今も強盗傷害の被疑者を追っている。その気持ちに一片の揺るぎもないし、手抜かりもない、必ず捕まえてみせるといっていた。隅を追い詰めても犯人逮捕に繋がらないとわかっているのだろう。ほう助ではなく積極的に逃亡を止めなかった、そういう程度のものと館警部は判断したということだ」声に勢いがなくなった。「彼が優秀な刑事であり、卓越した指揮官であることは地域部長のわたしでもわかる。館警部がそう判断したのならおそらく間違いないだろう。だから、わたしがしようとしていることに大した意味はないのかもしれない」

優月は身を乗り出し、いえ、といいかける。それより早く、孔泉が強い視線を放った。「だが、わたしは我慢できないんだ。罪を犯したかもしれない人間と一緒に働くなど耐えられない。ましてやそれが自分の部下で、真面目に働く多くの警官のなかに紛れていると思うだけでぞっとする」

たとえ一年、二年程度の期間の地域部長であっても、県の各署で働く地域課の警察官はみな、孔泉の部下だ。警察のなかでも最多の数を抱える地域部。街のあらゆるところに存在し、住民の一番近くにいて、その声を誰よりも早く耳にする。

榎木孔泉は、地域部長の仕事に誇りを持っているのだ。だから、隅のようなグレーな警察官が許せない。たとえ頭を垂れ、刑事の道を諦めたとしても。償いとして地域の係員で骨を埋める覚悟をしたとしても。

いや、違う。優月の胸は棒で突かれた。地域係を左遷の部署と決めつけているその振舞いこそが孔泉には許せないのだ。地域の警官こそが、警察組織のなかの第一線を担い、警察と住民を繋ぐ頑丈な橋となって存在する。だからこそ警察は警察でいられる。そのことを忘れている多くの組織人に孔泉は腹を立てているのだ。

　優月は、こぼれる涙を拭うこともせずに告げた。

「警視正、わたしが隅主任を説得し、必ず本部へ同行します。どうかご許可ください、お願いします」

　隅は優秀な刑事だった。心から尊敬していたし、側にいるだけで安心でき、喜びを感じられる人だった。だからこそ、非情の情を持つ人であったと思う。どんな理由があったにせよ、その情を忘れて犯罪者を犯罪者のままにしてしまったことに、隅が一片の迷いも後悔も抱かなかったとは思えない。その迷いを今も抱え続けているのではないだろうか。優月のように、清美のように、高村や三橋のように。答えを見つけられず、また正しい答えから目を背け続ける、そうやって闇のなかを彷徨《さまよ》っているのではないか。だから――。

　お願いします、とベッドの上で半身を折り、シーツに額をつけた。目を瞑り、唇が震えないよう前歯で噛みしめる。

「長くは待てないぞ」

　はっと顔を上げて見つめた。孔泉は目を合わせないまま、制帽を被って微調整をする。ドアの方へ向かい、手前で足を止めた。

「あのとき、なにを思った？」

優月は拳で涙を払い、「はい、なんですか？」と問い直す
孔泉は体ごと向き直り、優月の顔をしげしげと眺めると、「あのとき、土砂に巻き込まれそうになったとき、どんなことを思った？」と尋ねた。

「はあ」

そんなこと？　と気が抜け、思わず鼻を啜った。すぐにティッシュでかむ。

「ああいう経験は滅多にない。後学のために教えてもらいたい」と真面目な顔で訊く。

「わたしは――続けたいと思いました」

怪訝そうに見る。優月は、口をいっぱいに広げて笑う。

「警察官でいたいと、これまでにないほど強く思いました」

孔泉は、じっと優月の吊り上がり気味の目を見つめた。そして徐《おもむろ》に、ふん、と鼻で息を吐いていう。

「今度、ファッチューチョンに挑戦しようと思っている。食べるか」

ファッチなんとかがなにかはわからなかったが、優月はひとまず返事する。

「はい、いただきます」

うむ、と頷き、「なら早く退院するんだな。これから大変な仕事が待っている。ファッチューチョンを食べて精をつけるといい」と唇を横に広げた。もしかすると、笑って

いるのだろうか。ぼうっと見つめている優月の前で、孔泉は不細工な敬礼をした。手首から曲がった、まるでコントでするようなひょうきんな敬礼だ。思わず、ぷっと噴き出す。孔泉は細い目を更に細くしたが、なにもいわず、さっと身を返して病室を出て行った。

優月は一人で笑い続け、ティッシュで目元を拭うと窓を向いた。外はもうすっかり夜になっていた。

傘見地区にも各戸の灯りが点る。車のライトも信号も見える。被害に遭ったところは真っ暗だが、それでもなにかの作業をしているのか、オレンジ色の光が小さく瞬いた。

暗い窓に映る自分の顔を見て思い立つ。ゆっくり右手を持ち上げ、肘から角度をつけて曲げ、手首をきちんと伸ばした敬礼をした。学校で厳しく教えられた通りの形だ。執拗に教え込まれたせいで、意識せずともできるまで身についた。

これならわたしでも孔泉に指導できる。嫌な顔をされるだろうが、きっと完璧にできるまで何度でも練習する筈だ。御馳走《ごちそう》のお礼としては十分かなと思う。

特別対談「躍動する捜査劇」

松嶋智左×黒川博行

元警察官が作家デビューするまで

――今日は『流警　傘見警部交番事件ファイル』の巻末対談ということで、警察小説の大先輩である黒川博行さんにご登場いただきました。『流警』について、警察小説について存分にお話しいただければと思います。

黒川　松嶋さんは元警察官やったそうですね。退職して警察小説を書こうとする、その動機は何なのかが気になりますね。

松嶋　警察官を辞めてなったというよりは、ずっと前から小説が好きだったんです。読むのはもちろん、自分で書くようになっていろんな小説賞に応募していました。

黒川　警察よりも小説のほうが先やったんですね。警察官やった頃も小説書いてたんですか。

松嶋　さすがに現役時代はなかなか書けなかったですね。仕事がしんどくて。でも、その前、高校生の頃は書いていました。

黒川　それは警察小説ではないですよね。

松嶋　はい。でもミステリーのようなものを書いたりしていました。

黒川　警察にいたのは何年ぐらい？

松嶋　六年半ぐらいですから短いんです。

黒川　白バイに乗ってらっしゃったんでしょう。

松嶋　最後の二年ほどだけですけど。そのうち半分の一年くらいはずっと訓練訓練で。後の半分は、広報関係の仕事ばかりでした。初めての女性白バイ隊員ということで、イベントで演技走行をしたりとか。二十代半ばで警察を辞めて、その後、勤めた仕事が弁護士事務所で、割と時間が自由になる仕事でしたのでまた書き始めました。賞にはなかなか届かなくて、ずっと仕事もしてたんですが。

黒川　二〇〇五年に北日本文学賞を取られてますね。

松嶋　北日本文学賞は富山の新聞社が主催する短編小説の公募賞で、選考委員が宮本輝《みやもとてる》先生なんです。宮本先生の作品が好きだったので応募しました。エンターテインメントというよりは純文学の賞ですね。織田作之助《おださくのすけ》賞も公募だった時の最後に受賞したんですけど、純文学系でした。その頃、書いていたのはそちら方面の小説が多かったんです。その後にエンターテインメントに挑戦してみようと思って、ばらのまち福山《ふくやま》ミステリー文学新人賞に応募しました。島田荘司《しまだそうじ》先生が選考委員の。

黒川　本格ミステリーを書いたんですか。

松嶋　いや、本格っていうほどでもないんです。難しいトリックとか、私、よう書かな

いんで。たまたま島田先生に選んでいただけたその作品（『虚の聖域　梓《あずさ》凪《なぎ》子《こ》の調査報告書』）で作家デビューさせていただきました。自分でもちょっとびっくりしたんですけど。せっかくなのでお聞きしたいんですが、黒川先生はもともと小説を書かれていたんですか。

黒川　先生はやめて（笑）。小説読むのは好きやったけど、書いたことはなかった。サントリーミステリー大賞いうのがありましたやん。第一回の募集を始めるという記事をたまたま見かけたんですよ、「週刊文春」か「文藝春秋」で。で、急に小説というものを書いてみようと思ったんです。

松嶋　えっ!?　それでいきなり長編を書かれたんですか。

黒川　そう。嫁はんにね「俺は小説書くぞ」言うて。高校で美術を教えていたからちょうど夏休み。暇でね。書き始めたけど、一週間で「やめや」言うて。あまりにしんどいから、嫁はんにやめるって言うたのね。そしたら「一旦言い始めたら、最後までせんか

松嶋　い」言われて。それで、一か月かかって最後まで書いて出したんです。その後はほとんど忘れてました。そしたら十二月に文藝春秋から電話がかかってきて、「最終選考に残ってます」と。

松嶋　すごい。

黒川　いや、佳作やったんです。賞はもらえんかったけど、ソフトカバーで出版された。それが『二度のお別れ』。大賞はハードカバー。ハードカバーにしたいなと思って、翌年とその次の四年目にまた応募したんです。で、やっと第四回でもらったんです。

松嶋　『キャッツアイころがった』ですね。

黒川　今考えたら、同じ賞に三回も応募するやつは珍しい。佳作を二回取った時点でNHKから話があって、テレビドラマの原作にしたいから何か書けと言われて『暗闇のセレナーデ』っていうのを書いて。そのために、サントリーミステリー大賞の第三回はお休みしたんですよ。

松嶋　その時点でもうプロじゃないですか。

黒川　今思うたらプロやけど、本人はプロという意識はなかった。第四回で大賞取って、初めて物書きになれるのかなと思いました。

松嶋　学校の先生は、じゃ、その時に辞められたんですか。

黒川　いやいや、それでも辞めてません。それから一年後に辞めました。二足のわらじをもう履ききれなくなって。
松嶋　忙しくて。そうでしょうね。
黒川　辞めたはええねんけど、年収ががくんと下がった（笑）。

人間的な警察小説を書きたい

黒川　警察小説はなんで書こうと思ったんですか。
松嶋　こんな言い方したら怒られるんですけど、私は全然書く気がなかったんです。デビュー作は元警察官の興信所調査員が主人公でしたし。
黒川　あなたの経歴を知ったら、編集者は書かせたいと思うでしょうね。
松嶋　そうなんです。でも警察小説って本当にたくさんの作家さんが書いてらっしゃるじゃないですか。それも有名な方ばかりで、私が書く隙間なんか絶対ないと思ったんです。ですが、それしか駄目とか言われて。黒川さんはどうして警察小説をお書きになったんですか。
黒川　警察小説は楽ですよ。何が楽や言うたら、事件の捜査に関わっていくのに動機が要らない。仕事ですから。
松嶋　そうですね、確かに。

黒川　一般人が事件に巻き込まれるいうのはものすごく考えますやん。事件の情報を取るのも難しいでしょう。そやから、主人公の兄が刑事をやってるとか、親戚が新聞記者をやってるとか、みんな無理矢理つくってる。警察小説やとそういう必要がない。仕事やから。

松嶋　そうですね。事件も向こうからやってきますしね。

黒川　でも警察小説で難しいのは、何でも後づけなんです。事件を展開させることができへん。聞き込み、聞き込みって、後づけばっかり。事件そのものが動いていかへん。そやから、誘拐が一番いいんですよ。僕は誘拐小説がすごく多いんですけど、それは事件がリアルタイムで動くから。あそこに行って話を聞く、ここに行って話を聞くでは絶対読者は退屈するやろなと思ったから、最初の『二度のお別れ』も銀行強盗が人質をとって逃げる話にしたんです。それは今も同じ考えですね。松嶋さんは警察にいたことがあるから、警察小説のネタには困らんのやないですか。

松嶋　いえいえ。警察にいたといっても短い間ですし、交通しか知りません。それに下っ端でしたから。だから本当にリアルな警察の捜査は知らないんです。普通の作家の方と同じように想像で書いています。むしろちょっと警察に関わったことがマイナスというか、昔はそうだったけど、今はこうじゃないよとか突っ込まれたりもしますね。

黒川　経験が邪魔するんやな。

松嶋　想像力が足らないのかも。でも、私は警察にいたおかげで、警察官が特殊な人だとは思わずに済んでいますね。普通のサラリーマンと同じなんだという感覚で書いています。特殊な仕事ではあるけれども、人間自体は普通の人と同じ。それぞれ悩みがあったり、怒りがあったり、おかしなことをしたりする。実際に警察でそういう人たちを目にしてきたので。

黒川　うん、それはそうですね。

松嶋　上司ともめたりする人とか普通にいましたからね。私がいたのは交通課でしたけど、刑事課や警備課の人とも接していたので、どういう雰囲気だとかは知っている。それを基に人間的な警察小説を書けたらなとは思っています。でも、そうはいってもミステリーなので、事件も必要。そこは必死で考えますけど。

プロットを書く作家、書かない作家

黒川　松嶋さんはプロットをしっかり立てる人でしょう。

松嶋　えっ、誰かにお聞きになられました？　その通りなんです。

黒川　いえ、『女副署長』とこの『流警』、二つ読んだら分かりました。この人はプロットをしっかりつくって、伏線をしっかり入れて、その伏線をちゃんと回収する人やなと。

松嶋　そんなにしっかりはできてないんですけど、プロットがあると安心して書けますね。

黒川　『女副署長』は群像劇として面白かったですね。殺人事件が起きて、台風が来て警察署が密室になる。ああいう状況設定は新しい。どういうふうにこの密室を回収するんかなと思いながら読みました。

松嶋　台風は警察にいた頃に何度か経験してましたから、ああいうふうになるだろうなと。

黒川　『流警』、とても面白く読みました。これもしっかり細かく書かれていると思いました。犯人、最後のあたりまで、本当に誰か分からへんかった。あっちこっちに伏線があって、お上手やったと思います。

松嶋　いえいえ、とんでもないです。とにかくすぐに犯人が分かったらいけないので、ミスディレクションを考えるようにと編集の方から言われて。怪しい人をもう一人増やそうとか、登場人物のおかしな行動を入れようとか、いろいろと工夫はしました。黒川さんはどういうふうに書かれるんですか。

黒川　僕はプロットは考えへん。

松嶋　えっ、いきなり書くんですか。

黒川　主人公のキャラクターと職業、それぐらい決まったら、あとはどんどん書いていく。あみだくじありますよね。あみだくじのどっちへ進むかというのを何遍も何遍もやるんです。

松嶋　ああ、なるほど。ここに来たらどっちの分かれ道へ行くかと。

黒川　そうです。そのたびに考えるんです。考える時間ってもう山のようにあるから。ここはこうしたほうが面白いとか。だから、あした、あさってのことしか考えてない。小説の中では。

松嶋　すごいですね。でもちゃんとお話が収まりますよね。

黒川　収まります。あみだくじをやっていたらどっかに行き着くんです、必ず。

松嶋　最初は犯人も分からないみたいな感じですか。

黒川　そう。犯人なんか考えたこともない。どうでもええやろという。

松嶋　考えたことないんですか！

黒川　書いているのがハードボイルドやから。謎やトリックを読者に提供しようというサービス精神はほとんどないですね。

松嶋　でも面白い。ご自分が物語の中に入って、犯人を探してるような感じですね。

黒川　ミステリーやから謎が必要なんですけど、謎を最後まで大きく大きく、読者をじらそうという意識は、僕の場合は全くないです。せやから、分かった、分かりました、はいはい、ってどんどん話を進めていく。

松嶋　分かった、分かったと。だけどまたおかしなことがあるから話が続く。なるほど、そういう書き方もあるんですね。

愛嬌《あいきょう》のある人物がつくれたら成功

――黒川さん、巻物みたいなメモをお持ちですけど。

黒川　ああ、これ。ちょっと書いてきたん。（メモを見て）警察官に一人、二人、もっと個性が欲しいと僕書いてますね。「コメディアンあるいは無能といった狂言回しが必要である」と。的外れなことばかり言うやつとか、ただぼんやり、うーんと言っているやつとか。そういう連中は小説の中で愛されるべき警察官になるんですよ。

松嶋　確かにそうですね。もっともっと極端な感じの警察官を出し

たら面白かったかもしれませんね。大阪府警シリーズは刑事のキャラクターが面白いですもの。私、『桃源』や『連鎖』に出てくる勤《きん》ちゃんが好きです。映画マニアの刑事で、相方との会話が楽しくて。

黒川　今度の僕の『悪逆』というのはまた全然違うんです。大阪府警捜査一課と箕面《みのお》北署の二人のコンビ。本部一課と所轄の二人のコンビでやっています。連続強盗事件を追う話ですけど。愛嬌のある人物が一人つくれたら、それはもう小説として成功やと思います。『流警』なら警視正の榎木孔泉が一番いいですね。おそらく『流警』は続編がありますよね。

松嶋　そうですか。次は別の警察署で活躍したらよろしい。

黒川　でも、榎木孔泉のように階級が高いキャリアだと、あんまり現場で活動はできないですよね。『流警』は特殊な事例のつもりだったんです。

松嶋　小説やから全然いいんですよ。警視正でキャリアであっても、何か特別な事情を考えれば。榎木孔泉はいい人物なんやけど、もうちょっとだけ変人やったらもっといいかな。事件を解決する能力はすごいあるけど、人格的には問題があるキャラクターにすれば、もっと面白くなるんちゃうかなという。

松嶋　人格的には問題ですか（笑）。そこが私の駄目なところなんですよね。実際に私が会ったことのあるキャリアの人がそんなに変な人じゃなかったので。どうしても経験の範囲内で考えてしまうんです。

黒川　つくったらいいんです、小説なんやから。あと、クライマックスに土石流のシーンが入ってきて、あれはよかったですね。緊迫感がありました。

松嶋　ありがとうございます。『女副署長』にも台風が出てきましたけど、天災と警察って密接な関係があって、そういう時こそ警察の出番だ、みたいな感じになるんですよ。警察時代に身近な問題としてあったので、書きやすかったんだと思います。

黒川　『流警』の舞台になっている傘見警部交番は元は警察署やったけど、規模が縮小されて警部交番に格下げになった。この警部交番を使おうと思ったんはなぜですか。僕はこういう制度があるって知らんかった。

松嶋　ほかの作品で地方の警察署を調べていて、交番の位置を示す地図を見ていたら、警部交番という文字が目に留まって。正直言って私も初めて見たんですけどね。警察時代の友達に聞いても知らんと言うから、調べてみたら、それなりの階級の人が責任者になっていろんな窓口も備えている。管理部門がついていないから警察署ではなくて、あくまで交番だと。人口が減ってきているので、とくに地方ではこういうことがあるんだろうなと思ったんです。

黒川　『流警』に出てくる警部交番は相当大きな建物でしょう。

松嶋　そうです。もともと警察署だった建物をそのまま使っているので。

黒川　その大きな建物の中に、署員はあまりいない。空き室だらけっていうのも使い道がありそうで面白い。

松嶋　東京のほうだと、交番に寮がついているという話を聞いたんですね。それで傘見警部交番に寮がついているというのもあり得るかなと。そこで署員同士が話したりすればいいんじゃないかと思ったんです。

続編は「大きな事件」を

黒川　（メモを見て）「コンビニ事件の犯人逃走について、警察の隠蔽体質にリアリティーがある」って書いてある。「そこが私には一番面白かった」って。

松嶋　本当ですか。ありがとうございます。でも私はそのエピソード、あまり深く考えてなかったんです。過去のあるヒロインを設定するために、こういうことがあったら、と考えたので。

黒川　その南優月は、続編には出てこないんですか。

松嶋　どうでしょう。こういうことをしでかした後、警察でどういう処分になるのか。まだちょっと考えてないですけど。

黒川　コンビニ事件の犯人はまだ捕まってませんよね。

松嶋　そういえばそうですね。それも考えていませんでした（笑）。

黒川　捕まってなくてよかった。こういうことをしでかした犯人が次の作品で何か事件を起こしたら続きますよね。被疑者に逃げられて傷物になった、優月みたいな警察官を使うのは面白いと思いますよ。

松嶋　そうですね。優月本人もそうですけど、周りも傷を負っているから、その後に影響もあるだろうし。優月がどうやって立ち直っていくのかということもありますね。

黒川　コンビニ事件で逃亡した被疑者に、もっともっと大きな事件を起こさせましょうよ。大きな事件なら、榎木孔泉も関わってくるやろうし、優月も過去のいきさつを知っているから呼ばれてもおかしくない。そんなふうにして広げていったらいい。僕は書く時、いつもそんなふうに考えてます。

松嶋　この次はどうなるか、と考えていくんですね。なるほど。考えてなかったですけど、犯人が逃走して何か事件を起こしたらどうなるか。『流警』ではサブでしたけど、今度はそっちをメインに据えるという考え方ですね。

黒川　そうしたら小説そのものが一作目よりも大きくなりますよ。次は大事件起こしましょう。

構成／タカザワケンジ　撮影／大西二士男写真事務所

本書は、集英社文庫のために書き下ろされた作品です。

本文デザイン／山田満明（Man-may Design）

集英社文庫　目録（日本文学）

集英社文庫　目録（日本文学）

三崎亜記　名もなき本棚
水上勉　故郷
水上勉　働くことと生きること
水谷竹秀　日本を捨てた男たち　フィリピンに生きる「困窮邦人」
水谷竹秀　だから、居場所が欲しかった。　バンコク、コールセンターで働く日本人
水野宗徳　さよなら、アルマ　戦場に送られた犬の物語
未須本有生　ファースト・エンジン
水森サトリ　でかい月だな
三田誠広　いちご同盟
三田誠広　春のソナタ
三田誠広　永遠の放課後
道尾秀介　光媒の花
道尾秀介　鏡の花
三津田信三　怪談のテープ起こし
美奈川護　ギンカムロ
美奈川護　弾丸スタントヒーローズ
美奈川護　はしたかの鈴　法師陰陽師異聞
湊かなえ　白ゆき姫殺人事件
湊かなえ　ユートピア
湊かなえ　カケラ
宮内勝典　ぼくは始祖鳥になりたい
宮尾登美子　影絵
宮尾登美子　朱夏(上)(下)
宮尾登美子　天涯の花
宮尾登美子　岩伍覚え書
宮木あや子　雨の塔
宮木あや子　太陽の庭
宮木あや子　喉の奥なら傷ついてもばれない
宮城公博　外道クライマー
宮城谷昌光　青雲はるかに(上)(下)
宮子あずさ　看護婦だからできること
宮子あずさ　看護婦だからできることII
宮子あずさ　老親《ろうしん》の看《み》かた、私の老い方
宮子あずさ　ナースな言葉　こっそり教える看護の極意
宮子あずさ　ナース主義！
宮子あずさ　卵の腕まくり　看護婦だからできることIII
宮沢賢治　銀河鉄道の夜
宮沢賢治　注文の多い料理店
宮下奈都　太陽のパスタ、豆のスープ
宮下奈都　窓の向こうのガーシュウィン
宮田珠己　ジェットコースターにもほどがある
宮田珠己　だいたい四国八十八ヶ所
宮部みゆき　地下街の雨
宮部みゆき　R.P.G.
宮部みゆき　ここはボツコニアン　1
宮部みゆき　ここはボツコニアン　2　魔王がいた街
宮部みゆき　ここはボツコニアン　3　二軍三国志
宮部みゆき　ここはボツコニアン　4　ほらホラHorrorの村

集英社文庫　目録（日本文学）

宮部みゆき　ここはボツコニアン 5 FINAL ためらいの迷宮
宮本　輝　焚火の終わり(上)(下)
宮本　輝　海岸列車(上)(下)
宮本　輝　水のかたち(上)(下)
宮本　輝　いのちの姿　完全版
宮本　輝　田園発　港行き自転車(上)(下)
宮本　輝　草花たちの静かな誓い
宮本　輝　ひとたびはポプラに臥《ふ》す　1〜3
宮本　輝　灯台からの響き
宮本昌孝　藩校早春賦
宮本昌孝　夏雲あがれ(上)(下)
宮本昌孝　みならい忍法帖　入門篇
宮本昌孝　みならい忍法帖　応用篇
深志美由紀　怖い話を集めたら　連鎖怪談
三好昌子　朱花の恋　易学者・新井白蛾奇譚
三　好　徹　興亡三国志一〜五

三　好　徹　戦士の賦　土方歳三の生と死(上)(下)
美輪明宏　乙女の教室
武者小路実篤　友情・初恋
村上通哉　うつくしい人　東山魁夷
村上　龍　テニスボーイの憂鬱(上)(下)
村上　龍　ニューヨーク・シティ・マラソン
村上　龍　ラッフルズホテル
村上　龍　すべての男は消耗品である
村上　龍　龍言飛語
村上　龍　エクスタシー
村上　龍　昭和歌謡大全集
村上　龍　KYOKO
村上　龍　はじめての夜　二度目の夜　最後の夜
村上　龍　メランコリア
村上　龍／中田英寿　文体とパスの精度
村上　龍　タナトス

村上　龍　2days 4girls
村上　龍　69 sixty nine
村田沙耶香　ハコブネ
村山由佳　天使の卵　エンジェルス・エッグ
村山由佳　もう一度デジャ・ヴ
村山由佳　野生の風
村山由佳　きみのためにできること
村山由佳　キスまでの距離　おいしいコーヒーのいれ方Ⅰ
村山由佳　青のフェルマータ
村山由佳　僕らの夏　おいしいコーヒーのいれ方Ⅱ
村山由佳　彼女の朝　おいしいコーヒーのいれ方Ⅲ
村山由佳　翼 cry for the moon
村山由佳　雪の降る音　おいしいコーヒーのいれ方Ⅳ
村山由佳　緑の午後　おいしいコーヒーのいれ方Ⅴ
村山由佳　遠い背中　おいしいコーヒーのいれ方Ⅵ
村山由佳　夜明けまで1《ワン》マイル　somebody loves you

集英社文庫　目録（日本文学）

村山由佳　坂の途中　おいしいコーヒーのいれ方Ⅶ
村山由佳　優しい秘密　おいしいコーヒーのいれ方Ⅷ
村山由佳　聞きたい言葉　おいしいコーヒーのいれ方Ⅸ
村山由佳　天使の梯子
村山由佳　夢のあとさき　おいしいコーヒーのいれ方Ⅹ
村山由佳　ヘヴンリー・ブルー
村山由佳　蜂蜜色の瞳　おいしいコーヒーのいれ方 Second Season Ⅰ
村山由佳　明日の約束　おいしいコーヒーのいれ方 Second Season Ⅱ
村山由佳　約束　―村山由佳の絵のない絵本―
村山由佳　消せない告白　おいしいコーヒーのいれ方 Second Season Ⅲ
村山由佳　凍える月　おいしいコーヒーのいれ方 Second Season Ⅳ
村山由佳　雲の果て　おいしいコーヒーのいれ方 Second Season Ⅴ
村山由佳　彼方の声　おいしいコーヒーのいれ方 Second Season Ⅵ
村山由佳　遥かなる水の音
村山由佳　記憶の海　おいしいコーヒーのいれ方 Second Season Ⅶ
村山由佳　地図のない旅　おいしいコーヒーのいれ方 Second Season Ⅷ

村山由佳　放蕩記
村山由佳　天使の柩
村山由佳　La Vie en Rose　ラヴィアンローズ
村山由佳　猫がいなけりゃ息もできない
村山由佳　ありふれた祈り　おいしいコーヒーのいれ方 Second Season Ⅸ
村山由佳　晴れときどき猫背　そして、もみじへ
村山由佳　てのひらの未来　おいしいコーヒーのいれ方 Second Season：アナザーストーリー
村山由佳　BAD KIDS
村山由佳　海を抱く　BAD KIDS
村山由佳　風よ　あらしよ(上)(下)
群ようこ　トラちゃん
群ようこ　姉の結婚
群ようこ　でも女
群ようこ　トラブルクッキング
群ようこ　働く女
群ようこ　きもの365日

群ようこ　小美代姐《こみよねえ》さん花乱万丈《からんばんじょう》
群ようこ　ひとりの女
群ようこ　小美代姐さん愛縁奇縁
群ようこ　小福歳時記
群ようこ　母のはなし
群ようこ　衣もろもろ
群ようこ　衣にちにち
群ようこ　ほどほど快適生活百科
群ようこ　しない。
群ようこ　いかがなものか
室井佑月　血《あか》い花《はな》
室井佑月　作家の花道
室井佑月　ああ～ん、あんあん
室井佑月　ドラゴンフライ
室井佑月　ラブ ゴーゴー
室井佑月　ラブ ファイアー

集英社文庫　目録（日本文学）

タカコ・半沢・メロジー　もっとトマトで美食同源！
毛利志生子　風の王国
茂木健一郎　ピンチに勝てる脳
百舌涼一　生協のルイーダさん　あるバイトの物語
百舌涼一　中退サークル
持地佑季子　クジラは歌をうたう
持地佑季子　七月七日のペトリコール
望月諒子　神の手
望月諒子　腐葉土
望月諒子　田崎教授の死を巡る　桜子准教授の考察
望月諒子　鱈目《たらめ》講師の恋と呪殺。　桜子准教授の考察
望月諒子　呪い人形
森絵都　永遠の出口
森絵都　ショート・トリップ
森絵都　屋久島ジュウソウ
森絵都　みかづき

森鷗外　舞姫
森鷗外　高瀬舟
森達也　A3《エースリー》（上）（下）
森博嗣　墜ちていく僕たち
森博嗣　工作少年の日々
森博嗣　ゾラ・一撃・さようなら　Zola with a Blow and Goodbye
森博嗣　暗闇・キッス・それだけで　Only the Darkness or Her Kiss
森まゆみ　寺暮らし
森まゆみ　その日暮らし
森まゆみ　旅暮らし
森まゆみ　貧楽暮らし
森まゆみ　女三人のシベリア鉄道
森まゆみ　いで湯暮らし
森まゆみ　『青鞜』の冒険　女が集まって雑誌をつくるということ
森まゆみ　彰義隊遺聞
森まゆみ　森まゆみと読む　林芙美子「放浪記」

森まゆみ　『五足の靴』をゆく　明治の修学旅行
森瑤子　情事
森瑤子　嫉妬
森見登美彦　宵山万華鏡
森村誠一　壁の目　新・文学賞殺人事件
森村誠一　終着駅
森村誠一　腐蝕花壇
森村誠一　山の屍
森村誠一　砂の碑銘
森村誠一　悪しき星座
森村誠一　黒い神座《みくら》
森村誠一　ガラスの恋人
森村誠一　社奴《しゃど》
森村誠一　勇者の証明
森村誠一　復讐の花期　君に白い羽根を返せ
森村誠一　凍土の狩人

集英社文庫

流《る》警《けい》　傘見《かさみ》警部《けいぶ》交番《こうばん》事件《じけん》ファイル

2023年7月30日　第1刷
2023年8月26日　第2刷

定価はカバーに表示してあります。

著　者　松嶋智左《まつしまちさ》

発行者　樋口尚也

発行所　株式会社　集英社
東京都千代田区一ツ橋2-5-10　〒101-8050
電話　【編集部】03-3230-6095
【読者係】03-3230-6080
【販売部】03-3230-6393（書店専用）

印　刷　凸版印刷株式会社

製　本　凸版印刷株式会社

フォーマットデザイン　アリヤマデザインストア　　マークデザイン　居山浩二

ISBN978-4-08-744552-7 C0193